C'EST BIZARRE

12 nouvelles

Daniel VEZIEN

Daniel VEZIEN

C'EST BIZARRE

12 nouvelles

N° ISBN : 978-2-9565978-2-7
Dépôt légal : Juin 2019

Du même auteur

LES MYSTÈRES DE P'TIT PIERRE
(Contes pour enfants)
2011 et 18 - Parution 2019 (e-book et broché)

DEDANS LE PRÉSENT - Précédé de SENSATIONS
(Roman et nouvelles)
2016 et 18 - Parution 2018 (e-book et broché)

REBONDS - Trahisons et handicap
(Roman autobiographique)
2013 et 17 - Parution 2018 (e-book et broché)

C'EST BIZARRE

Sommaire

C'EST BIZARRE

Avant-propos

Toute similitude dans l'immense univers littéraire, cinématographique et/ou artistique qui fourmille sur la planète entière (au-delà, j'ai des doutes) ne serait que pure coïncidence.
Aussi toute ressemblance avec des personnes ou des situations existantes ou ayant existé ne saurait être que fortuite.
Toutefois, si vous avez vécu des choses biscornues comme certaines qui suivent, voyez d'urgence un aliéniste ou restez caché, ceci afin d'éviter d'être étudié ou disséqué dans un laboratoire pratiquant notamment la neurochirurgie.

AVERTISSEMENT :

Il peut y avoir dans ces pages certaines incohérences techniques, médicales, scientifiques ou de comportements professionnels, mais il s'agit de fiction. N'y voir aucun irrespect de ma part, ni dérision de toute déontologie ou savoir-faire.
Il y a certains dialogues (contes La Vieillesse, Winda) en afrikaans, éthiopien ou amharique et polonais, avec traduction française, qui sont des transcriptions via des logiciels Internet. J'émets néanmoins ici toutes les réserves quant à une fidèle traduction et tiens à m'excuser d'avance pour les éventuelles erreurs ou mauvaises interprétations.

Ces dialogues ne sont là que pour apporter un peu de réalisme et de chant au récit. Là encore, n'y voir aucun irrespect de ma part envers ces différentes ethnies.

Toutes les potions, recettes, mixtures, décoctions et autres préparations en tous genres, bidouilles électriques ou autres technicités farfelues citées dans cet ouvrage ne sont pas à essayer, copier ou reproduire. Encore moins à consommer ou à utiliser. Ce ne sont que des inventions sorties de mon imaginaire. Même s'il s'agit de mélange ou non de, ou avec, des produits plus ou moins courants, elles peuvent s'avérer dangereuses.

Je décline toute responsabilité en cas d'incident, d'accident, de dommages ou de préjudice physique ou moral, causés sur soi-même, une tierce personne, un animal, ou sur du matériel.

Idem pour l'hurricane ou ouragan (cocktail existant), mais attention à l'abus d'alcool...

Enfin, ne concevant pas l'existence d'un créateur de l'univers et de l'homme, certains propos peuvent paraître impies ou mécréants, ou ce que vous penserez, cela n'a de sens que du point de vue des religions et des religieux.

Chacune, chacun sa vérité et ses convictions. Les miennes sont la nature et la science. Ceci n'empêchant pas en bonne intelligence, en dehors des extrémistes ou ultra-radicaux bornés, de se côtoyer et d'échanger comme d'entretenir des rapports constructifs.

Cet aparté n'ayant du reste aucun rapport fondamental à mes yeux avec les sujets des histoires relatées ici.

Daniel VEZIEN. Mai 2019

NA

C'EST BIZARRE

UN après-midi sans école une maman et sa fille de six ans se rendirent dans un parc public pour profiter du beau soleil de ce début septembre.

La fillette était une petite brunette aux cheveux longs comme sa mère. Elle portait une jupette bleu ciel et un maillot blanc avec un gros point d'interrogation noir dessiné sur le ventre.

Comme à l'habitude elles allèrent vers le banc ombragé où les attendaient déjà deux autres mamans et leurs trois enfants ; deux gamines de cinq et six ans plus un bonhomme de vingt-quatre mois. Toutes se connaissaient pour habiter dans le même quartier où ne se dressaient que des bâtiments de quatre étages, le centre-ville étant plus loin en contrebas.

— Na, tu viens jouer avec nous à la marelle ? demandèrent les deux fillettes qui venaient juste de finir le tracé du jeu sur le sable fin du chemin de promenade qui serpentait le parc.

— Tout à l'heure... j'ai un dessin à faire ! leur répondit l'enfant puis à sa mère, Maman, je peux aller sur le banc là-bas ?

— Mais tu ne veux pas plutôt jouer avec tes copines, mon cœur ?

— J'ai envie de dessiner, Maman ! répondit Na.

Et sans attendre de réponse, elle sortit de son cartable rose son kit de dessin comprenant un grand cahier Canson et plein de crayons de couleurs haute qualité ; cadeau de son oncle qui était dessinateur dans un journal.

— Qu'est-ce qu'elle aime dessinée, cette chérie, elle va devenir peintre si elle continue ! commenta avec attendrissement l'une des mamans à la mère qui s'asseyait avec elles.

— C'est son oncle qui l'inspire.

Na, elle, alla s'installer un peu plus loin en face sur un banc, à portée de vue des adultes.

Sur ce banc double il y avait deux mamies qui se racontaient ou des souvenirs, ou échangeaient leurs impressions sur la météo, ou telle émission de télé, ou des nouvelles de leurs proches respectifs, ou encore du dernier ragot, mais par bouts de phrases tout en tricotant de la grosse laine pour cet hiver.

Na avait salué les mamies qu'elles connaissaient à force de les voir là et s'était assise de l'autre côté, seule.

Devant elle, à une dizaine de mètres, il y avait un arbre. Un grand arbre tout feuillu. Un érable rouge.

L'enfant Na déballa tranquillement ses crayons, mais ne dessina pas tout de suite. Elle fixa l'arbre.

Souvent elle venait s'isoler devant celui-ci. Elle semblait attirée et fascinée par sa grandeur et la puissance qu'il dégageait. Percevait-elle inconsciemment à ses six ans ce symbolisme de la vie qu'il représentait ? Comme les quatre saisons renouvelées d'une existence, de son épanouissement et de ses fruits, des racines au tronc et des branches aux feuilles ?

En fait, loin de ces considérations, elle s'était mise en tête comme pour une expérience, une envie de jeu, un défi, un rêve d'enfant, un besoin peut-être ou une inspiration pour ses dessins… elle voulut que cet arbre devant elle bougeât.

Alors ce jour-là, son papier sur les genoux elle se mit à murmurer en ne quittant pas des yeux le faux platane :

— Tombe, arbre ! Tombe, arbre ! Tombe, arbre !

Il n'y avait pas un brin de vent. Pas la moindre turbulence dans l'air. Les deux mamies papotaient sans l'entendre. Évidemment rien ne se passa. Mais l'enfant Na continua de murmurer doucement et lentement en interrompant cette injonction seulement par de grandes respirations comme si, discrètement, elle soufflait dessus.

— Tombe, arbre ! Tombe, arbre ! Tombe, arbre !

Cinq, dix, trente fois, elle répétait les mêmes mots avec ce souffle imperceptible et toute sa concentration qui ne lui faisait pas baisser les yeux. Juste par moments, cligner des paupières pour réhydrater ses cornées. Elle monopolisait, accaparait son esprit et sa force mentale à cet ordre.
— Tombe, arbre ! Tombe, arbre ! Tombe, arbre !
Et le temps coula ainsi doucettement.

Brusquement, quelques feuilles commencèrent à frémir imperceptiblement et les brindilles de la cime à trembloter. Comme si un oiseau avait fait ce léger déplacement d'air par ses battements d'ailes. Mais il n'y avait pas eu d'oiseau. Au lieu de crier victoire, l'enfant resta dans cette espèce d'hypnose qu'elle sembla maîtriser, car tous ses efforts seraient devenus vains, sinon. Elle le savait, le ressentait, en était lucide. Cela encouragea la fillette à persévérer ; alors elle y monopolisa tout son esprit plus encore.
— Tombe, arbre ! Tombe, arbre ! Tombe, arbre !
Imperturbable et déterminée elle ressassait ce désir qu'elle ordonnait.

Et l'arbre majestueux paraissait inaccessible et sourd à ces mots d'enfant. Mais il y eut soudainement un mouvement, un frémissement dans le feuillage. Il bruissait peu à peu sans qu'il y ait eu de vent. Puis les brindilles agitèrent de plus en plus les feuilles et lentement, très lentement quelques petites branches ployèrent...
L'enfant Na savait qu'il fallait insister sans relâche.
— Tombe, arbre ! Tombe, arbre ! Tombe, arbre !
Était-ce de la télékinésie ou un étrange pouvoir sur le végétal ? Nul ne savait. En fait ici, dans ce parc, tout était normal, scientifiquement normal, communément normal. La nature respirait, les hommes aussi... en symbiose !
Pas, probablement, voire inévitablement, comme dans les futures cités sphéroïdales lointaines où l'homme, comprendre nous, se réfugiera dans des habitats pressurisés surplombant la terre devenue inculte, surpeuplée de famines avec toutes ses conséquences, ceci après l'avoir détruite de

par sa négligence, son absurdité, son irresponsabilité et sa folie suicidaire et collective en y ayant semé le chaos dans la nature ! Ici, dans le parc existait la symbiose, pas comme l'homme de demain qui deviendra comme un mollusque baignant dans le virtuel qu'il commandera de son cerveau ; l'homme qui n'aura alors presque plus l'utilité de ses jambes, ni de ses mains dans ces aires artificielles où se déplacer ne sera plus verbe, où bâtir ne sera plus verbe non plus : des muscles remplacés par les technologies, mais surtout l'aseptisation des neurones... des pensées ou de toute réflexion, d'imagination et d'initiative, toutes contrôlées, surveillées, maîtrisées par un nouveau dieu à plusieurs têtes, en fait une élite à plusieurs marionnettistes... là-bas, richement surprotégée, comme déjà aujourd'hui d'ailleurs ! Non, ici était la symbiose, pas comme dans cet autre monde futur où réfléchir ne sera plus verbe pour les miséreux, où un parc d'enfants ne sera qu'un film, où les arbres ne seront que des photos... là-bas, dans cet autre temps, autre siècle, autre millénaire... peut-être pas si lointain... [1]

Non, ici, dans ce parc, tout était normal et Na continuait de murmurer :

— Tombe, arbre ! Tombe, arbre ! Tombe, arbre !

Ce fut alors que le tronc craqua, le bois se fissura, l'écorce se cisela, des racines commencèrent à se soulever, à déchirer le sol par endroit ; les branches, les ramures et l'arbre eurent un très léger mouvement, une infime inclinaison.

Na était contente. Elle eut un rictus qui mêla satisfaction, force et persévérance. Il lui fallait continuer, poursuivre ses mots et son souffle qui les accompagnaient, les envoyaient vers l'érable rouge. Son souffle pourtant n'aurait pas même

---

[1] Cette réflexion futuriste et alarmiste date de 1978 (mes 20 ans) et je n'y ai pratiquement rien changé. Pour la Terre on y fonce tout droit... quant au reste, serions-nous si loin ? Vaste sujet qui n'a pas place ici.

éteint une bougie, mais il semblait donner de la puissance à son leitmotiv.

— Tombe, arbre ! Tombe, arbre ! Tombe, arbre !

Le tronc pencha de plus en plus. C'était bien sans conteste la volonté de l'enfant Na qui l'ordonnait. Elle prit le temps de sourire un instant, spectatrice et actrice, témoin et auteure.

L'arbre fléchit encore un peu plus… ploya… se pencha…

Puis dans un fracas assourdissant de branches, de feuillage et un nuage de poussières et de terre arrachées et projetées par les racines qui claquèrent, l'érable rouge bascula enfin.

— Tombe, arbre ! Tom…

Na rigola à pleine gorge de son grand rire aigu et l'arbre s'effondra littéralement sur elle.

Sur elle, le banc et les deux grands-mères, sans qu'elles aient eu toutes les trois le temps de s'enfuir.

Jamais on n'avait fait cela ! Jamais ! Ni hier, ni aujourd'hui, ni sans doute dans un quelconque futur ! Non, jamais !

Pendant que la poussière retomba et que les branches rebondissaient sur elles-mêmes et sur le banc dans un dernier vacarme de craquements et de froissements, on entendit rire les gamines qui s'amusaient à grimper de terre à ciel sur le tracé de la marelle.

De terre à ciel sur le tracé de la marelle.

On y entendit surtout le grand rire aigu de l'enfant Na.

Le grand rire aigu de l'enfant Na.

Il y eut aussi sa mère, là-bas, à l'autre banc qui l'appela :

— Na, ma chérie, on rentre !

— Oui, maman ! répondit-elle en la rejoignant.

Également, un peu plus loin, il y avait les mémés qui repartaient tranquillement, leurs sacs à tricots à la main.

— Tu as toutes tes affaires, mon cœur ? s'assura la maman de Na.

— Oui. Tiens ! Regarde mon dessin… s'enjoua la gamine en lui tendant la feuille coloriée.

— Oh, c'est joli... très joli ! fit la maman puis, oui, au revoir Mesdames ! salua-t-elle courtoisement les autres mères qui partaient.

Elle embrassa leurs trois enfants et regarda à nouveau le dessin de Na avec attention.

Cela représentait un arbre qui volait.

Un arbre qui volait.

Le soir même, une fois rentrée, l'une des grands-mères s'aperçut qu'il lui manquait une grande aiguille.

Quant à l'enfant Na il lui manquait également deux crayons.

Un marron et un bleu.

Évidemment, puisqu'ils étaient sous l'érable rouge couché sur le double banc fracassé, disloqué par le choc.

FIN

LE POTEAU

C'EST BIZARRE

IL était de bonne heure un dimanche matin, lendemain de fête, et pas âme qui vivait dehors, sinon un matinal. L'homme qui marchait dans la rue déserte allait chercher du pain et des croissants. Sans doute pour préparer un petit déjeuner bien frais pour d'éventuels convives qui dormiraient encore chez lui après la veillée, ce qui serait très respectueux et bienveillant de sa part, mais rien ne prouvait qu'il se soit bien agi de cela. Il n'était pas impossible qu'il aimât tout simplement les croissants frais et qu'il vivait seul. En tout cas, ce qui était sûr d'après sa pièce d'identité était qu'il avait trente et neuf ans. D'ajouter que d'après son carnet de santé et son médecin traitant, il semblait en bonne santé physique et psychique. Quelqu'un d'ordinaire en fait.

Dans la rue où ne chuintait que le glissement de ses chaussures, l'homme entendit, juste à un petit croisement très peu fréquenté, car il se situait en bout de ruelle dans un quartier calme et loin de l'agitation des rues commerçantes du centre de la petite commune :
— M'sieur ! S'il vous plait, m'sieur ! Est-ce que vous pourriez m'aider ?
Il s'arrêta, regarda autour de lui, mais n'aperçut personne. Il était pourtant persuadé d'avoir bien entendu une voix d'homme, un peu aiguë et résonnante, légèrement étouffée, seulement personne, nibergue, nada, pas ombre d'ombre à l'horizon. Curieux. L'homme se convainquit qu'il avait dû rêver par un de ces tours de passe-passe du cerveau et résultants d'un manque de sommeil. Alors respirant un plein de poumons d'air frais de la petite heure, il reprit son pas.
— M'sieur, s'il vous plait ! Attendez, m'sieur ! Vous pourriez m'aider ? C'est moi... derrière vous... je suis le poteau ! Je suis tout tordu et... aïe !

L'homme stoppa net son pas, se retourna et vit le poteau qu'il venait de dépasser sans même s'en rendre compte, tant l'habitude de voir des poteaux ici et là sur les trottoirs n'attirait pas particulièrement, ni son attention ni un intérêt quelconque sur eux. Intérêt qui pour lui comme pour beaucoup d'entre nous ne servait qu'aux chiens pour pisser et marquer leur territoire. Parfois aussi gênant quand on croise quelqu'un avec des sacs de courses d'où dépassent en s'agitant les feuilles de poireaux. Ou encore une femme avec un landau et deux gosses qui gambadent autour.

Il s'approcha alors prudemment.

— Ça cause un poteau ? demanda-t-il, étonné, en levant le nez face au tube qui effectivement était tordu par son milieu à soixante-dix centimètres et en y cherchant une hypothétique tête.

— La preuve ! répondit la voix.

— Je n'ai jamais entendu parler un poteau, moi !

— Et bien en tout cas ça fait plaisir ! s'exclama la voix d'un ton soulagé, vous êtes la seule personne qui m'entende, mais qu'importe la raison, m'sieur, vous pouvez m'aider ?

— Attendez, je rêve, là ! Je parle à un poteau vivant ? s'exclama-t-il en reculant d'un pas.

— Et alors ? rétorqua le poteau d'un aplomb déconcertant.

(« Aplomb » n'est peut-être pas le mot approprié, mais on ne va pas faire les délicats dans cette situation !)

L'homme, tout compte fait, intrigué et émerveillé en même temps, se rapprocha à nouveau.

— Mais comment vous aidez ? Et qu'est-ce que vous avez exactement ?

— Regardez, je me tords de plus en plus…

— Je vois bien, constata l'homme en posant la main sur la pliure du tube d'acier et d'ajouter, mais à cette hauteur c'est une voiture ou un camion qui vous a percuté ! conclut l'homme logiquement.

— Non, pas du tout ! J'ai plein de bestioles ou des détritus sous mon socle… elles me rongent et ça me fatigue !

— Des bestioles ? Quelles bestioles ? Je ne vois rien ! répliqua l'homme en se penchant et en examinant le bitume.

— Je vais mourir… geignit le métal.

— Allons ! Allons ! Un poteau cela ne meurt pas comme ça ! C'est costaud ! se surprit à dire l'homme d'un ton rassurant comme si cela fut naturel de parler à un poteau, qui de plus ressentait les mêmes sensations qu'un être vivant, et de surcroit doué de la parole, dans sa langue et parfaitement compréhensible malgré cette sonorité un peu métallique et résonnante.

En tout cas, sauf magie ou farce, c'était bien lui qui causait, car la voix semblait sourdre du tube qui d'ailleurs répliqua :

— Vous n'avez jamais été poteau... ça se voit !

— À ma connaissance, non.

— S'il vous plait, aidez-moi !

— Bon, calmez-vous… attendez que je réfléchisse…

— Qu'est-ce que vous allez faire ? s'inquiéta la voix.

— Je vais prévenir la voirie pour qu'ils vous changent ou…

— Mais non ! s'écria la voix, ne faites pas ça ! Je ne veux pas qu'on me change ! Ils vont me jeter à la ferraille ou pire me fondre pour me recycler ! Non, par pitié, quelle horreur ! Écoutez, m'sieur, je suis bien ici, cela fait des années que je suis là… vous ne m'avez jamais vu ?

— Vu, euh… si, mais… comme tous les poteaux… excusez-moi… répondit l'homme se trouvant un peu bête d'être passé tant de fois à cet endroit sans y avoir sans doute prêter l'attention qu'il aurait fallu. Il culpabilisa, mais le tube enchaîna :

— Ne vous formalisez pas, m'sieur, vous savez, je vous connais, je vous vois souvent marcher ici ! C'est vrai ! Je fais partie du quartier, je suis chez moi ici... M'sieur, je veux juste qu'on me redresse, c'est tout !

— Euh… mais… comment faire ? lui demanda l'homme hésitant et un peu penaud pour ne pas dire désemparé et dépassé par la singulière situation.

Il regarda autour de lui, observait le poteau d'un air dubitatif, cherchant une solution.

— Sans vous obliger, vous pourriez faire vite… j'ai mal ! geignit à nouveau l'acier.

— Vous avez raison, réagit l'homme, d'ailleurs d'ici que les ouvriers arrivent pour vous réparer sans pour autant vous jeter, car vous me semblez bien solide malgré le choc, là (il montra la pliure), on peut attendre des mois ! Bon, attendez, j'habite à côté et… et je vais voir si je trouve une solution à votre problème…

— Vous dites ça et vous allez m'abandonner, c'est sûr ! s'apitoya le poteau avec une grande détresse dans la voix.

— Mais non, ne vous inquiétez pas, je suis chimiste, il faut bien que je trouve le remède et voir si j'ai ce qu'il vous faut. Je reviens tout de suite, surtout tenez le coup ! lui lança l'homme en tapotant le tube.

— Merci, m'sieur ! Je compte sur vous !

— Je n'ai qu'une parole, conclut-il.

Bien sûr, il ne put savoir si le poteau était ému et avait une petite larme de reconnaissance et si son cœur battait fort d'espérance.

Il ne put le savoir, mais cela fut tel.

Il fila chez lui, prit sa trousse à outils, sa mallette d'apprenti chimiste avec différentes fioles de poudres spéciales, un bidon d'eau et autres trucs.

Apprenti chimiste, car il s'amusait à ses temps libres à faire des petites expériences simples, amusantes et étonnantes trouvées dans un vieux grimoire qu'avait rédigé jadis une vieille aïeule.

Il réfléchit encore un peu en avalant un verre de lait. Bonne idée, car il allait oublier d'emmener du lait justement. Après s'être assuré de tout avoir, l'homme chargea son sac à dos.

Début du télégramme – Homme retour devant poteau – STOP – Indication : S'était tordu mini plus – STOP – Toujours personne dehors – STOP – Posa sac à dos – STOP

– Rassura panneau – STOP – Penser ne pas oublier pain –
STOP – Ni les croissants – STOP – Fin du télégramme.

Il s'agenouilla au pied du poteau. Coup de pot et curieusement il n'y avait toujours aucun piéton ni joggeur ou joggeuse dehors. Deux, trois voitures qui passèrent seulement. Sûrement des employés courageux du dimanche.

— Vous faites votre prière du matin, m'sieur ? rigola le poteau.

— Ah, ah, ah ! Non, pas du tout ! Bon, ça va vous piquer un peu le socle…

— C'est quoi que vous faites ?

— Je vous soigne, pardi !

— Et vous savez soigner des poteaux ?

— Tout autant qu'un poteau sache causer, dit-il amicalement, bien, vous êtes prêt ?

— Oui, répondit le tube d'une voix quelque peu inquiète.

— Ce n'est pas douloureux, Monsieur le poteau, se surprit-il à le nommer respectueusement, après ça je vous démonte, expliqua l'homme qui apparemment semblait sûr de lui. En tout cas, qui fit preuve de beaucoup d'initiative.

— Mais je suis trop lourd pour vous !

— Taratata ! répondit l'homme.

— Au fait, vous vous appelez comment ?

— Gérard.

— Comme Philipe, l'acteur ? demanda le poteau.

— Oh ! Y'en a plein des acteurs avec ce prénom, fit remarquer l'homme Gérard.

— C'est vrai, je vous l'accorde, admit le poteau, mais j'aimais bien cet acteur… et puis il y a Jugnot, mais ceux que je préfère avec votre prénom ce sont Lanvin et Depardieu, quelles prestances, quelles forces ils dégagent, vous ne trouvez pas ?

— Absolument, je les adore également ! Mais dites-moi, vous semblez connaitre le cinéma ? s'étonna Gérard, l'homme.

— Oui, comme tout le monde…

— Mais comment vous faites ? demanda-t-il planté devant le tube d'acier.

— Je capte toutes les ondes avec ma structure et puis les deux habitants à proximité sont des cinéphiles…

— Ha ! souffla Gérard dubitatif et de poursuivre, non, moi ce n'est pas Philipe, mais vous n'allez pas me croire… c'est Blain… Gérard Blain comme le réalisateur !

— Ah oui ! Gérard Blain, le réalisateur de " Ainsi soit-il ! " sorti en 2000 ? Mais je le connais surtout pour son film " Pierre et Djemila " nommé pour la Palme d'or au Festival de Cannes 1987 ! lança le poteau sans aucune hésitation.

Gérard se tut, scotché par les incroyables connaissances cinématographiques du tube.

Il y eut un silence. Ce silence qui laisse pantois. Ce silence pour reprendre ses esprits… Puis le chimiste amateur, après avoir félicité son interlocuteur sans tête, commença sa mixture.

D'abord, dans deux gamelles, il mélangea de l'eau savonneuse, du lait, des cendres, quelques boules séchées de sève de roncier, une décoction de jus de coquelicot, de la javel et du vinaigre blanc, mais surtout de la poudre de « dranaceb ».

Le dranaceb c'était une invention à lui qui se rapprocherait de loin, par temps de brouillard épais, à de la poudre de bec de canard et de ruffe qui aurait fossilisé un claviceps purpurea ; ceci avec en plus le secret de feu son aïeule, secret non communicable ici, puisque mortel pour qui ne saurait le doser avec une parfaite précision, et donc il en versa un peu sur le socle. [2]

Il leva la tête et regarda le poteau.

---

[2] Dranaceb : Invention de mon cru (le mot est tout simplement l'écriture inversée en condensé de « bec canard »). La ruffe est une roche très rare de 265 millions d'années, et le claviceps purpurea est un champignon mortel. Quant au bec de canard… Bref, cette poudre, pour peu qu'elle soit réalisable, est incomestible.

— Ça va ?

— Ça pique !

— C'est que ça fait effet… détendez-vous…

Ensuite, il déboulonna doucement le tube d'acier et le posa délicatement sur le côté, le long d'un muret. Il badigeonna encore un peu de sa mixtion sur l'envers du socle.

Puis l'homme regarda dans le trou par terre.

Merde alors ! C'était plein de pourriture d'on ne savait quoi en pleine décomposition ! Quelle horreur ! Et cela dégagea subitement à l'air libre une puissante odeur répugnante difficilement supportable.

— Pouah ! s'écria-t-il en portant la main à sa bouche et son nez en détournant la tête.

— C'est tout pourri, je vous le disais ! crut bon d'ajouter le poteau allongé au sol. Comme quoi cela ne l'empêchait pas de parler, même démonté !

— C'est peu de le dire ! répondit Gérard en grimaçant.

Pas le temps d'analyser cette mélasse en putrescence et nauséeuse, alors il s'empressa de verser le reste de sa première gamelle dans le trou et dans la bouche d'égout toute proche. Puis il ajouta du soufre, de l'acide sulfurique et y mit le feu. Cela dégagea aussitôt une grande et belle fumée violette qui ne dura pas longtemps. Preuve que ce fut efficace, car l'odeur disparut d'un coup.

Puis sans perdre de temps, il fouilla dans son sac à dos et en sortit du ciment frais qu'il prépara avec à nouveau son fameux, enfin, disons plutôt son étonnant dranaceb, parce que dire fameux…

À ce moment-là un homme et son chien arrivèrent.

Lui était un grand-père un peu voûté et le chien un petit caniche tenu par un harnais pour ne pas étrangler le cou du toutou.

— Wouf, wouf ! aboya le chien faute d'avoir appris d'autres mots.

À qui jeter la pierre ?

— Bonjour ! salua son maître d'une voix de grand-père qu'il était.

— Bonjour, répondit Gérard et qui ajouta, wouf, wouf ! en se penchant vers le chien.

— Wouf, wouf ! répondit alors le clebs très poliment.

— Tais-toi donc Pimpon, lança le vieux monsieur à son chien, puis s'adressant à Gérard, excusez-moi Monsieur, savez-vous si la boulangerie est ouverte ce matin ?

— Oui, répondit simplement et aimablement Gérard.

— Eh bien ! s'exclama le vieillard en regardant le poteau à terre et le trou, je ne savais pas que la voirie travaillait le dimanche ici… c'est rare ! Vous êtes bien courageux !

— Merci, mais c'est une urgence, répliqua Gérard et d'ajouter ce qui lui passa par la tête, le poteau allait tomber et aurait pu blesser quelqu'un… c'est pour ça !

— Ah oui ! Je comprends… il aurait pu blesser un bébé s'il était tombé sur un landau.

— Par exemple.

— Et la mère aussi, dramatisa l'ancien à peine catastrophiste.

— Wouf, wouf ! sembla acquiescer le caniche.

— Oui, convint Gérard.

— Et de blesser ses deux autres enfants qui se seraient trouvés à côté du landau, ajouta le grand-père.

— Oui…

— Vous vous rendez compte ? s'exclama le vieil homme en regardant à nouveau le poteau au sol, en plus il aurait tué la grand-mère qui les aurait accompagnés… c'est horrible !

— Oui, et il aurait grièvement blessé le facteur aussi ! jugea bon de surenchérir Gérard.

— Le facteur travaille également le dimanche ? s'étonna le maître du chien qui, à un mètre, reniflait le caniveau.

— Non, c'est le mari de la femme et le fils de la grand-mère…

— Ah oui ! fit le vieux, songeur, qui ajouta, en plus si un camion-citerne serait passé au même moment, en évitant le poteau débordant sur la chaussée, il aurait percuté de plein fouet un autre camion venant en sens inverse et sa citerne aurait explosée, mettant le feu partout ?

— Sûrement…

— Ho là là ! Quelle catastrophe ! s'écria-t-il les bras au ciel, puis se calmant, bon et bien je ne vous opportune pas plus longtemps, Monsieur ! Heureusement que vous êtes intervenu pour éviter cet épouvantable drame ! Merci beaucoup… Merci mille fois, devrais-je dire, et au revoir… Allez ! Tu viens Pimpon ! Dépêchons-nous ! termina le vieux en tirant sur le harnais.

— Au revoir, dit Gérard en s'accroupissant sur le trou.

— Wouf, wouf ! salua l'animal traîné par son maître qui lui disait un peu plus loin :

— Tu sais qu'on a failli mourir sous un poteau ?

Alors le vieux parti, Gérard jeta un coup d'œil alentour et au poteau. Rien à signaler, donc il put verser son mélange dans le trou. Il y eut une nouvelle fumée, mais parme cette fois-ci.

— Je n'ai jamais tué personne ! s'écria tout à coup le poteau resté silencieux jusque-là.

— Pardon ? fit Gérard en levant la tête.

— L'autre il dit que je tue des enfants !

— Mais non, je sais bien ! C'est le vieux qui délire ! Il doit regarder trop de films !

— Je ne vois pas dans quel film il y a des poteaux qui tuent… s'interrogea le tube d'acier.

— Moi non plus, mais il faut que je me dépêche, car le ciment est à prise rapide.

— En tout cas, c'est une chance que son chien Pimpon ne m'ait pas pissé dessus !

Gérard ne dit rien, redressa le poteau tant bien que mal et le boulonna à sa place. Puis il lui fit face, faute de pile :

— Vous ne risquez plus rien, Monsieur le poteau ! Ça va mieux ?

— Oui et ça fait même du bien. Vous savez, euh… c'est Philippe votre nom ?

— Non, Gérard.

— Ah oui, Gérard… où ai-je la tête ? Vous savez, j'ai fait de mon mieux pour vous aider à me relever…

— J'ai vu, oui, merci… et vous, vous vous appelez comment ?

— On n'a pas de nom, juste un matricule de fabrication, se désola la voix.

— Oui, je comprends… enfin de toute façon ici on ne peut pas se tromper… il n'y a que vous !

— C'est vrai, admit le poteau.

— Bien, mais j'ai encore une chose à faire… Surtout ne bougez pas, euh… pardon, n'ayez crainte ! lança Gérard.

Il s'agenouilla une nouvelle fois à son pied. Vu de loin, la scène dut être désopilante ou franchement inquiétante. Qu'importât et il s'en foutait royalement.

Il versa de la résine transparente à base de bouleau, de noix et d'épices asiatiques sur le socle du poteau. Elle se solidifia quasi instantanément à l'air.

— Waouh ! s'exclama-t-il, car cela prit encore plus vite que ce qu'il avait prévu. Tant mieux. Puis il enduisit la base d'un concassé de feuilles de Calla des marais (une plante mortelle), de quelques coliques d'automne (plante vénéneuse) et une fillette de sulfure toxique comme du dioxyde de souffre et quelques alcaloïdes.

Eh oui ! Gérard avait tout ça dans sa mallette magique ! Incroyable ! Même un mammouth, pour peu qu'il en traînât un par hasard dans le coin, ne s'approcherait pas de là !

Alors content et satisfait, il rangea tout son barda dans le gros sac à dos et s'adressa au poteau.

— Ça à l'air d'aller mieux on dirait ? Allez, vous ne risquez plus rien maintenant… d'ailleurs, vous vous redressez déjà légèrement ! lui dit-il en le tapotant de la main comme si c'était un vieux copain.

— Merci encore, Gérard !

— De rien.

— J'ai dû vous retarder avec tout ça ?

— Mais non, j'allais chercher mon pain et des croissants… Vous savez quand on peut aider…

— Vous repasserez me voir de temps en temps ?

— Oui, bien sûr ! D'ailleurs, je repasse après la boulangerie pour voir si mon intervention tient bien… À tout de suite Monsieur le poteau ! termina Gérard.

À son retour tout allait bien, merveilleusement bien pour le poteau. Même que le métal sembla moins terne. Il lui proposa un croissant, mais les poteaux cela ne mange pas de croissants, parce qu'ils n'ont pas de bouche, pardi !

Par contre, le poteau en profita pour lui dire que le vieux monsieur voûté avait appelé son caniche « Pimpon » tout simplement parce que le petit animal avait été sauvé des flammes à sa naissance par les sapeurs-pompiers. Il avait vu ça à cette époque dans un reportage.

— Ah, oui ! fit simplement Gérard, mais je crois que le vieux, lui, c'est le cerveau qui a brûlé !

— Ah, ah, ah ! rigola le tube.

Et depuis ce temps-là, régulièrement, Gérard tenait toujours un brin de causette avec Monsieur le poteau qui se portait bien.

Cela peut paraître irréel, mais promenez-vous donc le matin tôt pour aller chercher du pain et des croissants, vous verrez que les choses nous parlent.

Il suffit de savoir les écouter.

Mais, saperlipopette, un jour il y eut une note d'information de la mairie comme quoi il devrait y avoir un réaménagement du petit carrefour dans les semaines à venir. Alors Gérard prit peur de voir disparaître son copain poteau, sans y voir là un pléonasme.

Et une nuit, discrètement, avec son véhicule mis en break et avec sa caisse à outils…

Puis les phares de la voiture éclairèrent joyeusement et prudemment la petite route qui serpentait jusqu'à sa maison de campagne.

Finalement, bien fixé à l'entrée du jardin, Gérard prit soin de passer plein de films et des pièces de théâtre qu'adorait le poteau et d'en discuter ensemble. Ainsi Monsieur le poteau put vivre tranquillement loin des pisses de chien, des chocs ou des maladies des trottoirs. Toutes ces maladies étranges dont souffrent en silence le bitume et le goudron non répertoriées dans le Vidal des ponts et chaussées !

Mais au fait, il serait de bon ton de préciser qu'il s'agissait non pas d'un poteau, mais plus exactement d'un panneau de signalisation routière.

Mais un panneau de quoi ?

Voyons, souvenez-vous… la voirie et…

Et le télégramme alors, il était là pour amuser la galerie, peut-être ?

FIN

LA FAMILLE NIVÔSE

CECI est une vraie histoire, d'après ce qu'on m'a dit (mais non, pas « ce con m'a dit »), donc, d'après ce que l'on m'a dit dans ma tête. D'ailleurs, pour preuve évidente, c'est qu'elle est narrée ici, autrement elle ne le serait pas. Alors, on me croit maintenant ?

Mais sciemment elle est modernisée. Êtes-vous prêts-es pour de l'émotion ?

**

Le père – un brave homme – était surnommé Frisquet et la mère – une brave femme – Frisquette, par les gens du village et d'alentour.

Ils auraient pu habiter il y a quelques dizaines d'années, peut-être davantage, voire moins, pas loin de Saint-Bonnet-le-Froid, une charmante petite commune de Haute-Loire, réputée, entre autres, pour sa foire aux champignons et où il faisait et fait d'ailleurs toujours bon vivre.

Ils auraient pu y habiter. Alors, admettons, puisque c'est une vraie histoire.

Leurs deux gosses – de braves enfants adorables – s'appelaient Aglagla pour la grande, sept ans, et Aksakaï pour le petit dernier, cinq ans.

Vous aurez compris qu'il s'agissait de la brave famille qui portait le nom de Nivôse.

Hélas, cela leur allait fort bien, mais en plus, car il est parfois des choses incontrôlables et mystérieuses qui dépassent l'entendement humain, il n'empêchât que là, pour le summum des coïncidences frisant la clownerie, on pourrait se poser la question de savoir s'il n'y avait pas eu un maléfice quelque part.

Jugez plutôt quand Madame Nivôse, qui avait apparemment une toute petite case minuscule de pas grand-chose de figée dedans la tête, faisait ses courses.

Sur la plaque professionnelle de leur médecin de famille – un brave toubib – on pouvait lire : « Docteur Yves Hernal / Médecine Générale et Cryothérapie / Étage 0 ».

Justement elle le croisa.

— Bonjour, Docteur, ça va ? demanda Madame Nivôse.

— Très bien, merci, Madame Frisquette ! Les enfants vont bien ?

— Ouiche !

Le docteur était un type bien, car il participait joyeusement à la foire aux champignons.

Juste à côté il y avait l'épicier avec une belle moustache – un brave commerçant – M. Once Lesgèl, qui faisait des promotions très intéressantes sur les thermomètres extérieurs et les baromètres.

— Bonjour, Docteur, ça va ? demanda Madame Nivôse.

— Vous alors, Madame Frisquette, vous me charriez toujours… Je suis l'épicier ! Les enfants vont bien ?

— Ouiche !

L'épicier était un type bien aussi, car il participait joyeusement à la foire aux champignons.

Bien sûr il y avait la jolie boulangère – une brave et charmante épouse de fournier – (d'ailleurs, on ne sait pas pourquoi, mais elles sont toujours jolies les boulangères !) qui vendait du pain frais en battant gracieusement des œufs en neige… pardon, en battant des cils.

Son mari le pâtissier, M. Jef Roy – un brave papa gâteau – faisait des meringues glacées, des génoises à la gelée de cassis, des oranges et des citrons complètement givrés. Tout ça à des prix très amis.

Sans oublier le jeune mitron – un brave apprenti – qui rêvait d'être fournier, mais plutôt glacier à son compte et qui, lui, s'occupait des sorbets, des crèmes glacées et surtout l'été de faire les cornets deux boules vanille pour les jolies filles – de braves jeunettes – ainsi que les cornets deux boules chocolat pour les bof garçons – de braves jeunots.

— Bonjour, Docteur, ça va ? demanda Madame Nivôse.

— Vous alors, Madame Frisquette, vous me charriez toujours… Je suis la boulangère ! Les enfants vont bien ?

— Ouiche !

La boulangère, son mari et le jeune mitron étaient bien aussi, car ils participaient joyeusement à la foire aux champignons.

Il y avait aussi la postière – une brave préposée – Mlle Blanche Nival. Elle avait le teint blanc comme la neige, les lèvres rouges comme le sang et les cheveux noirs comme le bois d'ébène. Elle avait sept neveux de petite taille – de braves bûcherons de Noël qui sifflaient en rentrant du boulot.

— Bonjour, Docteur, ça va ? demanda Madame Nivôse.

— Vous alors, Madame Frisquette, vous me charriez toujours… Je suis votre postière ! Les enfants vont bien ?

— Ouiche !

La postière était bien également, car elle participait joyeusement à la foire aux champignons.

Malheureusement il n'y avait pas les petits bûcherons avec elle, parce qu'ils craignaient beaucoup les rayons du soleil. C'était une rare maladie que l'on ne connaissait pas à l'époque. Celle des gentils enfants de la lune.

Alors ils allaient bûcher dans la forêt quand le soleil dangereux pour eux allait se coucher dans le lit de l'horizon.

D'autre part, il ne fallait pas l'ébruiter, mais Mlle Blanche Nival était un peu secrètement amoureuse du jeune prince charmant boucher charcutier – un brave traiteur.

Lui, il excellait dans les plats en gelée comme les terrines, les lapins ou bien sûr la gelée de champignons et autres plats froids. Il avait un rayon de miels et de gelées royales. Évidemment, il avait tout ce qui se mangeait l'hiver avec les pommes – les non moins braves fruits – et tout ce qui s'accommodait avec les campinolius, inévitablement.

En plus, ses prix riquiqui étaient vraiment à faire pleurer un Parisien qui se croyait le plus malin avec ses méga surfaces discount.

— Bonjour, Docteur, ça va ? demanda Madame Nivôse.

— Vous alors, Madame Frisquette, vous me charriez toujours... Je suis le boucher charcutier ! Les enfants vont bien ?

— Ouiche !

Le boucher charcutier était un type bien lui aussi, car il participait joyeusement à la foire aux champignons.

Enfin, il y avait leur voisin Pierre Fendre – un brave mitoyen – qui, au moment où se cristallisaient ces mots, se faisait livrer un frigo et un congélateur neufs.

— Bonjour, Docteur, ça va ?

— Toi alors, Frisquette, tu me charries toujours...

— Ouiche !

Le voisin était un type drôlement bien, car il s'occupait joyeusement de la buvette à la foire aux champignons.

Et puis y'avait les autres, un qu'avait des carottes dans les ch'veux, une mère qui ne disait rien, mais on ne pourra pas tous les citer ici.

Pour revenir aux enfants Nivôse – de braves chérubins – ils partaient tous les ans avec papa-maman pour les vacances d'hiver aux Antilles néerlandaises, là où il faisait chaud, chez le cousin Ante Harktick – un brave parent « Îlien Sous-Le-Vent ».

Car faut vous dire, Monsieur, que chez les Nivôse, on n'bronzait pas, Monsieur, non, on n'bronzait pas... on caillait !

Ils avaient toujours froid. Alors, toujours froid, une fois ? Toujours froid, deux fois ? Toujours froid, trois fois ? Adjugé pour une frilosité excessive, une sorte d'hypothyroïdie complexe et exceptionnellement rare.

— Kesako ? demanda un touriste – un brave voyageur.

— Il s'agit d'une forme de maladie des "ceux-ce" qui ont toujours froid. Peut-être quand il y aura des traitements à l'iode radioactif et autres hormones de synthèse, qui devraient être des thérapies pourtant simples et très efficaces, peut-être les soignerons-nous, mais ce n'est pas chose acquise… car pour l'instant rien n'y fait ! lui expliqua le docteur Yves Hernal qui passait justement encore une fois par là.

Heureusement qu'il avait été là pour répondre au touriste et éclairer par la même occasion nos lanternes incultes, sinon on n'aurait pas su c'était quoi ! D'ailleurs, c'était vrai que pour les enfants les soins c'étaient zéro pointé, peau de balle et balai de crin, mais faut vous dire, Monsieur, que chez les Nivôse, on n'guérissait pas, Monsieur, non, on n'guérissait pas… on espérait ! On priait un peu aussi…. sans franchement y croire. En plus, dans les églises généralement il faisait et fait toujours froid ! Pas cool le bon Dieu avec ses ouailles !

Pour dire, un jour en regardant des photos dans un gros livre sur le Louvre, Aglagla et Aksakaï avaient vu la photo de la statuette « La frileuse » d'Houdon, et ils crurent que c'était une cousine. Peut-être une aïeule qui aurait servi de modèle au sculpteur… allez savoir !

Donc toujours froid. D'ailleurs, jaugez plutôt leurs vacances, une fois.

Même à 35° sur les merveilleuses plages de l'île Bonaire aux Caraïbes chez le cousin, ils gardaient les manteaux, les moufles, les lunettes noires et presque les chaussettes de montagne.

Ça faisait rire les tortues – de braves reptiles – mais sans moquerie toutefois.

Même en plein midi, ils avaient chacune et chacun une petite écharpe au cas où le vent chaud soufflerait un tout petit peu plus, surtout là-bas.

Ça faisait sourire les flamants roses – de braves palmipèdes – mais sans méchanceté toutefois.

Même sous les parasols aux chatoyantes pubs américaines vantant des rafraîchissements, les malheureux Nivôse sirotaient de l'eau bouillante, soit citronnée pour les gosses, soit relevée au curaçao pour les parents. Ben oui, c'était la liqueur d'ici, enfin de là-bas !

Malgré tout, Aglagla et Aksakaï, les enfants, se baignaient quand même, faisaient un peu de plongée pour voir les poissons rares et les coraux.

Ils disaient en claquant des dents qu'ici l'eau était moins glacée qu'au Sakha en Sibérie Orientale où ils étaient allés l'été dernier chez leur oncle Ange Lhure – un brave Esquimau – sans le bâtonnet de bois évidemment.

Ce cousin avait eu l'intelligence et la bienveillance de dire autour de lui que les Nivôse avaient une infirmité dont on ignorait beaucoup de choses encore et aussi rare et grave que celle des enfants de la lune – comme les petits bûcherons.

En fait, s'ils grelotaient toujours et que cela passait mieux dans le pays du cousin Ange, il ne leur fallait surtout pas trop d'expositions au soleil non plus, sinon cela asséchait leur peau déjà fragilisée. Et c'était pour cette raison qu'ils étaient bien copains avec les petits bûcherons.

Quelle merdasse quand même !

Chez eux où ils vivaient, tout le monde connaissait leur mal et les respectait sans jamais les rejeter, ce qui permit donc aux enfants, mais bien couverts pour les uns, et avec leurs masques de protection pour les autres (les petits bûcherons), de jouer normalement au ballon à l'école ; ou aux différentes activités infantiles du bourg ; ou de faire des petits bateaux d'écorce sur les ruisseaux des Effangeas et de Rouchon qui traversaient la petite commune ; et même de participer avec les petits copains et copines à la chasse au trésor sur le fameux circuit thématique de la Rando Toque.

Sinon ailleurs, malheureusement, cela aurait amusé les autres gamins toujours un peu cruels et moqueurs – de braves petits cons – comme les badauds tout aussi goguenards et toujours un peu dédaigneux et aux préjugés de dernier acabit – de braves grands cons.

En tout cas, les pas beaux et les méchants ce n'étaient pas nos petits héros ni leurs parents.

Ha ! Normalité, anormalité, qui connait vraiment la frontière ? Personne ne peut affirmer que son miroir est parfaitement fabriqué et encore moins pour sa progéniture ! Personne n'est à l'abri qu'un jour son miroir (Ô ! Miroir, mon beau miroir !) ne vienne à se fêler, à ternir, à se briser, à souffrir, car alors d'autres miroirs tout aussi intolérants viendront rire et se moquer de celui, de celle qui croyait être dans l'idéal collectif ou mieux le modèle, voire pire, l'éphémère et/ou virtuelle perfection.

Mais au fait, pourquoi par Belzébuth avoir marqué plus avant « les malheureux Nivôse » ? Ils ne l'étaient pas ! Absolument pas ! Du reste, personne ne les avait jamais entendus se plaindre de leur frilosité ! Jamais !

Ils s'en accommodaient même très bien.

D'ailleurs, qui étaient-ce-t-ils sérieusement ?

Dans la vie courante des forts sympathiques Nivôse, s'il était vrai qu'ils ne risquaient pas d'attraper un rhume, tout pouvait paraître hétérodoxe et à contresens pour nous.

Ils ressemblaient un peu à de gentils bonhommes de neige vivants, mais sans balai ni carotte pour le nez.

Quand ils éclataient de rire, c'était comme une avalanche d'échos alpins. Par contre, lorsque les pitchouns pleuraient plein de chagrin dans leurs fragiles petits fors intérieurs, parce que d'autres se moquaient d'eux, alors leurs larmes n'étaient pas comme nous ; cela faisait comme de gros flocons bien tristes qui roulaient sur leurs joues et se transformaient en petits glaciers très purs... mais blessés.

Sinon quand ils parlaient, parents et enfants, et tant pis pour les clichés, c'était presque du frimas qui s'échappait de leurs lèvres, et leurs voix douces avaient toujours la gaieté des clochettes dorées des traîneaux chargés de cadeaux et de bienfaits.

Leurs murmures avaient ce velours du crissement de nos pas dans la poudreuse.

Aussi et surtout, leurs yeux avaient la profondeur et la beauté d'une aurore polaire ou d'un coucher de soleil hivernal. Magnifiques leurs yeux !

Leur transpiration semblait être du givre ; leur cœur, un chalet accueillant.

Ils vivaient ainsi paisibles et étaient extraordinairement aimables, souriants et serviables avec tout le monde.

Pour résumer, à les voir tous emmitouflés l'été on aurait dit qu'ils avaient peur de fondre.

Chez eux, les parasites – ces braves vermines microbiennes ou ailées ou à petites pattes velues – ne s'y trouvaient pas à la fête foraine, loin de là. Ils gelaient quasiment dès qu'ils s'approchaient un peu trop près d'eux. Pas besoin d'insecticides ou autres tue-mouches !

La famille – cette brave fratrie – ne prenait pas de douches, mais se lavait plutôt à la haute vapeur ou au bain-marie dans la baignoire.

Pour se sécher les cheveux et la barbe à papa, ils n'utilisaient pas un foehn classique, mais un chalumeau pour démêler les stalactites et les stalagmites qui leur servaient de chevelure après les ablutions ou avoir reçu la pluie.

Côté nourriture c'était cocasse aussi, car, pour ne citer qu'un seul exemple, ils suçotaient de temps en temps des petites braises façon vaudou en les prenant presque à mains nues. Pas comme nous qui piquons des patates du bout de nos didis douillets dans la cheminée ou le barbecue en faisant hyper gaffe de ne pas se brûler.

En tout cas, s'ils préféraient inviter plutôt que d'aller chez les autres à cause de leur maladie, ils avaient très bonne réputation pour leur accueil. Ils savaient recevoir leurs amis. Tout le monde le savait, mais n'en abusait pas non plus.

Toujours un petit bouquet de fleurs fraîches pour les dames, des pochettes surprises pour les p'tits n'enfants, des bières rafraîchissantes des pays nordiques pour les bonhommes, car, s'amusait toujours à dire gaiement Monsieur Frisquet, le père, « la bière c'est de l'amitié liquide ! » [3]

Et cela se passait souvent dans la bonne humeur près du feu dans l'âtre, l'hiver, ou à l'ombre des sapins, l'été.

Aussi, il y avait des plats régionaux finement cuisinés, jamais sans champignons, c'eût été un manque de savoir-vivre dans leur pays et servis avec de très bons vins et des glaces en tout genre au dessert, inévitablement.

Il y avait toujours également de la musique pour tous les goûts. On pouvait donc danser, faire les clowns... Ainsi tout le monde était bien content.

Alors pour un instant, pour un instant seulement, Monsieur, ils en oubliaient la fatalité de la vie.

Les enfants s'amusaient surtout le soir avec les petits bûcherons. Ils avaient construit une grande cabane en bois dans la forêt bien à l'abri des méchants rayons.

C'était leur observatoire, car souvent au coucher du soleil avec le télescope offert par les gentilés de la commune – de braves habitants – les gamins pouvaient regarder de près la lune et les étoiles.

Ils apprenaient quelques noms des lucioles du ciel, mais ils préféraient leur donner des noms à eux. Bien sûr, il y avait Aglagla et Aksakaï, mais aussi Dormus, Timidus, Atchoumus et les quatre autres... et bien plus encore.

Les petits Nivôse et les petits bûcherons étaient convaincus que là-bas sur les étoiles scintillantes, ils pourraient avoir une cabane avec des tas de fenêtres, avec presque pas de murs et qu'ils vivraient dedans et qu'il ferait bon y être, et que si c'était pas sûr, c'était quand même peut-être... Ils étaient persuadés aussi qu'ils pourraient y courir tout nu l'été sur les plages en plein soleil et sans plus avoir froid ni craindre la lumière noire.

---

[3] « La bière c'est de l'amitié liquide ! » : Citation attribuée à l'acteur, réalisateur et metteur en scène belge, Ronny Coutteure (1951-2000)

Restait à y aller, mais pour ça ils se disaient que si on commençait à s'arrêter à des détails on ne ferait rien d'autre que de rêver !

La vérité ne sort-elle pas de la bouche des enfants ?

Seulement, à leur époque, le froid solaire, le froid acoustique, le froid magnétique, tous ces fluides naturels et autres nouvelles technologies qui commençaient à peine à faire parler d'elles comme les hormones de phoques, d'ours et d'autres animaux du froid, pourraient-ils tous ou un seul leur apporter plus tard une solution durable quant à leur quotidien ?

Et n'allez pas penser au réchauffement climatique, vous risqueriez de penser une bêtise plus grosse que vous !

Seulement rien n'existait non plus à cette époque (pas plus aujourd'hui malheureusement) pour soigner les petits bûcherons, cette saleté de maladie des ultraviolets. Cette saloperie, devrions-nous dire !

Alors ils espéraient sur les avancées des recherches en génétique et en biologie.

Les uns acceptaient humblement cette unique et interminable saison en eux et qu'ils dégageaient de leurs propres corps ; les autres acceptaient aussi, faute de mieux, leur peur du soleil qui leur ferait pourtant tellement de bien. Tous, toutes se contentaient de vivre en paix, sans histoire, sans honte.

Et là il y avait sûrement l'une des clés vers la guérison : l'optimisme.

Puis le temps passa doucement sur eux comme les hauts cirrus de cristal dans le ciel, pendant qu'ils poursuivaient inexorablement, les uns, les unes et les autres, leurs luttes quotidiennes.

Alors peut-être qu'un beau jour de printemps ils deviendront la famille Floréal.

Alors peut-être qu'un beau jour d'été ils deviendront les enfants de Thermidor.

Alors peut-être qu'un beau jour ils l'auront leur cabane à ciel ouvert.

Ils la mériteraient… avant qu'ils ne grandissent trop vite !

FIN

Mais non ! Pourquoi c'est marqué fin ? Attendez, ce n'est pas terminé !

À force de ne parler que des enfants, certes très attachants et de façon émouvante, il n'a même pas été dit que la foire aux champignons, de Saint-Bonnet-Le-Froid, c'est en novembre tous les ans.

Venez-y ! Entrez dans la ronde ! C'est champêtre et super sympa. Peut-être le croiserez-vous un jour tout ce petit monde accueillant, d'abord les gentils gentilés qui n'ont pas de nom (pourquoi pas celui de Saint-Beaudinois et Saint-Beaudinoises, en rapport à l'ancien nom au Moyen Âge, Saint Bonnet de Beaudiner ?), mais aussi les Nivôse et les enfants de la lune enfin guéris.

Pour les trouver, c'est assez facile. Tendez l'oreille… ils sifflotent une chanson de Monsieur Brel. [4]

Alors ! Vous voyez bien que c'est une vraie histoire que l'on m'a dite dans ma tête !

VÉRITABLE FIN

---

[4] Clin d'œil bien sûr dans certaines phrases à la chanson de Jacques Brel « Ces gens-là », 1966.

C'EST BIZARRE

LA FOURMI NOISETTE

C'ÉTAIT une belle journée d'automne et Grégoire-Ahmed-Ravishu-Spencer en profita pour aller s'oxygéner dans le bois de Pau ; précisément la forêt de Bastard.

Grégoire-Ahmed-Ravishu-Spencer, que l'on appellera Gars pour simplifier, parce que ses parents n'avaient pas su encore où ils iraient passer leur vie après sa naissance, d'où tous ces prénoms comme passe-partout, bref, si Gars était de taille moyenne, il était costaud, la carrure en V comme un nageur, la tête carrée aux cheveux bruns et ras, l'œil enfoncé, mais rieur. Donc il prit sa voiture et la laissa sur un parking pas très loin du bois. Il y avait un chemin à découvert qui y menait et il l'emprunta peinard à pied. Il faisait beau ce mois de septembre et peu de monde semblait en profiter. En pleine semaine, les enfants étaient dans les classes du savoir et seuls quelques vacanciers comme Gars et deux à trois couples de retraités, comme il le sera un jour, s'y promenaient. De là commençait le nouveau sentier d'interprétation – ou de découverte, comme on l'appelait.

Brusquement, il entendit une voix très aiguë :

— Hé ! M'sieur ! Ne pose pas ton pied, tu vas m'écraser !

Gars se figea et regarda par terre, le pied en suspens au ras du sol.

— Hein ? Quoi ?

— C'est moi, la fourmi qui est devant toi ! Attention ! Tu me vois, m'sieur ? s'affola la petite bête.

Gars baissa la tête, se pencha et aperçut effectivement une fourmi immobile sur un petit bout de bois au milieu du chemin, presque sous sa semelle.

— Oui, je vois, mais ça ne cause pas une fourmi !

— Faut croire que si ! répondit-elle de sa voix de soprano.

— Toi aussi tu causes ? s'étonna-t-il, j'ai entendu dire que quelqu'un avait aidé un poteau qui causait lui aussi. C'est le monde à l'envers ?[5]

— Oui, on est au courant et c'est la vérité, précisa la fourmi en remuant ses grandes antennes, hé non, ce n'est pas le monde à l'envers ! Le monsieur à qui parlait le panneau s'appelle Gérard, je te donnerai ses coordonnées, si tu veux, il te le confirmera... cela veut dire que vous êtes réceptifs, m'sieur, c'est tout.

— Oui, je le contacterai... C'est incroyable ! Mais alors, toi, qu'est-ce qui t'arrive ?

— Je cherche ma fourmilière.

S'il resta un instant emmêlé dans l'émerveillement et l'incompréhension qu'une fourmi pût causer... et à lui, il avait beau avoir vu des dessins animés de toutes sortes, lu des bandes dessinées et entendu l'histoire du poteau, là il était sidéré. Il regarda alentour, mais personne pour prendre à témoin.

Après tout pourquoi pas ? pensa-t-il, *il y a tellement de mystères non élucidés...*

Il s'accroupit pour mieux voir la fourmi et lui demanda :

— Ta fourmilière ? Quelle fourmilière ?

— Bah, oui ! Tu n'as pas de maison, toi ?

— Si, admit-il logiquement.

— Moi je m'appelle Noisette ! annonça la petite bête spontanément en essayant de se dresser vers lui pour lui serrer la patte, faute de main. Mais il aurait fallu une loupe à Gars pour la voir. Il constata bien qu'elle se mettait debout, mais pas plus.

— Ça a des noms les fourmis ?

— Ben, oui ! Pourquoi ? C'est le nom que la reine m'a donné quand j'étais larve... ou bébé fourmi si tu préfères, et toi, m'sieur ? lui demanda Noisette le plus naturellement et poliment qu'il fut.

— Gars, répondit-il.

---

[5] Voir la nouvelle « Le poteau » de cet ouvrage.

— Gars ? Ce n'est pas un prénom ça ? répliqua-t-elle.

— En fait, c'est l'abréviation de Grégoire-Ahmed-Ravishu-Spencer et mes parents…

— Tu parles d'un prénom ! l'interrompit Noisette, il y a du francophone, de l'arabe, de l'hindou et de l'américain là-dedans ! s'exclama-t-elle et d'ajouter, Gars ce n'est pas une abréviation, mais un acronyme, m'sieur… pourquoi t'as pas opté pour Greg ?

— Et les autres noms alors ?

— Oui c'est vrai, c'eût été du favoritisme… Bon, ben… va pour Gars ! Après tout ce n'est que le cas sujet de garçon…

— C'est le nom d'une commune aussi, tenta-t-il d'instruire.

— Oui je sais… dans les Alpes-Maritimes, d'ailleurs c'est plutôt un petit village, si je ne me trompe, conclut-elle.

Gars resta abasourdi qu'une fourmi ait su causer aussi bien et surtout il fut scotché par son savoir. Une fourmi qui connaissait notre linguistique et la géographie, même d'un bourg. Ahurissant ! Il se demandait s'il n'était pas devenu fou. Mais ce doute se dissipa rapidement, car il savait qu'il ne l'était pas ou alors le fameux Gérard l'était aussi avec son poteau parlant. Dès lors et inconsciemment, il naquit comme de la sympathie pour le petit animal. Toujours accroupi et sans lui montrer sa confusion, il lui demanda :

— Mais comment tu fais pour que je puisse t'entendre ? Tu es si petite !

— Pourquoi chercher la lune au fond des océans ? Nous, les fourmis, nous communiquons par des stridulations aiguës produites par le frottement de nos corps, un son comme un clou sur une lime pour toi ! Tu ne peux pas les percevoir, mais comme j'ai un don quasi unique, alors je le fais par la pensée…

— La pensée ? s'étonna-t-il.

— Oui, la télépathie, la perception extra-sensorielle ! Tu captes, tout simplement, et tu es le seul réceptif que j'ai rencontré et cela fait longtemps que j'essaie de rentrer en contact avec votre espèce ! expliqua-t-elle le plus naturellement possible.

Cela semblait d'une telle évidence et d'une pratique si courante, aisée, voire innée pour elle que Gars encore une fois ne sut plus trop quoi ajouter ni surtout penser.

— Je te rassure, reprit-elle, je ne lis pas dans tes pensées, c'est toi qui perçois celles que je t'envoie. Seulement nos différences de taille ne me permettent pas de communiquer au-delà de trois mètres pour toi… des kilomètres pour moi !

— Ça alors ! Je n'en crois pas mes oreilles ! Oui… mais… balbutia-t-il, mais justement c'est incroyable ! J'ai vraiment l'impression que tu parles !

— Magie et pouvoir de la nature dont vous ne savez pas tout ! répondit Noisette gentiment sans une seule molécule de moquerie ou d'arrogance.

— Mais toi, pour m'entendre, comment fais-tu ?

— Question de réglage de fréquence…

Ben voyons ! Scotché une nouvelle fois, il vit la fourmi grimper sur une pierre plate à proximité et faire à toute allure trois tours d'un cercle imaginaire d'un diamètre de dix centimètres.

— Qu'est-ce qui t'arrive ? Tu vas bien ? s'inquiéta Gars.

— Évidemment je vais bien ! Youpi ! Je suis heureuse ! Je communique avec un humain !

— Et moi donc ! Mais dis-moi, tu as quoi sur ton dos ?

— Une épine de pin.

Il regarda brièvement autour de lui en tournant la tête. Il savait qu'il y avait des pins dans les jardins du château, en ville, et dans le bois, mais sur le chemin encore à découvert à proximité de la fourmi, non, il n'y en avait pas.

Sans doute un caprice du vent ou par les semelles d'un randonneur, mais qu'importât.

— Ils sont loin les pins, fit-il remarquer.

— En tout cas il y a des épines…

— Ce n'est pas trop lourd ? dit Gars compatissant en approchant un doigt vers la fourmi.

— Bas les pattes, humanoïde ! Tu vas me broyer ! cria-t-elle d'une voix stridente et en s'éloignant du caillou où elle était perchée.

— Attends, reviens ! Je ne veux pas te faire de mal ! s'excusa-t-il, confus.

— C'est sûr ?

— Promis ! dit-il en retirant sa main.

Doucement elle revint vers son pied avec son épine sur le dos. Il la regarda, admiratif.

— Excuse-moi, je ne recommencerai pas… promis… alors, cette épine, elle n'est pas trop lourde ? lui demanda-t-il d'un ton rassurant.

— Non, j'ai l'habitude, mais hé, m'sieur, on pourrait se dépêcher s'il te plait ? On causera en marchant, suggéra Noisette.

— On ne va pas aller vite, vu ta taille… mais elle est où ta fourmilière ?

— Elle est dans le bois… Toi qui es immensément grand, tu devrais la voir, non ? dit-elle logiquement en levant le museau, en fait le labre, en essayant probablement de voir.

Il regarda à son tour les arbres à une trentaine de mètres.

— Mais ça fait loin ! constata-t-il puis en se relevant pour mieux scruter l'orée du bois, non, ajouta Gars, je ne vois rien d'ici…c'est grand un bois, tu sais !

— À qui le dis-tu ! Écoute, la fourmilière elle est près d'un muret, mais elle est petite, lui expliqua la fourmi.

— Eh bien ! Si elle est petite pour toi, tu imagines pour moi ? rigola-t-il.

— Mais c'est une façon de parler… alors tu la vois, m'sieur Gars ?

— Non… Hé, dis donc ! Tu as fini de m'appeler m'sieur, tu peux dire Gars tout simplement, lui fit-il remarquer.

— D'accord m'sieur, euh… Gars, mais toi tu peux m'appeler Noisette, aussi…

— D'accord Noisette ! Tiens, j'ai une idée ! Tu vas monter sur une de mes mains et je t'emmène à ta fourmilière, comme ça on ira plus vite.

Aussitôt il se baissa à nouveau et posa sa main à plat tout près d'elle.

— Allez, grimpe !

— Mais si je tombe ? s'inquiéta-t-elle.

— Mais non ! Ça ne tombe pas les fourmis ! Vous avez de la colle aux pattes, puisque vous arrivez à marcher à l'envers sur les plafonds…

— Zuii, zuii ! rigola Noisette avec son rire de fourmi, de la colle aux pattes ! Zuii, zuii ! Elle est bonne celle-là ! Il faudra que je la raconte aux autres ! Zuii, zuii ! Mais non, on a des ventouses et des griffes à toutes les pattes !

— Et bien alors tu n'as pas à avoir peur ! l'encouragea Gars.

Et, chargée de son épine, Noisette monta finalement sur sa main sans difficulté particulière et qu'il porta près de son visage.

— Voilà, je te vois mieux, Noisette !

— Moi aussi, mais… mais tu feras attention hein ? dit-elle avec malgré tout un petit tremblement apeuré dans sa voix.

— Rien à craindre… accroche-toi bien ! Allez, on y va, formidable formicidé !

— Formidae ? Oh, merci Gars ! Formidae, je ne sais pas, mais en tout cas je suis une Formica Rufa ou… fourmi rousse si tu préfères ! compléta-t-elle ; ce qui démontra sans pédantisme aucun de sa part, mais naturellement que ses connaissances s'étendaient même au latin.

— Quel savoir, chère Noisette, mais comment sais-tu tout ça ?

— Je t'expliquerai. On y va Gars ? s'empressa de répondre l'insecte social qui porte absolument bien cette caractérisation.

Alors hop ! Il mit doucement son bras contre sa poitrine et ils se mirent en route ; elle en s'agrippant à sa peau, car elle était chargée avec son épine et lui en marchant précautionneusement.

—.Dis-moi, Noisette, qu'est-ce que tu dois faire après ce chargement ?

— Ramener d'autres brindilles et des pucerons... mais tu sais, nous les ouvrières, on travaille tout le temps. On n'est pas des cheminots, des étudiants universitaires ou des administrés... on ne fait jamais grève ! On travaille ! Dans nos castes, celles des ouvrières, fourrageuses, gardiennes, évacueuses ou guerrières, même les nourrices, les actions collectives concertées pour des revendications ou une cessation du travail, on ne connait pas ! Non pas que notre espèce soit sous un régime de dictat, mais c'est inné. On bosse en harmonie sans égoïsme ni soif de pouvoir, c'est tout ! De toute façon, on n'a pas de salaire et encore moins de retraite pour les plus âgées ! Pas besoin d'enfiler un gilet jaune pour faire des blocages et réclamer un meilleur pouvoir d'achat, entre autres contestations fiscales, sociales et référendums citoyens. Ceci dit, je leur donne raison, puisque vous êtes en démocratie. Quant à vos réseaux sociaux, cela nous fait bien rigoler de parfois vous capter à vous enorgueillir et de ne jurer que par cette communicabilité, car nous c'est naturel, congénital. Non, chez nous aucune ne se plaint... Nourrie, logée, fière d'apporter sa contribution au maintien et à la pérennité de la vie locale et de notre espèce, alors quoi d'autre à revendiquer ? finit-elle en soufflant, parce que c'était fort ce qu'elle venait de raconter d'un seul trait avec une assurance verbale époustouflante.

Pour être franc, Noisette la fourmi remettait les hommes face à leur conception de vie sociale que nous nous efforçons de croire être la meilleure... faute de mieux ou de tenter de la rendre équitable.

Curieux du reste que Noisette ne lui ait pas posé la question qui demanderait quel autre animal que l'homme conçoit des armes pour se battre et pour défendre une vérité de pouvoir

et de richesse égoïste de certains ou pour l'imposer. Mais quelle vérité entendre, croire ou subir ? Celle du nord, du sud, de l'est ou de l'ouest ? L'urne ne serait-elle pas trop souvent une boîte de Pandore ? Aussi quel autre animal que l'homme bâtit des édifices religieux afin de se donner bonne conscience et qui secrètement, voire indirectement servent à un certain asservissement des peuples ?
Curieux son silence ou était-elle philosophe et habitée de sagesse pour ne pas aborder ces sujets dont elle devait bien avoir des choses à dire ?

Chemin faisant et alors qu'ils entrèrent dans le bois en empruntant le sentier de découverte, Gars lui demanda pourquoi elle était toute seule, car généralement les fourmis sont en colonnes. Elle lui répondit qu'elle avait eu comme un malaise vagal, que ça allait mieux, qu'elle irait voir plus tard le « formicidologue » (le médecin-fourmi dans leur langage), qu'à cause de ce malaise elle s'était égarée et avait perdu la trace olfactive qu'elles laissaient toujours pour retrouver leur chemin ; aussi que l'orientation par le soleil leur était très difficile dans une forêt et que ses copines n'avaient pas pu l'attendre, car l'heure c'était l'heure et que les chefs de chantier n'étaient pas contents quand il y avait du retard.

Gars apprit également qu'elles possédaient six pattes pour aller plus vite, car elles ne vivaient qu'en moyenne un an ; des fois moins, des fois plus, ça dépendait de la dureté du boulot, de l'environnement ou des espèces. Elle lui dit aussi qu'elle avait trois mois, ce qui faisait en gros presque trente anniversaires de nos années.
Très intéressé par cette communauté, charmante au premier coup d'ocelle, il lui avoua qu'il n'était guère plus âgé qu'elle et lui demanda depuis quand existaient les fourmis et elle le stupéfia en soulignant que les hommes n'existaient pas encore, mais qu'il y avait des dinosaures.
Incroyable ! Évidemment, il chercha à savoir aussitôt si elle savait comment disparurent les mastodontes préhistoriques,

comment était la vie en ces temps reculés, bref, envie de lui poser un milliard de questions, parce que nous, même aujourd'hui, on ne sait pas franchement tout…

— Tu sais, Gars, dit-elle, moi je n'y étais pas personnellement, cela remonte à plus d'une centaine de millions de vos années, seulement nous avons notre mémoire ancestrale et génétique transmise depuis nos aïeules primitives, mais ce sont les reines qui savent l'Histoire en vérité et…

Là il l'interrompit brusquement en s'écriant :

— Ça y est, Noisette, je vois le petit muret en contrebas du sentier, là-bas ! Ta fourmilière n'est plus loin !

— Super génial ! s'exclama-t-elle heureuse.

Il approcha sa main vers son visage et il vit, en se penchant au plus près, qu'elle applaudissait des pattes en poussant des « Youpi ! Youpi ! »

— J'ai une idée, Noisette, lui annonça-t-il.

— Encore ? Et c'est quoi, Gars ? Mais ouille ! Hé ! Ho ! cria-t-elle, ne t'approche pas trop ! Tu me fais peur avec tes gros yeux !

— Pardon ! s'excusa-t-il en relevant un peu la tête, si tu peux patienter une minute, je vais vous faire gagner à toi et à tes collègues au moins trois mois de travail, lui dit-il en regardant autour d'eux.

— Trois mois ? suffoqua-t-elle.

— Pour nous c'est l'équivalent d'une journée et là, moi, j'en ai pour deux minutes.

— Comment ? demanda la fourmi en tournoyant sur la main.

— Regarde, chère Noisette !

De son sac en bandoulière, il sortit un gros sac plastique. Puis en prenant bien soin de ne pas la faire tomber, Gars ramassa délicatement, sans brusquerie, plein de brindilles, des feuilles, du bois pourri et de minuscules choses bien insignifiantes pour lui, mais primordiales et aussi bien lourdes pour leurs petits dos.

Elle s'était placée sur son poignet, car cela bougeait moins que sur la main. Elle avait même calé son épine entre deux de ses poils de bras pour mieux se tenir. Gars y faisait très attention en évitant de trop se servir de ce bras ou alors avec des gestes très lents. Il ne savait pas si elle le regardait faire et encore moins si elle lui souriait. Sûrement.
Puis tranquillement, presque à pas de fourmi, Gars repartit.

En arpentant le sentier, ils discutèrent encore un peu et Gars s'informa donc pour les dinosaures.
Notamment si, comme disaient nos scientifiques, il était vrai qu'il s'agissait d'un cumul d'évènements comme la chute d'une comète de plusieurs kilomètres de diamètre, l'éruption d'un super volcan et les régressions marines très importantes avec un considérable changement climatique.
— Oh ! Les dinosaures, pour nous les fourmis, figure-toi qu'ils existent toujours même s'ils ont évolué. En fait tous les animaux que nous rencontrons sont démesurés, des géants, des monstres ou, zuii, zuii ! excuse-moi de rire, mais je ne me moque pas de toi, pour nous, vous les bipèdes êtes comme des ornithopodas modernes !
Noisette se tut. Gars s'était arrêté pour l'écouter. Il y eut un silence.
Il fut encore soufflé par son étonnante érudition, sa rhétorique et ses fabuleuses connaissances. Tout ça venant d'une petite bête à six pattes.

Ensuite, très bavarde, Noisette lui expliqua grosso modo sa vie d'hyménoptère, alors qu'il reprit sa marche. Il apprit ainsi la structure et la construction des fourmilières (ou dômes) constituées selon l'endroit, de terre, de gravier, de sable et de débris végétaux ou animaux ; parfois de résine contre les bactéries et parasites. Aussi de leur organisation monarchique avec les soldates, pas des guerrières, non, des mâles géniteurs qui meurent aussitôt après la fécondation. Il apprit que les ouvrières, comme elle, se reconnaissaient les unes les autres avec les phéromones (espèces d'hormones liquides) et surtout que les fourmis représentaient quelque dix pour cent de la biomasse animale comme les hommes, qu'elles tenaient un rôle important pour l'équilibre de l'écosystème terrestre et enfin qu'elles peuplaient (et peuplent toujours) la planète entière... du moins là où le climat est supportable.

Il serait resté des heures entières à l'écouter passionnément et elle aussi aurait voulu savoir comment les humains vivaient dans leurs villes, si le chemin n'avait pas été si court, car malheureusement pour leur discussion ils arrivèrent à destination.

Sa fourmilière était là, sa maison, sa résidence, son abri face aux intempéries, sa famille, sa reine.

Son dôme était effectivement juste au pied d'un petit muret de pierres qu'on se demandait d'ailleurs ce qu'il faisait ici, sans raison apparente dans ce bois.

— Ça va, Noisette ? lui demanda Gars.

— Oui... un peu secouée, mais c'est extraordinaire d'aller aussi vite ! répondit-elle toute contente.

— Alors terminus, chère Noisette ! Tu peux descendre et rejoindre tes amies, lui dit-il en posant sa main par terre.

— Merci Gars ! lança-t-elle en descendant rapidement puis d'ajouter aussitôt, attends avant de poser ce que tu as dans tes mains, il faut que je les prévienne, sinon cela va être la panique totale !

— D'accord, Noisette... n'oublie pas ton épine !

— Non, mais ne fait rien, je reviens...

Il la suivit du regard en essayant de ne pas la perdre et elle discuta bon train avec toutes les autres. Il la trouva marrante à dodeliner de sa carapace chitineuse et de sa tête sans cheveux avec ses grandes antennes rigolotes.

À ce moment-là, son smartphone vibra dans sa poche. Un copain lui demanda un service pour l'emmener faire une course suite à un problème de voiture en panne, semble-t-il. Puis Noisette revint vers lui après avoir déposé son épine au pied de la fourmilière. Elle lui donna le feu vert avec quelques recommandations et conseils.

Il plaça alors tout délicatement sur la petite ruche et à côté, selon les matières dictées par la fourmi, ce qu'il avait ramassé en évitant de trop déranger la communauté, mais malgré toute son application ce fut l'affolement et cela grouilla et courut dans tous les sens.

Puis elle le présenta à ses congénères invertébrées qui les entourèrent. Ce fut une ovation.

Mais malheureusement, autant Gars pouvait discerner le gazouillis de Noisette, qu'il ne captait pas le langage des autres, imperceptible pour l'homme, comme elle le lui avait expliqué.

Il aurait été déplacé de dire que ce fut la « Reine du jour », mais indéniablement elle fut « L'Héroïne », « La Star » et ceci à marquer dans les annales de la myrmécologie.

— Viens, l'interpela-t-elle, je vais t'amener à la chambre de ma reine pour qu'elle te salue...

— Voyons, Noisette, je ne peux pas... je suis trop grand... je vais détruire toutes vos galeries souterraines ! lui fit-il remarquer très justement.

— Tu as raison, admit-elle, attends, je vais la chercher !

— Non ! Tu es gentille, Noisette, mais ne la dérange pas pour si peu...

— Si peu ? Mais c'est légendaire cette liaison ! C'est la première fois que je parle à un humain !

— Et moi à une jolie fourmi...

— Merci, mais on ne peut pas taire cette communication interespèces ? C'est scientifiquement phénoménal ! insista-t-elle.

— C'est vrai, ma Noisette ! Il faudra en rediscuter, car cela me semble bien plus complexe que ça de dévoiler simplement au Monde que nous communiquons, seulement il faut que je parte maintenant... un copain vient de m'appeler pour le dépanner...

— Oh non, Gars ! Pas tout de suite... on vient juste de faire connaissance... dit-elle avec plein d'émotion dans sa petite voix.

— Allez, Noisette, tu es adorable, mais il faut être prudent sur ce sujet, je reviendrai... Oh ! Tiens ! Je vais te prendre en photo, parce qu'un selfie cela ne va pas être possible, tu es trop petite...

— Un quoi ?

— Un selfie ou un relfie, un autoportrait à deux...

— Ah bon ! J'ignorais... Alors, va pour une simple photo, mais on est toutes semblables !

— Mais non, toi tu es toi !

— Ah ! Si tu le dis...

Bref, elle se prêta à quelques poses, dont deux trois où elle fit des singeries, même qu'il la filma un peu, mais pour qu'elle puisse se voir, car elle ne s'était jamais vue, les fourmis n'ayant pas de miroir, ni de salle de bain, cela ne fut possible qu'avec celles sous forme de galerie sur son portable, et encore, sinon les images auraient été bien trop grandes pour elle ; ce qui correspondit pour nous à une image carrée de trois à cinq mètres. Cela était mieux que rien, mais bien malin qui pourrait dire ce que vit réellement la petite bête avec sa vision particulière et soi-disant médiocre, même si elle semblait ravie et étonnée.

Puis après quelques échanges, il posa doucement sa main devant elle. Noisette s'approcha alors lentement, grimpa sur un doigt et demanda d'un ton attristé en levant sa grosse tête vers lui :

— C'est vrai ? Tu reviendras nous voir, Gars ? se troubla la fourmi émue.

— Oui je te dis... très bientôt ! Je te le promets ! Mais en attendant, fais bien attention à toi ! lui recommanda-t-il gentiment.

Une petite minute passa qui sembla ne pas être très pressée de passer et Noisette resta sur son doigt dans ce long silence. Puis, fataliste, elle souffla fort et lui dit :

— Bon, et bien ma foi, en attendant, je dois reprendre mon travail maintenant, Gars... merci encore mille fois pour tout et... c'est sûr que tu reviendras ?

— Promis, Noisette… promis !

Elle redescendit et il se releva pour les voir toutes s'affairer sur la fourmilière. Puis il s'en alla, la tête tout embrumée de ce qu'il venait de vivre comme un rêve.

***

Gars ne fit pas trois enjambées qu'il vit un paysan qui arrivait en bougonnant et en le prenant à partie pour défendre sa colère.

Ce con voulait pulvériser toute la fourmilière avec sa pelle et la brûler sous prétexte qu'il en avait assez de ces parasites, qu'il était content qu'il fût là pour l'aider.

Pour l'aider ? Il sort d'où ce Cro-Magnon ? pensa Gars.

Ni une ni deux, il lui attrapa sa pelle d'un coup en gueulant et la brandit en l'air comme pour la lui taper sur la tête.

— Non, mais ça va pas la tête ? Et si moi je shootais dans ta baraque, hein ? Si tu touches à une seule de ces fourmis, je te découpe façon tranche de saumon, tu vas voir ! cria-t-il méchamment.

Le paysan n'eut pas le temps de réagir et surtout ne s'attendait pas à une réaction si virulente. La surprise du geste et le coup de gueule de la part d'un costaud le firent reculer. Gars enchaînait en lui rappelant aussi que cet endroit n'était pas sur ses terres, que c'était public et que les fourmis avaient le droit de vivre et rentre donc chez toi !

(Un type connu aurait rajouté « Casse-toi, pauv' con ! ».)

L'autre marmonna des trucs dans son patois béarnais et intimidé ou croyant avoir à faire à un fou s'en alla en ramassant sa pelle jetée à ses pieds.

Gars retourna à la fourmilière, s'accroupit et appela Noisette. Oui, mais allez la retrouver dans ce fourmillement ! Cependant il y eut une petite agitation autour de lui.

— Gars ? fit très peu de temps après la petite voix qu'il connaissait.

— C'est toi ma Noisette ? répondit-il en se penchant vers l'une d'elles.

— Oui. C'est vrai que l'on doit toutes se ressembler pour toi, mais les copines t'ont reconnu et sont venues me chercher.

— Tiens ! Monte sur ma main, il faut que je te parle ! dit-il en tendant le bras au sol.

— Qu'est-ce qu'il y a ? s'inquiéta Noisette en courant sur les doigts pour se mettre dans la paume.

— Oh ! Ça chatouille, fit Gars, écoute-moi... euh... il faut évitez d'aller dans le champ de l'autre bonhomme d'à côté...

— Pourquoi ? demanda-t-elle naïvement.

— Pourquoi ? répéta-t-il, mais parce qu'il veut détruire votre fourmilière... vous anéantir... et je ne serai pas toujours là pour vous défendre !

— Mais cela va être difficile pour nous de ne pas y aller ! lui fit remarquer l'insecte désarmé.

— Je comprends bien Noisette, je suis impuissant s'il revient. Il prétend que vous saccagez ses terres, mais je pense qu'il a peur de vous, que vous piquiez comme les rouges, que vous envahissiez sa maison...

— Il est fou ? Les solenopsis de feu sont très rares ici ! Nous on cherche à manger des pucerons et prendre un peu de terre pour notre ruche ! On ne va pas lui manger une vache ni voler ses murs ! s'énerva la fourmi.

— Calme-toi ! Je lui ai quand même bien fait peur et je ne crois pas qu'il vous embêtera pour l'instant...

— D'accord... merci Gars, dit-elle en recouvrant sa petite voix douce, mais pleine d'inquiétude quand même.

— Tiens, parles-en à ta reine, peut-être qu'elle a une solution, lui conseilla-t-il.

— Oui, c'est une bonne idée ! Tu as raison, Gars ! À la reine ! Oh, merci ! Merci ! se réjouit la petite bête en tournoyant sur la paume de sa main.

— Arrête ! Ça chatouille ! Allez, chère Noisette, va vite lui en parler… il faut vraiment que je parte maintenant.

Et voilà que l'adorable fourmi se mit à gazouiller en zigzaguant :

— Chatouilles et gratouilles, papouilles et patouilles, ouille et ouille et ouille, nounouille fait l'andouille !

Gars éclata de rire. Il était tout en même temps estomaqué. Elle savait même chanter, faire des mimiques ! Il avait l'impression d'être vivant dans un dessin animé ou dans une partie de Fourmizzz. Déroutant, mais hilarant.

— Chatouilles et gratouilles, papouilles et patouilles, ouille et ouille et ouille, nounouille fait l'andouille !

Il la regarda émerveillé en rigolant, des larmes de rire lui montèrent aux yeux, puis elle s'arrêta et se dressa vers lui :

— Bon, lança-t-elle essoufflée, je ne vais pas faire la cigale, cela serait un comble… non ?

— Ah, ah, ah ! Tu es vraiment fantastique Noisette ! Fantastique ! s'exclama-t-il, bluffé.

— Zuii, zuii ! Merci Gars ! Tu sais, nous on n'a pas souvent l'occasion de rigoler, alors quand on peut s'amuser – elle reprit son souffle. Bon, ce n'est pas le tout, mais je crois qu'il faut que j'aille tout de suite voir ma reine…

— Oui, Noisette, tu es merveilleuse, tu sais ? lui dit-il ému.

— Toi aussi, Gars, tu… tu es très gentil… alors… j'y vais…

Doucement il posa sa main au sol et Noisette descendit. Il y avait d'autres consœurs qui s'approchèrent pour l'accueillir, bref, venir aux nouvelles ! Avant de se mêler à ses amies, elle se retourna vers lui en agitant ses antennes majestueuses et ses deux pattes supérieures en signe d'adieu.

— Au revoir Noisette ! lui dit-il en lui faisant coucou de la main.

— Au revoir Gars, je… je crois que… enfin, tu comprends… que… j'ai plus que des sentiments pour toi…

Sa voix était devenue d'une tendresse telle qu'il eut envie de l'embrasser la petite bête.

— Moi aussi, Noisette, moi aussi ! Je reviendrai te voir très bientôt.

— C'est vrai ?

— Oui, Noisette, je te le jure.

Et ils se séparèrent avec chacune, chacun quelque chose d'immensément riche et d'étrange dans la tête et dans le cœur.

Aussi, à la sortie du bois il retrouva sa voiture qui était toujours sur ses pneus, qui était là pour le ramener dans ce monde où personne ne croit qu'une fourmi puisse parler.

***

En allant voir son copain, Gars se demanda justement à qui il pourrait bien parler de cette rencontre surréaliste, sinon à ce Gérard, sans passer pour un dérangé du bocal, un illuminé, un fumeur de joints ou un amoureux de la bouteille. En tout cas pas à ce pote qu'il allait voir et encore moins à Karène, sa femme, qui déjà s'était moquée de lui lorsqu'il lui avait parlée de l'étrange histoire du poteau. De toute façon, elle était partie une semaine à Brest chez sa mère qui était malade. Il jugea bon de ne pas aggraver l'honneur de sa propre famille et de voir plus tard avec elle. Alors le surlendemain, annulant un rendez-vous avec des amis au Musée Beaumont en prétextant un examen médical, il retourna voir la fourmilière dans la forêt de Bastard comme promis. Comme promis et pour poursuivre cette rencontre extraordinaire et avec un étrange sentiment d'attachement et de curiosité.

Il y avait toujours peu de monde, sans doute à cause des festivités, notamment la foire au Parc des Expos, et ce ne fut pas plus mal pour apprécier la ballade.

Mais là, surprise ! Lorsqu'il arriva près du muret, des dizaines de fourmis l'encerclèrent en un mince chaînon amical. Fabuleux ! Il eut l'heureuse impression qu'elles le reconnaissaient. Mais comment ? Par quel mystère ? Il l'ignorait. Il ne connaissait pas suffisamment le monde secret des fourmis pour y répondre. Toujours fut-il que ce fût bien lui qu'elles entouraient, puisqu'ayant fait un pas doucement sur le côté, elles s'étaient aussitôt reformées autour de lui comme une ronde ou plus exactement une farandole.

Fabuleux était bien le mot.

Rien à voir avec le cercle magique de la magie blanche ou de la sorcellerie. Gars ne croyait pas que les fourmis s'amuseraient à perdre du temps à ces croyances moyenâgeuses des sciences occultes.

Et voilà qu'arriva Noisette en trottant à toute vitesse. Il la reconnut facilement. Cela ne s'explique pas ces choses-là. Un je-ne-sais-quoi dans sa façon de marcher, de bouger ses grandes antennes, peut-être et sûrement de l'avoir vu de très près, d'avoir inconsciemment décrypté son entité propre qui la différenciait de ses congénères. Elle était seule à traverser le cercle et à se dresser près de son pied. Comment ne pas la reconnaître ainsi ? Il s'accroupit en faisant attention à l'assemblée, tendit sa mimine et Noisette y grimpa comme elle savait faire.

— Bonjour Gars ! Je suis heureuse que tu sois revenu si vite. Tu vois, toute notre Communauté aussi est ravie ! lança-t-elle gaiement comme avec un immense sourire dans sa voix (Notez le respect de ses semblables par la majuscule à Communauté).

— Je vois ça ! Merci pour l'accueil, je suis très touché ! répondit-il tout aussi heureux.

Et Noisette de lui raconter avec engouement que grâce à l'incroyable contact qu'ils avaient pu établir entre leurs deux espèces, sa reine l'avait nommée Régente de l'OFUCCS, comprendre l'Organisation des Fourmis Unies pour la Culture, la Communication et la Science, ce qui, était-elle fière de le lui préciser, « C'est l'équivalent de votre UNESCO ! ». Et d'ajouter qu'une telle haute distinction comme celle-ci pour une simple ouvrière était absolument exceptionnelle, voire inédite dans toute l'histoire de leur monde monarchique ou plus exactement méritocratique. La prouesse du contact avec les humains encore plus.

Gars fut particulièrement et sincèrement heureux comme fier d'elle et la félicita chaleureusement.

On ne sut si Noisette avait rougi par tant de compliments et de gentillesse... surtout de la part de Gars.

Sûrement.

Alors n'aurait-elle pas mérité d'être reine sur le champ ? Enfin plutôt dans le bois, à côté du champ, parce qu'avec l'autre tordu...

En tout cas, elle était devenue une digne et respectable représentante aristocratique de sa colonie monogyne. Bravissimo quand même !

Ensuite, ils passèrent un petit moment ensemble à l'écart de la fourmilière pour discuter de choses et autres, mais après ce délicieux bavardage, il fit savoir à Noisette qu'il craignait surtout le paysan d'à-côté.

Elle le rassura en lui précisant que sa reine envisageait de déplacer éventuellement leur dôme, mais qu'en attendant de prendre une décision, elle avait fait envoyer des abeilles guetteuses avec qui elle était en relation, notamment par le biais de leur propre reine, considérée comme une cousine qui serait prête à faire une offensive en cas de malveillance du paysan.

Au point où en était sa découverte en live de l'extraordinaire et intelligente organisation et du comportement de ces insectes sociaux, il parut parfaitement cohérent à Gars que des espèces de même rang, qui de surcroit ne se nuisaient pas entre elles, pussent s'entraider en cas de force majeure, voire de déprédation d'un nid de l'une d'entre elles.

Seulement, il gardait à l'esprit l'intervention du paisanòt vivant aux abords du bois (aussi aux abois du bord) et s'empressa de proposer toute son aide en cas de délocalisation, si sa reine l'acceptait. [6]

Alors après quelques palabres ils convinrent qu'elle, Noisette, pourrait servir d'interprète entre sa reine et lui pour discuter du projet.

Avait-il existé, existe-t-il ou existera-t-il plus belle, plus remarquable, plus constructive alliance entre les hommes et les fourmis comme celle-ci, hormis l'approche des myrmécologues bien évidemment ?

Et sur cette merveilleuse idée qui les rapprocha plus encore dans leurs sentiments mutuels, Gars ramena Noisette chez les siennes qui fêtèrent leur retour en faisant comme une danse autour d'eux.

Puis après ces chaleureux moments presque fraternels emplis d'émotions et d'enthousiasme, il partit, car lui n'habitait pas le bois.

***

Deux jours plus tard, ayant été pris par son travail, il se rendit à la forêt tout heureux, mais ému et troublé de probablement rencontrer une reine. Car qu'importât de quelle colonie d'animaux ou de quel peuple de bipèdes elle fut, une reine restait une reine avec tout le respect et la bienséance qu'il se devait d'avoir.

Mais lorsqu'au détour d'un taillis feuillu il aperçut le muret où se trouvait la maison de Noisette, ce fut l'horreur.

La fourmilière n'était plus qu'un tapis de cendres et de terre retournée ; un champ de bataille d'un affrontement fulgurant et inégal. Les herbes et les feuillages avoisinants le dôme étaient brûlés également, tout comme les pierres bancales du muret étaient noircies. Apparemment le feu avait été maîtrisé pour ne pas se répandre.

Désolation, dégout, révolte, les mots manquèrent tant ce fut tragique et écœurant, affligeant et lamentable de voir un tel

---

[6] Paisanòt : Petit paysan en Béarnais.

désastre, un tel massacre, une telle cruauté pour toutes ces petites bêtes bien inoffensives dans cet environnement, sauf entre elles, guerrières et cruelles.

La main de l'homme non rassasiée de s'entretuer avec ses semblables venait de s'en prendre encore une fois à la nature dont il se crut, se croit et se croira de plus en plus devenir le maître. Mais quand celle-ci reprend ses droits dans des raz-de-marée des typhons, des mouvements telluriques ou autres cataclysmes, ne devient-il pas à son tour minusculement fourmi lui-même ?

Gars, qui s'était figé par cette vision cauchemardesque, hurla toute sa rage et courut jusqu'au muret. Il n'y avait plus rien de l'ouvrage en surface, ni souterrain de l'habitat qui avait demandé tant d'efforts et de temps aux infatigables insectes.

Mais que c'était-il passé et... et Noisette ? Et sa reine ?

Un peu partout des dizaines de petites bêtes affolées couraient, tournoyaient dans tous les sens, cherchant désespérément leur dôme protecteur ; Gars fit attention de ne pas les écraser. Pour cela il s'immobilisa et appela :

— Noisette ! Noisette ! Tu m'entends ?

Aucune réponse.

Juste devant le monticule labouré et en cendres, il appela encore en regardant tout autour de lui et à ses pieds. Rien.

— Noisette ! Noisette !

Rien.

— Noisette ! Noisette ! C'est moi, Gars ! Tu m'entends ? continua-t-il désespérément.

— Monsieur ?

— C'est toi Noisette ? demanda-t-il en regardant d'où pouvait provenir la voix, mais comme il savait que la transmission était pensive, elle pouvait être hors de son champ de vision.

— Monsieur ?

Il se retourna, car il perçut une voix de femme venant d'en retrait derrière lui.

En effet une femme, une jeune joggeuse, l'interpelait à une trentaine de mètres.

— Votre petit chien je l'ai vu ! Il est avec le garde forestier à l'entrée principale ! cria la jeune femme.

— Hein ? Oui, euh… mais non, je n'ai pas de chien ! répliqua Gars déconcerté.

— Ah, bon ! Mais qui cherchez-vous, alors ? insista-t-elle.

— Je ne cherche personne, je… je… hem, hem ! fit-il en se raclant la gorge, je répète une scène de théâtre ! trouva-t-il à dire pour se désempêtrer de la situation.

— Ah, bon ! dit la joggeuse plus surprise qu'autre chose.

— Noisette ! Noisette ! Noisette ! Trois noisettes dans le bois, tout au bout d'une brindille, dansaient la capucine…euh, vivement le vent… commença à réciter Gars comme ça de mémoire, alors qu'il ne connaissait plus très bien les vers suivants, mais en improvisant des gestes très théâtraux et alors d'ajouter, vous voyez ? [7]

— Oui… Oh ! Et bien, excusez-moi, je vous ai interrompu ! Je ne vous dérange pas plus longtemps !

— Au revoir Madame… hem, hem ! Merci quand même !

— Au revoir ! fit la sportive en reprenant son footing.

— Qu'est-ce qu'elle vient m'emmerder avec son chien, elle ? murmura Gars en la regardant s'en aller, alors que l'intervention venait d'un très bon sentiment. Mais qui ne comprendrait pas sa réaction dans le contexte de révolte où il se trouvait ?

Après s'être assuré qu'elle fut partie, il s'accroupit… et devint l'homme qui murmura aux oreilles des fourmis (faute de présence de chevaux). [8]

---

[7] « Trois noisettes dans le bois… » : Adaptation libre du poème « Les trois noisettes » de Tristan Klingsor (1874 - 1966). Recueil « Valet de cœur (1908).

[8] En fait, c'est avec leurs pattes ou leurs poils (aux antennes) qu'elles captent les moindres vibrations (infrasons) qui se propagent dans leur nid, les feuilles, mais surtout provenant du sol. Elles n'ont pas de tympans.
Source : Myrmécofourmis.com et Acidefourmis.com

— Dites, les amies ! M'entendez-vous vous aussi ? Me reconnaissez-vous ?

Il observa la cinquantaine d'insectes qui zigzaguaient à ses pieds, mais pas de réponse, ni le moindre signe quelconque qui aurait pu lui laisser penser qu'elles percevaient ou captaient son langage.

— Noisette ! Noisette ! Tu m'entends ? répétait-il encore et encore.

Silence. Sinon le bourdonnement naturel de la forêt.

Il entreprit de remuer très délicatement les cendres terreuses avec un bâton à moitié calciné qui traînait là.

Il y a peut-être des survivantes et pourquoi pas Noisette ? pensa-t-il découragé, mais il arrêta aussitôt sa fouille, car sous la fine poussière grise qui s'élevait, n'était que désolation de résidus de végétaux carbonisés, de corps calcinés réduits en minuscules boules noirâtres, de cailloux noircis et de terre.

Il appela une dernière fois, mais sa gorge fut si nouée par l'émotion et la peine que les sons de sa bouche avaient la vibration des larmes qui tapaient des poings à la cornée de ses yeux.

Toujours rien et les minutes passèrent ainsi sans aucune manifestation.

Dépité, résigné, malheureux, car il comprit qu'il lui fallait être réaliste, il s'accrocha à une dernière idée, un ultime espoir, une hypothèse extrême totalement folle et désespérée ; qu'elle ait pu échapper au massacre et que dans la débandade et le désespoir, elle soit partie chercher son secours ou avec un peu de chance à sa rencontre vers le seul endroit où elle l'avait vu : l'orée du bois. Car autrement comment chercher une fourmi dans une forêt ? Hypothétiquement vivante de surcroit ? Une aiguille dans une meule de foin eût été plus facile à trouver !

Alors il essaya un instant de se convaincre avec cette microscopique et absurde lueur d'espérance qu'elle n'avait pas pu disparaître aussi brutalement. Seulement, au fond de lui, en voyant encore ce qui lui brûlait les yeux, la réalité, il balaya cette improbabilité et n'y crut plus du tout.

Et ce fut blessé et abattu d'avoir perdu une fourmi si extraordinaire qu'il regarda une dernière fois le muret.

— Adieu Noisette ! Adieu amies fourmis !

Et il se détourna.

Il ne lui servait à rien de rester là plus longtemps.

Il fit quelques pas et s'arrêta net. Juste devant son pied il y avait un escargot qui contractait son muscle, bref, cheminait au ralenti. Il l'observa un instant et eut un léger rictus malgré tout. En effet, l'escargot lui fit tout de suite penser au poème qu'il avait commencé à réciter à la joggeuse et qui disait en gros qu'un escargot passa sous les noisettes ; qu'elles lui demandèrent de les emmener dans son carrosse ; mais qu'il était sourd et fatigué et il ne s'était pas arrêté ; et finalement que ce fut l'ogre de la forêt, l'écureuil, qui les croqua.

Il se dit pour le coup que l'ogre de la forêt n'était pas un écureuil, mais serait bien cet abruti de paysan. Sinon qui d'autre ? Et quand bien même qu'importât qui ? On venait de tuer sans le savoir la plus prodigieuse, la plus fantastique fourmi de la planète avec qui la communication interespèces homme/animal venait enfin de se produire, de s'établir et d'exister de façon parfaite, fabuleuse et irréfutable ; ce qui aurait sans doute amené au plus grand bouleversement et au chaos de l'humanité et du monde en ayant à remettre en question toutes nos théories, philosophies, connaissances, mythes, éthiques, croyances et bien plus encore pour un nouveau partage de notre bonne vieille Terre... et y redéfinir la place de l'Homme.

Se dire alors... malheureusement ou heureusement ?

Et selon l'une ou l'autre réponse, se demander ensuite : pour le présent ou pour le futur ? Mais celui de qui en fait ? Celui de l'Homme ou celui des animaux ? Quant au passé, à ce niveau-là...

En tout cas, c'eût été une belle pagaille à tous les étages de notre existence !

C'eût été, oui, car ce fut ainsi que disparut Noisette avec son mystère, son authenticité et cette porte entrouverte vers un nouveau monde.

Et pour Gars ce ne fut pas la fin d'un beau rêve, car ce n'était pas un rêve, il le savait, non, ce fut la fin de ce monde. Ce fut le soleil qui venait de se coucher pour ne jamais réapparaître, là-bas de l'autre côté... Mais de l'autre côté de quoi ? Plus rien n'avait de sens pour lui.

Quant à l'escargot, visiblement il s'en foutait, s'en battait les cornes et ne se sentit pas concerné. D'ailleurs, il continua sa lente route en vue de trouver pitance sous une fougère.

FIN

C'EST BIZARRE

HÉBÉTUDE
ET CONFUSION

L IONEL regarda sa montre. Il était 8 h 30 du matin. Il venait de dormir dans son garage, car il s'était disputé avec sa femme. Une histoire chronique et triste d'un couple où l'amour n'avait plus de couleurs entre eux depuis longtemps.

Cela faisait déjà quelques jours à peu près qu'il dormait là, mais curieusement le temps ne lui semblait ni long ni court ; intemporel aurait été le mot juste.

8 h 30 du matin et Lionel sortit de son garage après s'être étiré à s'en démembrer les bras. C'était bizarre, car dehors il faisait sombre. Pas nuit, mais sombre. Pas le plafond d'un ciel bouché comme le nez d'un enrhumé, sauf qu'un ciel cela n'éternue pas, quoique par temps d'orage... le tonnerre, mais là non, pas un nuage, pas une étoile, en fait comme s'il n'y avait pas de ciel.

Des coincés de la couette couraient après un bus, d'autres plus philosophes attendaient sagement le prochain, des terrassiers commençaient à éventrer un trottoir et les voitures passaient bruyamment dans la rue pour aller on ne savait où dans ce bal matinal habituel. Les magasins, le bistrot du coin comme les volets des maisons étaient ouverts. La vie quotidienne paraissait suivre son cours normal, sauf qu'il faisait sombre, sans ciel.

Lionel regarda à nouveau sa montre. Pourtant elle semblait fonctionner. Étrange.

Tiens !, Chuken n'est pas là ! constata-t-il pensivement Chuken, c'était son chien. Un Boston Terrier.

— Chuken ! Chuken ! appela-t-il en regardant autour de lui, mais rien.

— Sacré toutou, il a dû rentrer tout seul... ça n's'ra pas la première fois ! murmura Lionel sans plus d'inquiétude.

Il bâilla, se réajusta et se dirigea chez lui, car son garage était en fait un box extérieur à quelques rues voisines.

Un peu plus loin il interpela un type genre « tête de cartable » qui passait devant lui :

— Pardon, Monsieur, auriez-vous l'heure s'il vous plait ?

— Oui, bien sûr, il est 8 h 30 ! répondit aimablement l'individu en regardant son bracelet-montre.

— Et on est bien le matin ? demanda Lionel.

— Oui, évidemment ! confirma le costard-cravate qui le regarda bizarrement.

— Mais vous avez vu le temps ? Il n'y a pas de ciel !

— Vous avez un problème, vous ! Excusez-moi je suis pressé ! répondit le col blanc alors que son mobile sonna un truc débile comme le hennissement d'un cheval.

Et le type s'en alla en blablatant avec son sans-fil.

— Un problème ! Un problème ! Il trouve ça normal qu'il fasse sombre et qu'il n'y ait pas de ciel, lui ! bougonna Lionel et d'ajouter à voix basse en reprenant son chemin :

— Abruti ! T'as vu ta tête de lèche-bottes ? T'es prématuré du cerveau, toi !

L'était pas content-content le Lionel !

Au fait, Lionel cela veut dire « Non » dans la langue de Virgile et cela vient de Léo qui lui-même se traduit par « Lion ».

Remarquez, on s'en fout… sauf les Lionel, bien sûr !

Il remonta son col de veste en frissonnant du dos, car il n'avait pas très chaud. Pourtant on était en septembre, la fin d'un été très indien qui aspirait les degrés vers le haut et pratiquement tout le monde était en tee-shirt ou en chemise.

Bon ! Ça ne me réussit pas de roupiller dans le garage… va falloir faire la paix avec Pirouette parce que les nuits sont fraîches ! pensa-t-il.

Pirouette c'était le surnom de sa compagne.

À vrai dire ils s'étaient disputés pour une histoire insignifiante de… de… de quoi au fait ?

Il ne savait même plus ! Du reste, c'est souvent comme ça les petites querelles dans un couple ; pour un rien et pour peu que l'un des deux soit mal luné et hop, c'est la fin du monde ! Mais très souvent et heureusement l'oreiller et la réflexion sont là pour redonner du sourire tout chaud dans le foyer.

Il poursuivit ses pensées.

D'autant plus que Pirouette ne travaille pas aujourd'hui... on est vendredi, c'est son jour de repos donc elle est à la maison.

Alors Lionel se convainquit de présenter ses excuses, même si ce n'était pas entièrement lui qui avait eu tort de... de... de quoi déjà ? Oh, peu importe, il allait rentrer chez lui pour arranger ça et c'était bien là l'essentiel !

Seulement il y eut un problème.

Brusquement, alors qu'il reprit sa marche, le trottoir ne se déroula pas sous ses pieds. Ses jambes trottaient normalement, mais il faisait du surplace. Non pas comme sur un tapis roulant, en contre sens, non, plutôt comme le pas de danse de Michael Jackson, sans reculer. Bref, comme du popping ou un mime. Du surplace, quoi !

Évidemment cela commença à lui consumer sa patience, car s'il n'avait pas de difficulté avec ses jambes il n'avançait pas d'un millimètre. Un vrai cauchemar !

Il souffla, pesta, maugréa puis aperçut un banc juste à côté. Ouf ! Péniblement il parvint à s'y asseoir.

— Si seulement Pirouette était là, elle m'aiderait ! se lamenta Lionel en regardant autour de lui, essoufflé.

Puis il posa son bras sur le dossier du banc pour tenir sa tête et réfléchir, mais ses mains semblèrent sans force, il ne pouvait pas tenir sa tête et son bras, ses muscles lui parurent bien engourdis.

— Merde et merde ! gueula-t-il.

Au fait, Pirouette, elle s'appelait civilement Huguette.

Huguette cela veut dire « Intelligence » dans le pays de Kafka et c'est la féminisation d'Hugues.

Ne leur faites pas de poisson d'avril. Elles n'apprécient pas ! Pourquoi ? C'est le jour de leur fête !

Certes, tout le monde s'en fout... sauf elles, bien sûr !

Seulement Lionel resta ainsi assis, ressassant sans cesse, ses récents soucis insensés à six sous, puis :

— Allez, mon gars, du nerf ! s'encouragea-t-il au bout d'une bonne demi-heure.

Durant ses interrogations sans réponse, il s'était aperçu qu'il n'y avait personne dans la rue qu'il venait de prendre. Tant mieux pour lui, sinon il aurait eu l'air d'un malade à soigner d'urgence en psychiatrie avec sa burlesque difficulté de marcher sans avancer. Cependant, il faisait toujours sombre et il devait être pas loin de dix heures. Pas vingt-deux heures ; dix heures, voire neuf heures cinquante-neuf... à peu près !

Il se leva et essaya quelques pas, mais ce fut encore la même chose. Impossible de marcher. Il s'arrêta, se retourna et tenta d'aller non pas à reculons, mais en sens inverse.

— Merveilleuse et miraculeuse idée ! Ô ! Merveilleuse et miraculeuse idée ! s'écria-t-il triomphant, car il put à nouveau marcher normalement.

Soudain, une voix reprit derrière lui :

— Mirabilis et mirabiliter idea ! Ô ! Mirabilis et mirabiliter idea ! Grata est, frater Anawim !

Lionel se retourna et il y avait sorti de nulle part un type déguenillé, hirsute, mal rasé, un litron à la main, les bras en l'air et braillant comme un supporter dans un stade.

— Salut, Magnificence des rues ! Égaré du monde ! lança théâtralement le clopinard en s'approchant d'un pas loin d'être sûr. Et d'enchaîner avec grandiloquence :

— Tu as entendu l'Univers depuis le petit cachot où tu te trouves logé ! Et est mirabilis et mirabiliter idea !

— Pardon ? demanda Lionel.

— Jamais de pardon, Anawim ! s'exclama le poivrot en enchaînant, la plupart des hommes emploient la meilleure partie de leur vie à rendre l'autre misérable et une misérable vie vaut mieux qu'une belle mort ! Va comprendre, l'ami ! Amice intelleges !

— Vous êtes qui ? fit le dormeur du garage (sans les deux trous rouges au côté droit) et en dévisageant l'olibrius.

— Comme toi, amigo, je suis Guillaume, tel le Conquérant, sans pomme ni glaive, à la quête d'une piécette ou, divin Ploutus déguisé en Anawim, en quête d'un menu billet même froissé ! Comme toi, amigo, je suis l'ombre de mon âme perdue sur le bitume ! Et que les filaments du firmament te... [9]

— Bon ! Hé ! Ça va, oui, tes phrases à la noix ! coupa court Lionel, tu peux plutôt m'expliquer en français pourquoi il fait sombre et qu'il n'y a pas de ciel ? C'est une éclipse ?

— Ah, ah ! s'esclaffa Guillaume, les bras tendus en l'air avec le litron, tu me plais bien dans ton errance, vacive égarée du Monde ! Une éclipse de soif ? Ah, ah ! Nostradamus avait-il eu savoir de cela en sirotant l'hydromel de l'espace ? clama le Guillaume en s'enfilant une rasade de vin dans le gosier.

— T'es complètement saoul ! trancha Lionel méchamment et sans indulgence.

Maintenant qu'il savait qu'il pouvait remarcher normalement, il préféra laisser l'autre fanfaron à ses délires. Mais le zigoto le rattrapa en trois foulées, dont deux de biais, et le tira par la manche.

— Holà ! Holà ! Monseigneur SDF, Seul Dans la Faune, point tu ne pourrais abandonner un ami, frater Anawim ! Une ch'tite piécette ? supplia Guillaume, le clopinard cultivé, en tendant sa main sous le nez de Lionel.

— Bon, si tu veux ! Après tout t'es pas si méchant et tu m'as l'air bien instruit, concéda ce dernier en se ravisant sur son

---

[9] Quelques explications : « Anawim » : Un pauvre de Dieu chez les Hébreux. / « Tu as entendu l'Univers... » Adaptation d'une Pensée du philosophe Pascal. / « La plupart des hommes... » Citation de l'écrivain Jean de La Bruyère. / « Une misérable vie... » Citation du dramaturge grec Euripide. / « Amice intelleges ! » Traduction du Latin : « Va comprendre l'ami ! » / Ploutos : Dieu des richesses dans la mythologie grecque et romaine.

emportement pas très honorable et en fouillant dans ses poches.

Guillaume le regarda faire avec cet œil pétillant qu'ont les enfants capricieux et sournois qui sont sur le point d'obtenir gain de cause, malgré un refus initial.

Lionel chercha désespérément.

— Merde alors ! Je n'ai plus un sou ni mes papiers ! J'ai changé de veste quand… C'est ça… oui, c'est…

— Te fatigue pas, Magnificence, tu vas t'égarer dans tes mensonges… déplora l'autre puis, si t'as troqué de papiers peints, ça fait des lustres ! fit remarquer Guillaume en tripotant les vêtements fripés et sales de Lionel.

Celui-ci se regarda et constata qu'effectivement il ne s'était pas changé depuis un bout de temps.

C'est ça de rester trop longtemps dans le garage ! se dit-il, honteux.

Et l'autre zigomar de reprendre :

— On t'a taxé, endpoint ! C'est tout ! La misère a cela de bon qu'elle supprime la crainte des voleurs ! Méfiance, Amigo ! Memoria semper… Seul Dans la Faune…[10]

— Mouais ! Vu à travers un cul de bouteille, sans doute ! Et puis SDF, ça ne veut pas dire " Seul Dans la Faune ", mais " Sans Domicile Fixe "…

— Où est la différence ? Tu veux boire un coup ? fit Guillaume prit de pitié en lui tendant son litron.

— Navré, coupa Lionel, mais je dois partir ! Dis, à tout hasard, enchaîna-t-il, tu n'aurais pas aperçu mon chien Chuken ?

— Un chien ?

— Oui, un Boston Terrier, beige au dos noir…

— Connais pas et pas d'amour ! Vade retro satana ! Par Ploutos, les clebs défèquent sous mes semelles ! Tu sais,

---

[10] « La misère a cela de bon… » : Citation du journaliste, écrivain et humoriste Alphonse Allais. « Memoria semper » Traduction du Latin : « Rappelle-toi toujours… »

Amigo, tu m'inquiètes… t'es pâlichon… lui dit Guillaume en s'approchant de lui.

— T'empeste ! Bon, allez, salut !

Lionel lui tourna les talons sèchement sans autre courtoisie et arriva sans difficulté dans la grande rue.

Il est cuit ce type ! Il sort d'où cet ivrogne qui parle latin où je-ne-sais-quoi ! Et mon Chuken, il est où celui-là ? Je l'avais avec moi il n'y a pas si longtemps ! se disait-il en regardant autour de lui. Mais pas de toutou en vue.

Là, dans la rue, il y avait du monde et il faisait toujours ce temps obscur sans ciel.

Quand il regarda sa montre, celle-ci était arrêtée à 8 h 30. Étrange.

Au fait Guillaume cela vient tout droit du haut Moyen Âge germanique. Il est dérivé de Willhelm qui signifie : Volonté et Protection.

C'était grand dommage que celui-là fut de la cloche, mais on s'en fout… sauf les Guillaume, bien évidemment !

Lionel marcha dans la rue animée, mais personne ne fit franchement attention à lui. D'ailleurs pour quelle raison ? Des types bizarres il y en avait plein les trottoirs, la télé et Internet !

De toute façon, la plupart des piétons marchaient au radar en regardant leurs pieds, à discuter tout seul avec leur oreillette ou le casque à fond, bref, la tête dans leur nombrilisme.

Il se disait qu'il achèterait bien des croissants chauds ou mieux des pains aux raisins – Pirouette adorait ça –, histoire de ne pas débarquer les mains vides, seulement la boulangerie sembla fermée.

Curieux pour un vendredi, surtout en septembre… d'habitude elle ferme en juillet ! se dit-il. Alors il s'en approcha, car une camionnette garée cachait à moitié le commerce et il vit avec ahurissement le petit écriteau indiquant que le magasin était fermé définitivement.

Houlà ! s'écria-t-il en lui-même, planté face au rideau baissé, *va falloir sérieusement que j'aille voir un toubib, moi ! Ça serait un comble que je fasse Alzheimer !*

Il essaya de se souvenir depuis quand cette boulangerie était fermée, mais pas moyen. Même le doute s'installa en lui. Il en arriva à se demander s'il avait eu un jour connaissance de cette fermeture.

— Merde alors ! Mais qu'est-ce qui s'passe ? beugla-t-il tout haut.

Ce fut plus fort que tout. Il fallut que cela sortît à l'état brut. Il y avait de quoi avec toutes ces histoires depuis le matin ! Aussitôt il regarda autour de lui. Apparemment personne ne l'avait entendu. Alors il reprit le cours de ses pensées :

C'est vrai que j'y viens rarement à celle-là... enfin je crois bien quand même y être passé il y a dix jours ! Bizarre. Bon, il y a celle près de l'église, ce n'est pas loin. Ah, mais merdouille, je n'ai plus de monnaie ! Oh, elle me fera bien crédit la boulangère, elle me connait ! se rassura Lionel pour se donner du courage après cette enrichissante analyse. Fort de ce constat il repartit, enthousiaste, mais releva à nouveau son col en serrant les épaules, car il avait toujours froid. Pourtant il faisait lourd.

Il voulut regarder en l'air pour voir si le ciel allait quand même se décider à revenir, car cela le tracassait aussi cette histoire, seulement il eut trop mal au cou pour lever la tête.

— Torticolis, tirtokilo ! Saleté de garage ! râla-t-il sur son propre sort en se massant la nuque et en grimaçant.

De toute manière c'eut servi à rien, il n'y avait toujours pas de ciel.

Il marcha encore et passa devant sa librairie habituelle. Il aimait bien acheter de temps en temps un quotidien, jamais le même par tempérament anticonformiste, histoire de rester à la page de ce monde en folie.

Seulement, il n'avait pas le moindre kopeck en poche, alors il se contenta de survoler la une des journaux sur le kiosque et les couvertures des revues en vitrine de la librairie.

Un titre sur les avancées médicales relatives à la maladie d'Alzheimer retint évidemment toute son attention.

Mais en fait, l'activation cérébrale, la dynamisation et l'optimisation des aptitudes cérébrales, la nécessité d'un coaching à domicile et autres caractéristiques de la maladie, il maîtrisait bien le sujet. Et pour cause, parce que c'était un peu son job, enfin… disons qu'il avait planché sur le sujet pour un papier dans un mensuel connu.

Journaliste que s'appelait son métier.

Lionel fit un petit signe de la main au libraire qu'il connaissait, mais celui-ci ne sembla pas l'avoir vu, préoccupé avec une cliente.

Il s'en alla et reprit son chemin à nouveau en s'encourageant :

— Direction maison, retrouver Pirouette !

Puis il chantonna gaiement, comme ça, une adaptation personnelle de la célèbre comptine :

— C'était un petit Lionel / Pirouette, cacahuète / C'était un petit Lionel / Qui avait une drôle de maison /Qui avait une drôle de maison / Leur maison est en carton / Pirouette, cacahuète / Leur maison est en carton / Les escaliers sont en papier / Les escaliers sont en papier…

Pendant qu'il fredonna sa chansonnette qui, en fait, pouvait se traduire par le rapprochement entre la maison en carton et ce temps sans ciel comme si la ville était dans un carton avec un tout petit peu de lumière, il n'entendit pas le libraire dire à la cliente qu'il lui avait semblé avoir vu Lionel ou plutôt quelqu'un qui lui ressemblait en mal habillé.

Quelque temps plus tard, à l'approche d'un fleuriste, il vit une mamie en sortir avec deux pots de bruyère.

Tant pis pour les pains aux raisins, se dit-il, *ce n'est pas à cinq minutes ! Tiens, je vais prendre des fleurs aussi pour Pirouette, elle sera contente, mais… mais qu'est-ce qu'elle fait la vieille ?*

Intrigué par la dame âgée, il décida de la suivre discrètement et elle entra dans le cimetière juste à côté du fleuriste. Il s'arrêta à l'entrée du cimetière en regardant à l'intérieur.

Là il réfléchit un instant et murmura :

Voyons, où est-ce qu'elle se trouve ma propre tombe ? Ah, oui ! Division 3, Allée 2...

Alors, lentement, Lionel entra et se dirigea vers sa sépulture, Division 3, à l'opposé d'où se rendait la mamie avec ses fleurs de souvenirs.

On entendit quelque chose comme « Wouf, wouf ! » dans le jour qui était déjà bien clair au-dessus des toits. Car le soleil se dressait sur le ciel bleuissant.

On aurait dit l'aboiement de Chuken, le chien de Lionel, aux abords du cimetière.

Il était 8 h 30, ce vendredi de septembre. Lionel disparut, et pour cause.

Au fait, Chuken cela veut dire « Chien fidèle » en japonais, mais surtout c'était le surnom du célèbre chien japonais Hachiko qui avait attendu tous les jours son maître à la gare de Shibuya (Tokyo), pendant près de dix ans de 1925 à 1935 après la mort de celui-ci.

Remarquez, on s'en fout... sauf les chiens, bien sûr !

FIN

LA VIEILLESSE

1

S TÉPHANE, en fait Stef, rentra de voyage du Portugal et avait un message sur le répondeur de son mobile, qu'il lut à la descente de l'avion. Son amie Betsy l'invitait chez elle à souper le week-end, car elle avait un souci sans préciser de quoi il s'agissait, mais surtout pour lui parler d'un projet d'article sur l'agriculture écologique dans le tiers-monde.

Il répondit simplement OK et amicalement y alla le lendemain samedi.

En plus ce n'était pas loin, puisqu'elle avait son tout nouveau pavillon à la sortie de Veilly, à une cinquantaine de kilomètres à peine de chez lui, à côté de Chalon-sur-Saône.

Comme nul n'est censé l'ignorer, le village de Veilly, s'appelant autrefois Veilly-sous-Antigny, est en Côte-d'Or, près de Beaune, et connu pour son superbe tilleul de Sully planté sous le règne d'Henry IV, il y a cinq cents ans déjà ! Même que le tilleul est creux à l'intérieur et qu'il est possible de rentrer dedans. Vingt-cinq mètres de hauteur et dix de circonférence.

C'eut été dommage de vieillir sans savoir ça quand même !

Betsy et Stef étaient des amis de longue date, un peu comme frère et sœur. Ils se voyaient régulièrement, mais ayant eu chacun de leur côté des déboires de couples, cela les avait rapprochés imperceptiblement dans une solide et loyale amitié faite de confidences, d'entraides, de complicité, mais sans plus. Vraiment sans plus.

Systématiquement, dès que leurs plannings le leur permettaient, ils se voyaient, en groupe d'amis ou pas.

Betsy était SR, secrétaire de rédaction dans le jargon professionnel, fonction qu'elle exerçait dans un magazine sur l'écologie. Ce pourquoi l'article. Mais elle préférait nettement être sur le terrain comme reporter. Trente-cinq ans, type Eurasie, plus euro que roupie indienne depuis deux générations, elle avait de longs cheveux noirs et de grands yeux verts qui voyaient toujours quelques kilos de trop, comme beaucoup de femmes qui pourraient quand même se glisser sans peine dans un trou de souris. Quant à lui, un peu plus grand, le cheveu châtain, ondulé et fourni, peigné seulement d'un revers de main, génétiquement pondu franco France, il était chirurgien-gastro-entérologue et bénévole à l'ONG Médecins du Monde. Ce pourquoi aussi l'article pour ses connaissances du terrain en pays pauvres et l'alimentation.

Des carrières dont ils ne se plaignaient pas financièrement, mais ignoraient ce qu'était de compter les heures.

Le pavillon de Betsy, s'il n'était pas totalement isolé, était caché par une haute haie, afin d'assurer la tranquillité et l'intimité en quelque sorte. De plus, Stef avait insisté à l'élaboration du projet de restauration pour une protection dotée des systèmes technologiques dernier cri en termes de sécurité. Éclairage d'absence prolongée, télésurveillance, vidéo et autres sans en faire non plus une forteresse. Ce n'était pas parce qu'elle gagnait assez bien sa vie et honnêtement que sa maison devait être visitée par des crapules de seconde zone.

Héritée de ses parents, il s'agissait d'une ancienne fermette, éloignée d'une petite route en sortie de la bourgade, qu'elle avait réaménagée par de lourds travaux en une habitation qui avait pris la valeur d'une villa, mais Betsy préférait par modestie le terme de pavillon.

Fermée par un portail métallique ajouré et automatique, la bâtisse se dressait au bout d'une allée de cent mètres bordée par des vignes grillagées. Betsy était aussi propriétaire de quelques hectares de raisins autour de chez elle, clos qu'elle administrait, mais laissait l'exploitation à un vigneron d'une coopérative locale.

Les différents bâtiments de la demeure avaient néanmoins conservé leur aspect rural avec leurs toits en simple ou double versants tuilés et aux murs épais de pierre naturelle, les travaux ne portant dans l'essentiel que pour les intérieurs et les aires de détente. La bâtisse principale de quatre pièces, avec un étage sous charpente, possédait un grand séjour et sa cheminée qui fonctionnait toujours. Dans la cour, à droite, une remise refaite en double garage. Sur la gauche, un large passage où se trouvaient un ancien hangar à tonneaux réaménagé en dépendances et une resserre attenante pour les outils et petits engins d'entretien. Au bout de ce passage, à l'arrière, une terrasse et une grande baie vitrée donnaient sur le séjour.

Face à la terrasse, à quelques mètres, il y avait une piscine écologique mordante et creusée de moitié dans la zone de végétation filtrante, plus un vieux et grand poulailler transformé en local technique ; aussi des panneaux solaires discrets contribuaient en partie au chauffage de l'eau. Et puis pour finir, à gauche de la piscine, plus au fond, son jardin floral qu'elle soignait tout particulièrement et un potager.

Enfin, l'entretien des parties vertes était assuré par un jardinier retraité trois fois par semaine et pareillement pour la maison par une fée du logis.

Quand Stef arriva vers les seize heures, comme elle lui avait dit de ne pas sonner, qu'elle serait dans le jardin et qu'il avait le code pour déverrouiller le portail, il entra dans la longue allée et se gara devant le pavillon. Il en fit le tour et la trouva dans sa piscine plutôt que dans le jardin. Elle avait bien raison, puisqu'il faisait très chaud ce mois de septembre.

— Salut, Princesse ! C'est moi ! J'ai pris du champ' et du bon vin pour ce soir ! lui lança-t-il à distance du bassin et en brandissant les deux bouteilles.

Princesse c'était le petit nom qu'il lui donnait parce qu'elle était jolie, tout simplement.

— Ho ! Stef ! Je ne t'attendais pas si tôt. Je me délasse…

— Je vais les mettre au frais ! fit-il en se retournant pour aller dans la maison.

— Non, il y a une glacière sous le troène ! lui cria Betsy en continuant ses brasses.

Il les rangea et alla au bord du bassin, mais là, surprise de taille !

— Hé ! s'exclama-t-il, qu'est-ce que tu fais toute nue ?

— T'as vu le temps ? Viens me rejoindre si tu veux ! lui dit-elle au milieu de la piscine en l'invitant du bras.

— T'as pété un câble ou quoi ? C'est pour ça que tu m'as fait venir ? répondit-il hébété.

Ils avaient beau être très amis, mais la frontière de l'intimité corporelle n'avait jamais été franchie, enfin presque.

— Mais non, viens, je te dis ! Elle est bonne, insista Betsy.

— Tu t'es shootée ou quoi ? Et puis je n'ai pas de maillot…

— Mets-toi à poil… on se connait, Stef… On a déjà fait du nudisme à Gibraltar… Allez, viens, plonge ! le supplia-t-elle en riant et en claquant l'eau des mains.

— Je te l'accorde, mais il y a longtemps et ce n'est pas pareil ! T'es complètement siphonnée, toi ! T'as une cirrhose du cerveau ou alors t'as trop forcé sur les aphros ? lui lança Stef qui finalement sourit.

Il l'observa un instant et de voir sa nudité, cette liberté, après tout pourquoi ne pas se mettre à égalité ? Alors il se défroqua et plouf !

Elle fit quelques brasses autour de lui puis le rejoignit, lui enlaça le cou brusquement et lui fit un gros bisou sur le front. Stef sentit son corps nu contre lui et il commença très rapidement à…

— Dis donc mon coquin, s'amusa-t-elle suavement nez contre nez et en se frottant très féline contre lui dans les clapotis de l'eau, on dirait bien que la Princesse ne te déplait pas ?

— Arrête Betsy, qu'est-ce que t'as, t'es folle ? se récria-t-il gentiment en s'extirpant d'elle, mais elle était excellente nageuse et l'étreignit à nouveau.

— Je peux te demander quelque chose ? lui roucoula-t-elle en se collant corps contre corps, provocante, excitante.

— Je crains l'irréparable...

— On se connait bien... Tu n'as pas de femme depuis trois ans et moi...

— Tais-toi, s'il te plait ! Pas nous, pas ça, Princesse ! contesta Stef en se dégageant d'un coup et en l'attrapant par les mains à bout de bras, enchaînant aussitôt :

— Faire trempette je veux bien, mais ça je ne peux pas, Betsy, pas avec toi... Je sors ! Ce qu'il fit.

Il remit son bermuda en tournant le dos à Betsy qui s'extrayait de l'eau à son tour, se sécha rapidement un peu à l'écart, renoua ses longs cheveux noirs et passa un maillot de bain jaune deux pièces ainsi qu'un long tee-shirt jaune également. On aurait dit un joli canari, mais là, pour la couleur, cela aurait plutôt été celle du carton des stades. Puis, honteuse, Betsy s'approcha de son ami.

— Excuse-moi, Stef, fit-elle confuse et comme paniquée, je ne sais pas ce qui m'a prise... j'ai eu comme une... une pulsion incontrôlable ! Ce n'est pas moi, Stef, tu me connais... ce n'est pas mon habitude... je suis vraiment...

— Ce n'est pas grave, Betsy, répondit-il amicalement, oublions ça. Un coup de chaud sûrement... tu es toujours ma Princesse et d'ailleurs... hum, hum ! je dois avouer que tu es très belle... force est de le constater !

— Merci, c'est gentil, mais franchement je suis désolée... qu'est-ce qui m'a prise, bon sang, Stef ? Tu peux savoir toi, tu es médecin ! Tu te rends compte si cela avait été quelqu'un d'autre ?

— Tu serais passée à la casserole, tout simplement ! rigola-t-il puis, allez, calme-toi... tu n'aurais pas quelque chose à boire ?

— Si, bien sûr, euh… du café ? Non, j'ai un cocktail de fruits maison, ça te dit ? balbutia-t-elle empêtrée entre sa honte et le pardon immédiat de Stef.

— C'est alcoolisé ?

— Un soupçon…

— Si on peut en boire toute la nuit sans tourner de l'œil, je veux bien ! dit-il en sortant son portable, je ne travaille pas ce week-end, mais ce n'est pas une raison…

— En tout cas t'es gentil, lui dit-elle tout bas, face à lui, tête baissée alors qu'elle se retint de lui faire une bise sur le front pour le remercier comme ils faisaient toujours entre eux, marque de leur solide amitié au lieu des traditionnelles bises sur les joues.

Elle enchaîna en le regardant les yeux dans les yeux et rassurée qu'il ne lui en voulût pas :

— D'accord, je vais chercher le cocktail… assieds-toi !

Elle revint et Stef avait caché sur une chaise une belle composition de fleurs qu'il avait apportée.

— Au fait, jolie Princesse, lui demanda-t-il, c'est quoi au juste ton souci dont tu me parlais au téléphone ?

— Ah, oui ! C'est vrai ! Viens, je vais te faire visiter la maison, je t'expliquerai en même temps, dit-elle en levant son verre puis, merci pour le champagne… Oh ! Des glaïeuls ! s'exclama-t-elle en les voyant, ils sont jolis… c'est sympa !

Là il eut la bise au front. Donc l'incident était clos.

— Dis ! On fait la soirée en no phone ? suggéra-t-il en éteignant son mobile.

— You're right, calm, répondit-elle en éteignant le sien, donc figure-toi que depuis les travaux… commença-t-elle à lui expliquer en avalant une gorgée, puis en l'invitant à la suivre chez elle. Vu son attitude dans le bassin, elle n'osa pas le prendre par le bras comme elle faisait souvent.

Même si Stef avait largement financé les coûts faramineux de rénovation du pavillon, il n'avait pas vu tous les travaux terminés, en grosse partie oui, mais pas les dernières finitions. En tout cas, conçue et agencée comme ça, la demeure avait pris du cachet. Avec du dernier cri technologique en termes de domotique et d'énergie positive renouvelable, non seulement elle avait eu bon goût, mais surtout su allier l'ultramoderne et le rétro. En fait, il ne s'agissait pas de rétrofuturisme, mais plutôt de postmodernisme et c'était compréhensible, vu son métier de journaliste dans l'écologie.

Par contre, elle lui relata que depuis l'achèvement des travaux elle avait constaté des choses bizarres. Il s'inquiéta aussitôt pour savoir s'il y avait eu des malfaçons et Betsy de lui répondre que c'était plutôt étrange que mal fait.

Il s'agissait de la piscine justement. C'était une piscine naturelle ou écologique avec des plantes filtrantes en zones de végétation adjacentes pour l'équilibre biologique ; ce type de réalisation comportait des avantages et des inconvénients qu'il serait inopportun de détailler ici.

De dire toutefois qu'elle pouvait être couverte l'hiver d'une simple commande. Ceci Stef le connaissait également, mais Betsy lui dit d'une voix inquiète que le bassin principal se vidait tout seul et se remplissait peu après. Ça, ce n'était pas franchement dans la technologie du système.

Là, il l'interrompit :

— Attends Betsy, il se passe des choses étranges dans ta piscine et tu t'y baignes quand même ?

— Mais je n'y allais plus depuis que cela a commencé, expliqua-t-elle, mais là il faisait tellement chaud et puis je ne sais pas pourquoi j'ai été attirée et… et alors cette folie m'est venue et…

— Et tu m'y as invité en plus ?

— Je n'avais pas ma tête je te dis ! rétorqua-t-elle dépassée, et puis si l'eau s'était vidée, il y a l'échelle pour remonter… je n'aurais pas été aspiré dans le trou de vidange, il y a le filtre !

— Va savoir ! fit-il fataliste puis en souriant, on aurait été aspirés ensemble tous les deux dans un autre monde…

— Arrête, idiot ! Tu me donnes la chair de poule ! s'exclama-t-elle en se serrant les bras frileusement.

— Comme Adam et Ève ! crut-il rigolo d'ajouter :

— T'es con ! conclut Betsy.

Puis elle lui précisa que dans la maison il y avait aussi des photos qui jaunissaient sans raison apparente.

Elle les lui montra et Stef ne put que constater qu'elles avaient pris un léger coup de vieux et ils retournèrent à la piscine.

Pour les photos, il mit cela sur le fait d'une possible surexposition trop longue au soleil. En revanche pour sa piscine, il lui demanda en scrutant le bassin si elle avait contacté le concepteur, le maître d'œuvre et les Services urbains ou des Eaux, mais pour eux, lui confirma Betsy, il n'y avait rien d'apparemment défectueux, sinon un problème d'étanchéité, bref, que cela pouvait provenir de ça ou d'une fuite. Elle ajouta que les techniciens allaient étudier la question.

— Étanchéité ! Étanchéité ! commenta-t-il, facile à dire ! Je les connais les entrepreneurs, ils ne veulent pas se mouiller, si je puis dire. Une fuite c'est valable pour une piscine transportable ; or ici ce n'est pas le cas ! Et puis pourquoi ce va-et-vient d'eau alors que le niveau des réservoirs voisins ne bougent pas ? C'est plus que curieux ton histoire, Princesse ! termina Stef en allant chercher son verre à peine bu.

D'autant plus étonnant, car Betsy avait tous les certificats de conformité et tous les constats positifs des rigoureux examens et contrôles à jour sur ce sujet.

Puis, dubitatif, il fit le tour de la piscine son verre à la main, Betsy à ses côtés, la mine un peu déconfite.

— Elle est vraiment superbe ta piscine sauf que… laissa en suspens Stef.

— Sauf que quoi ? s'empressa-t-elle de lui demander.

— Sauf que tu n'es pas toute nue dedans, Princesse !

— Tu te moques de moi, Stef, dit-elle en faisant la moue.

— Allez, je plaisante ! s'excusa-t-il gentiment en lui faisant une petite pichenette du doigt sur le bout du nez comme il avait l'habitude de lui faire. Puis, gaiement :

— Je regarderai les plans de l'installation plus tard, mais pour l'instant c'est surprise !

— Une surprise ? C'est quoi ? se réjouit-elle.

— Des cadeaux... il y en a deux... euh... non, trois ! dit-il en dressant un à un ses doigts.

— Trois ? Mais pourquoi ?

— Comme ça... Ça me fait plaisir ! C'est tout ! Attends, ils sont dans la voiture, je vais les chercher.

— Je me change pendant ce temps-là, conclut Betsy.

Stef revint quelques minutes plus tard après s'être attardé devant son garage.

Elle l'a changé, on dirait. Ce n'était pas prévu... enfin bon, l'esprit féminin a ses mystères ! pensa-t-il.

Betsy était déjà revenue, jean et chemisier jaune (décidément elle aimait le jaune ce jour-là) et arrangeait délicatement sur la table de jardin un plateau de petites gougères toutes chaudes.

— Tu en as mis du temps, dit-elle.

— Je regardais ton garage, c'est pas mal comme ça... Tiens voilà ton premier cadeau. Ça vient du Portugal, fit Stef en lui tendant un paquet.

— Merci. Je l'ouvre tout de suite, mais qu'est-ce qu'il a mon garage ? demanda-t-elle en commençant à défaire le cadeau.

— Laisse, j'ai dû rêver... c'est de ta faute, tu m'as troublé tout à l'heure ! répondit-il en servant du jus de fruits resté frais dans la glacière.

— Dis, ça va, hein ! riposta Betsy puis, ho ! des dentelles ! Elles sont magnifiques ! Mais t'es fou ! Viens que je t'embrasse ! T'es un amour ! s'exclama-t-elle en lui sautant au cou.

— Manifestement j'ai la cote aujourd'hui ! Ça te plaît ? Ce sont de vraies dentelles aux fuseaux de Péniche...

Elle lui fit un mignon bisou sur le front avec son sourire éclatant et les yeux tout pétillants comme une enfant.

— Ton deuxième cadeau, ajouta-t-il en levant son verre pour chinquer, il est chez moi. Ce sont des faïences pour border ta piscine… Tu verras, c'est pas mal, des azuléjos, ce sont des fresques, enfin tu verras…

Ils trinquèrent.

— En fait, continua Stef, c'est une patiente qui m'a conseillée. Elle est charmante, du reste, elle s'appelle Mona et elle…

— Mona Lisa ?

— Ah, ah, ah ! Betsy, tu recommences à délirer, toi ! Tiens, à ce sujet, il paraîtrait que le modèle pour la Joconde ne serait pas une…

Il n'eut pas le temps de finir sa phrase qu'ils entendirent un gros bruit de succion derrière eux. Stef leva la tête et vit que la piscine se désemplissait. Il se redressa d'un bond et se précipita au bord du bassin.

Elle s'était vidée en quelques secondes !

Betsy le rejoignit aussitôt en se serrant contre lui, pas trop rassurée.

— Tu vois ? Qu'est-ce que je te disais ! C'est quoi d'après toi ?

— Curieux ! Je ne sais pas, Princesse, et elle se remplie quand ?

— Ça dépend… des fois une heure après, des fois deux, des fois le lendemain… c'est la quatrième fois que cela fait ça… mais regarde Stef ! s'écria-t-elle brusquement en lui montrant du doigt le bassin, on dirait qu'elle rétrécit ! Maman, au secours ! hurla-t-elle.

— Merde ! Qu'est-ce que c'est que ce bazar ? Viens, Betsy, ne restons pas là ! lança-t-il en l'attrapant par le bras.

— J'ai peur, Stef ! paniqua-t-elle.

Elle se réfugia dans ses bras et il lui caressa les cheveux en essayant de comprendre. Effectivement la piscine se contractait sur elle-même, mais tout doucement, vraiment tout doucement, imperceptiblement.

Au même instant, il y eut comme des éclairs dans le ciel pourtant dégagé, sans aucun nuage, mais il n'y prêta pas attention, pensant à une réverbération des miroirs solaires en bordure des vignes à l'autre bout de la piscine.

Soudainement leur sang se glaça quand ils entendirent des « Bloop ! Broom ! Bloop ! Broom ! » sourds, caverneux et continus en provenance du pavillon.

Elle leva sa tête enfouie dans l'épaule de son ami, se retourna en criant :

— Qu'est-ce que c'est, Stef ? J'ai peur !

Le grondement sourd semblait émaner de la terre, mais celle-ci ne tremblait pas. Stef le savait, il avait été plusieurs fois au Japon pour son métier et cela n'avait rien de semblable. Non, cela venait uniquement de la maison.

Puis le bloop cessa un instant pour reprendre peu après et toujours de ce son étouffé. [11]

— Ne bouge pas Princesse, je vais voir ce qu'il y a ! lui dit Stef en allant chercher à deux pas le grand pic du barbecue près du troène.

— Non, cria-t-elle, n'y va pas ! C'est peut-être dangereux ! tenta-t-elle de le retenir.

— Reste là, éloigne-toi de la piscine !

— Non Stef ! cria encore Betsy, il ne faut pas se séparer !

Normalement, l'instinct de conservation ou de survie de soi-même et des nôtres, face à un danger hypothétique et inconnu, fait réagir à fuir et à appeler des secours plutôt que de jouer les héros ! Mais le normalement ne fait pas de héros. Peut-être, seulement un professionnel de la santé qui

---

[11] Bloop : Son d'ultra-basse fréquence provenant vraisemblablement du bruit généré par un « Tremblement de glace » ou « Icequake » d'un énorme iceberg. Sauf qu'ici le son est à considérer exagéré en puissance pour le rendre audible à l'homme et qu'il n'y avait ni iceberg, ni phoque et encore moins d'Esquimau.
Source : Voir Wikipédia et éventuellement les liens en références, notamment la revue Science.

en plus courait le monde pour soigner des victimes de catastrophes, quelles qu'elles fussent, n'est-il pas déjà un héros à sauver des vies ?

2

Tandis que le bloop continuait son grondement lointain et proche à la fois, prudents, leurs cœurs qui tachycardaient, ils approchèrent lentement de la baie vitrée qui donnait dans le séjour, Betsy en retrait derrière lui comme il lui avait demandé, car elle n'avait pas voulu rester seule, et là, ils furent effarés.

À travers la vitre, ils virent que certains murs semblaient gonfler légèrement à l'intérieur. Insensiblement ils enflaient comme grossissant dans la pièce.

— Nooooooon ! Ma maison ! Hiiiiiiii ! hurla Betsy pétrifiée en l'étreignant très fort, qu'est-ce qui s'passe, Stef ? Dis-moi, elle va s'écrouler ? Nooooooon ! Ma maison ! Fais quelque chose, par pitié… Stef !

D'un réflexe de prudence, ils reculèrent et lui-même sous le choc, alors que Betsy fondit en larmes, il fit appel à toute sa maîtrise et à son self-control pour recouvrer ses esprits façon expresso et parer au plus urgent.

Une pensée foudroyante lui vint à l'esprit. Il leva le nez.

Le toit de la maison semblait s'arrondir très légèrement.

— J'avais donc raison, le toit du garage aussi était anormalement bombé, alors…

— De quoi ? demanda Betsy hagard qui n'avait pas bien entendu.

— Rien, Princesse, lui dit-il pour ne pas l'angoisser davantage.

Il prit le visage en larmes de son amie entre ses mains et la regarda dans les yeux. Elle était décomposée et tremblait comme une feuille. Il se dit qu'il ne devait pas être mieux et lui fit un énorme smack sur son front.

L'étreignant fortement comme pour la protéger, Stef lui parla aussi calmement que possible de sa voix rassurante de chirurgien en la fixant à nouveau :

— Calme-toi, Betsy, calme-toi… Je ne sais pas ce qu'il y a, mais ça va s'arranger… Allez, calme-toi… je suis là, hein, Princesse ?

Indéniablement, ces paroles de réconfort, d'espoir s'adressaient autant pour elle que pour lui.

Perdue, impuissante, ses beaux yeux verts tout larmoyants le fixèrent alors qu'elle balbutia quelque chose d'incompréhensible, mais sonnant comme un abandon, un cri asphyxié.

— Écoute, ma Betsy, recommanda-t-il, il ne faut pas traîner ici… on ne sait pas ce qui peut se passer encore…

Stef regarda rapidement autour de lui et vit que les parois de la piscine vide avaient cessé de gonfler. Il se savait être un homme responsable et réfléchi, mais aussi ne pas être Superman. En une nanoseconde il hésita à appeler les pompiers ou la police, mais il n'était pas convaincu que ces secours auraient su répondre à un tel phénomène, sinon appliquer les sécurités d'urgence d'évacuation. Malgré tout, sa prudence et sa raison lui dictèrent d'appeler quand même, mais au moment où il prit son portable le bloop cessa net.

Ils se regardèrent, interrogatifs. Toujours rien, le silence. Coïncidence ou maléfice ?

Prudemment, il s'avança vers la baie vitrée et plus rien ne bougeait à l'intérieur. Quelques murs seulement, du moins de ce qu'il pouvait voir de la terrasse, étaient légèrement gonflés, tel un ventre ballonné et avalaient curieusement un peu les meubles sans les déplacer, juste en arrondi du sol au plafond. Quelques cadres et autres décorations étaient quant à eux restés bizarrement accrochés sur le léger bombement. Stef se retourna, Betsy s'était figée près de la table du jardin, puis il recula, regarda le toit et celui-ci était resté vaguement voûté comme auparavant.

Il rejoignit Betsy, la réconforta, attendit trente secondes et comme rien ne se passait il lui dit doucement :
— Vite Princesse, il faut partir… on appellera les secours après !
— Mais…
— Chut ! dit-il en posant son doigt sur ses lèvres tremblotantes. Viens ! prenons nos voitures, vite !
— Mes affaires sont à l'intérieur, pleurnicha Betsy impuissante et paralysée de peur.
Sans la laisser réfléchir, il prit les portables, l'attrapa par le poignet et ils se précipitèrent devant les garages dans la cour du pavillon.
Il la somma fermement de ne pas bouger et en moins de temps qu'il n'en fallut à un œuf pour se casser en tombant par terre, qu'il fonça dans la maison.
C'était incroyable ! Dans l'entrée, le couloir, la cuisine, la chambre, partout les murs étaient bombés, même les revêtements boisés pour l'isolation s'étaient distendus, mais étrangement sans éclater. Au-dessus de sa tête, les plafonds s'incurvaient aussi, mais vers le bas. Les placards, les meubles et leurs bibelots étaient absorbés partiellement !
Il se rua dans le bureau de Betsy pour récupérer son sac à main et il vit son appareil photo. Il se dit que cela pouvait servir et le passa en bandoulière. Puis il réalisa que tout pouvait éventuellement exploser, alors connaissant parfaitement les plans techniques de la bâtisse pour les avoir étudiés pour les travaux de réaménagement, il cavala comme un damné vers les compteurs d'arrivée de gaz, d'eau et d'électricité. Les transmissions d'alarme étaient désactivées. Il coupa tout en grande pompe, mais avec un peu de difficulté, car le gonflement des murs rendait l'accès plus compliqué. Il y parvint, mais était-ce bien nécessaire ? Ce fut ce qu'il pensa pour la cuve à fuel, mais celle-ci était de l'autre côté de la maison et puis que de toute façon l'été elle n'était pas remplie. Il laissa tomber.

Tout ceci ne lui avait pas pris plus de trois minutes, alors avant d'aller voir à l'étage, il regarda par une fenêtre donnant sur la cour et il vit Betsy plantée devant son garage. Elle était figée comme une pierre. Aussitôt il perçut qu'elle allait faire une syncope, alors il lui cria :

— Betsy ! Bouge de là ! Respire ! J'arrive !

Elle fit oui de la tête. On aurait dit un fantôme tant elle était hébétée, vaporeuse. Il lui cria d'aller s'asseoir dans sa voiture et de l'avancer dans l'allée, qu'il y avait laissé les clés.

Ensuite, aussi vite qu'il le pût, il traversa le couloir puis conscient et inconscient à la fois du risque pour lui, mais jugeant son amie en sécurité dans son 4x4, il décida de grimper quand même à l'étage. Au même moment le bloop reprit.

— Merde ! gueula-t-il

Il n'entendit pas Betsy crier aussi dehors.

Alors il s'engagea quand même dans l'escalier, seulement celui-ci était à moitié absorbé par le mur. Oui, mais pour combien de temps ? Des bruits de chuintements, de gargouillis, de crissements, sourds et mêlés semblaient venir de nulle part.

Il réussit à monter alors que le bloop persistait et que les murs semblaient gonflés imperceptiblement à nouveau. Et pareillement pour les plafonds !

Stef n'avait pas l'intention de devenir un héros posthume, alors le trouillomètre s'affolant, il attrapa à la volée ce qui lui sembla primordial à sauver, en remplit un sac, prit quelques clichés et, aïe ! Il trébucha et se cogna violemment le bras contre une commode dépassant d'un mur qui l'avait presque avalée. Il redescendit tant bien que mal dans ce grondement sourd et ces bruits de chuintements pour récupérer au rez-de-chaussée quelques bricoles qui lui vinrent à l'esprit. [12]

---

[12] En 2001/2002 tous les téléphones mobiles ne prenaient pas de photos.

Il sortit et à bout de souffle rejoignit Betsy qui avait bien déplacé la voiture à une cinquantaine de mètres, mais venait vers lui à pied,

— Princesse, lui dit-il essoufflé et gentiment, je t'avais dit de m'attendre dans le 4x4…

— Je prends la mienne aussi, répondit-elle d'une voix étouffée tout en tendant la main, tu as trouvé les clés ?

— Non ! Regarde ton garage ! Le toit est gonflé, c'est pareil, je te l'avais dit ! lui montra Stef, mais son bras lui fit mal.

— Tu n'as rien ? s'inquiéta-t-elle en le voyant grimacer.

— Le bras, mais ça ira, la rassura-t-il en posant ces sacs par terre et en faisant quelques mouvements, tiens ! mets tout ça dans le coffre et surtout attends-moi ici, je vais voir ta voiture.

— Oui, mais…

— Respire à fond, ma chérie, oxygène-toi bien, sois forte… allez ! Calme-toi, s'il te plait ! On part après, d'accord ? Je te promets que l'on partira après !

Il lui caressa la joue gentiment. Les yeux de son amie étaient vides. Il se baissa et sans se poser de questions ouvrit son sac à main et prit les clés.

Puis il partit en trombe vers le garage, n'entendant pas ce que tenta de lui crier Betsy, car sa voix était trop étranglée par la peur.

Le bloop continua un instant puis cessa.

Évidemment, la porte basculante et motorisée du garage ne put s'ouvrir du fait de l'expansion du plafond. C'était identique pour le second garage. Il alla voir sur un côté par une lucarne et il vit que le beau Coupé-Cabriolet de Betsy était partiellement envahi et piégé dans les murs ballonnés. Il réfléchit vitesse Mach 5 et en conclut avec son raisonnement médical, qu'en fait, l'étrange manifestation faisait comme un plâtrage et ne devait pas endommager ce qu'il envahissait, sinon tout partirait en éclats sous les poussées !

Logique. Un plâtrier ou un bon bricoleur serait sûrement arrivé à la même déduction.

Donc Stef se contenta de ce diagnostic, certes tardif, et abandonna toute idée d'entrer dans le garage comme d'aller voir le reste de la propriété. Son héroïsme avait des limites. Surtout que peu avant, il avait pu constater depuis l'une des chambres de l'étage que les dépendances comme le poste de régulation de la piscine n'avaient rien d'anormal, extérieurement parlant.

Aussi que la végétation ne semblait pas être affectée, mais ceci lui sembla bien secondaire dans l'instant.

Après ces quelques secondes de réflexion qui ne durèrent pas plus longtemps qu'à Usain Bolt pour enjamber cent mètres, Stef se décida enfin à quitter les lieux et il revint dans la cour, mais Betsy n'était plus là. Volatilisée !

— Mais c'est pas vrai ! Manquait plus que ça ! s'écria-t-il inquiet et irrité, Betsy, t'es où ?

Il scruta partout, l'appela encore à plusieurs reprises et, ouf ! l'entendit crier son nom.

Cela sembla venir de la maison.

Ne pas paniquer ! Garder son sang-froid ! se motivait-il mentalement pour s'encourager, et il vit Betsy sortir effectivement du pavillon. Elle titubait, pâle comme un drap de fantôme, les yeux larmoyants apparaissant par les trous avec une plante dans les mains

Il gueula littéralement et crument en courant à sa rencontre :

— Qu'est-ce que tu fous, bon sang ? Grouille-toi !

— C'est mon cactus… mais je ne trouve pas mes notes pour mon boulot ! se désespéra Betsy.

— Je les ai… ton PC aussi… vite, Princesse, je t'en supplie ! lui dit-il rassuré qu'elle n'ait rien et en l'entraînant vers la voiture.

Stef connaissait suffisamment son amie pour savoir tout son attachement aux plantes, pour preuve son joli jardin qu'elle bichonnait avec amour, et il savait que ce cactus-là, un aloès spiral, était une variété très rare du Lesotho et qu'elle y tenait plus que tout. Il comprit et percevait ce que devait représenter cette plante pour Betsy, qui la possédait depuis sa défaillance de grossesse remontant à quelques années déjà. Mais surtout ce ressentiment, ce désespoir, cette déchirure de voir disparaître son doux univers de résidence tout fraîchement rénové.

Il s'en voulut de ne pas avoir pensé à sauver ce petit cactus en priorité lorsqu'il avait cavalé dans le pavillon, mais là l'instant n'était pas aux analyses comportementales ou sentimentales, car, d'une, elle l'avait la plante, et surtout de deux, il leur fallait partir et qu'une fois sortis, en sûreté, appeler les secours.

Alors ils mirent tout dans son 4x4, puis après que Stef prit quelques photos en zoom de la bâtisse depuis l'allée, car une fois dehors, on ne pouvait plus la voir de la route, ils partirent et arrivèrent devant le portail.

Là, subitement, une pensée fulgurante lui traversa l'esprit.

Et si dehors c'était pareil ?

Ils sortirent de l'enclos et Stef referma le grand portail derrière eux par prudence et pour maintenir la discrétion, l'automatisation ne fonctionnant plus, puisque le courant venait d'être coupé.

C'EST BIZARRE

108

3

Stef ne partit pas tout de suite, alluma son portable pour appeler les secours, mais dans la voiture Betsy était en larmes, abattue.

Il la prit par le cou, la réconforta de son mieux, lui fit un gros bisou sur la joue, lui prit la main pour la rassurer en lui disant de ne plus pleurer, d'essayer de se détendre un peu.

Il ajouta en séchant ses larmes d'un gentil revers de doigt qu'il était là, qu'il ne la laisserait jamais tomber. Aussi qu'il l'aimait beaucoup, comme une petite sœur et lui demanda qu'elle lui fît un petit sourire ce dont il avait besoin lui aussi pour un peu de réconfort.

Elle arbora une petite virgule des lèvres tout emplies de détresse et, éprouvée par les évènements, posa sa tête sur son épaule et lui murmura doucement, presque suppliante :

— Stef, n'appelle pas les pompiers, ils ne feront rien... ce n'est pas un incendie... c'est un phénomène mystérieux... elle est hantée... j'en suis sûre... Stef, s'il te plait... c'est du... enfin je crois que c'est... surnaturel... n'appelle pas... pense à nos carrières, aux médias... c'est un exorciste... il me semble qu'il faut... Stef... tu m'entends ?

— Oui, Princesse.

Son téléphone dans les mains, il avait écouté son amie avec beaucoup d'attention en regardant au loin à travers le pare-brise. Il resta perplexe et sa boîte à neurones se posa bien plus de questions qu'il y en avait dans le Trivial Pursuit, sa centaine d'éditions cumulées.

Il la regarda pensif et croisa ses yeux.

— Je n'adhère pas au paranormal, finit-il par dire, tu le sais, mais j'avoue que cela me dépasse... cela demanderait

d'abord une approche plus rationnelle, seulement...
seulement on ne peut pas laisser ta maison se détruire
comme ça et...

— Attends ! l'interrompit Betsy en se redressant sur son
siège et en lui faisant face, et si on faisait venir le maître
d'œuvre ? Il y a peut-être juste une malfaçon ?

— Une malfaçon avec des murs qui gonflent ? rétorqua-t-
il, non, Princesse ! Mais dis-moi, ça va, toi ? Tu me parais
fatiguée, lui demanda-t-il, car son visage dégageait de
l'anémie.

— Vidée... souffla-t-elle.

— Je file à la pharmacie à Bligny, je ferai une ordonnance
pour te donner un remontant et on ira quand même voir la
Police pour faire un constat de ta maison... ça me semble
plus raisonnable en attendant, non ?

— Tu as peut-être raison, se résigna Betsy.

Il démarra, laissant le pavillon avec son mystère.

Comme nul n'est censé l'ignorer, la commune de Bligny-
sur-Ouche, en Côte-d'Or et datant de 879, a été la première
bourgade construite près de la source de l'Ouche.

Là, maintenant, plus de problème pour vieillir tout
doucement bien sûr, mais sereinement en sachant cela.

Donc, Bligny sur Ouche n'était qu'à cinq kilomètres, mais
à peine sorti du village, il constata que les bâtisses comme
les fermes passées à Veilly paraissaient calmes et que les
villageois n'étaient pas affolés, bref, d'en déduire
qu'apparemment le problème ne concernait que le pavillon
de Betsy. Quant à la végétation, rien d'anormal. Et pourquoi
autrement, d'ailleurs ?

Stef en conclut que seuls les éléments de construction
étaient concernés.

   Il en était là de ses cogitations, à mi-chemin entre les
deux communes quand oups ! le portable de Stef sonna.

— Oui, Pamiatka, répondit-il, euh... attends... oui, ça va...
enfin non... attends, je te dis, je suis au volant... je me
gare... oui, ne quitte pas...

— C'est qui ? demanda Betsy d'une voix effacée et restée silencieuse jusque-là.

— Pamiatka...

— Tu me parles souvent d'elle... Tu l'aimes ? fit-elle curieusement avec ironie.

— T'es cinglée ou quoi ? C'est une collègue !

Puis à l'arrêt sur le bas-côté il reprit la communication.

Pour résumer, Pamiatka lui expliqua que pour la réunion médicale de MdM à Besançon, il aurait fallu que... et tasi tasa !

Il coupa court en s'excusant, nota une info, raccrocha et repartit, Betsy ayant reposé sa tête sur son épaule. Puis elle se mit à geindre doucement.

— Qu'est-ce que tu as, Princesse ?

— J'ai mal au visage, Stef... se plaignit Betsy.

Il la regarda et lui demanda de tourner sa tête vers lui.

Là, ce fut ni plus ni moins l'horreur, le cauchemar, l'épouvante !

Une voiture le suivait à distance respectable, il mit les warnings, pila, broya le frein risquant l'accident ; les pneus crissèrent et le véhicule derrière lui l'évita de justesse.

L'horreur, le cauchemar, l'épouvante.

Betsy avait vieilli de soixante ans en cinq minutes ! Si son corps était toujours svelte, son visage était tout plissé, ridé, ses cheveux noirs avaient blanchi d'un seul coup. Elle s'était transformée en vieille femme, en fait, quasiment en une centenaire flétrie, talée, aux traits fatigués, usés par une sénescence foudroyante. Son teint toutefois resté halé avait comme une indéfinissable et bien étrange jeunesse froissée. Betsy, sa belle Princesse, ressemblait à une enfant atteinte du syndrome de... machin chouette, le nom lui échappa sur le moment et que l'on appelle communément progéria, cette maladie génétique extrêmement rare qui vieillit les enfants en deux ans. [13]

Stef en perdit littéralement son souffle et manqua défaillir, mais Betsy, voyant son état de choc immense et à la limite de l'arrêt cardiaque, attrapa le pare-soleil d'un geste rapide sans qu'il ait eu le temps de réagir.

Elle se regarda dans le petit miroir et hurla.

Simultanément et instantanément elle tomba dans les pommes.

L'automobiliste qui s'était arrêté plus loin et avait fait une marche arrière vint le voir pour savoir ce qu'il se passait de s'être arrêté si brusquement.

Ah ! Ces chers dévouements, entraide et curiosité de nos campagnes ! En ville, tiens, tu piles pour une urgence et tu te fais soit emplafonner par irrespect des distances ou carrément klaxonner et engueuler comme du poisson pourri !

Le type reconnut Stef qui avait procédé à l'ablation de la vésicule de l'un de ses proches, il y avait de cela quelques années, ce qui permit au toubib de prendre en deux mots des nouvelles du malade sorti d'affaires. Ce n'était vraiment pas le moment. Il rassura le type en lui baratinant que la grand-mère qu'il transportait venait de faire un malaise, alors qu'il l'emmenait justement à l'hôpital pour une consultation de routine. Ne sachant pas lui-même de quoi il s'agissait de ce vieillissement foudroyant, et ne voulant pas dévoiler l'identité de Betsy forcément connue ici, il remercia le gars.de son civisme et l'expédia en prétextant l'urgence.

Puis, étant médecin, il fit les gestes de premiers secours. Bilan vital : Pouls, ongles, œil, respiration, bouche, réflexe et autres. Peu à peu Betsy sembla refaire surface.

---

[13] « Progéria » : Il s'agit du syndrome de Hutchinson-Gilford. Maladie touchant essentiellement les enfants qui, généralement et malheureusement, atteignent rarement l'âge adulte.

Par force de tendresse, de mots justes et réconfortants, il arriva difficilement à la convaincre un tant soit peu de lui faire confiance, qu'il allait la guérir très vite,

Donc, comme tout médecin l'aurait fait, il lui posa des questions précises en faisant des palpations ici et là, lui permettant d'élaborer un diagnostic d'approche primordial, et observa qu'elle ne souffrait pas physiquement.

Aussi de ce qu'il connaissait en termes de pathologies génétiques et notamment sur la progéria, il lui sembla se souvenir que les symptômes de cette maladie ne corroboraient pas avec l'état de son amie, de ce vieillissement tant surprenant que spectaculaire. En effet, elle ne perdait pas ses cheveux, n'avait pas la peau laiteuse ni de raideurs articulaires, mais surtout n'était pas une enfant.

Seulement là, il ne s'agissait pas d'une maladie connue. Tous ses voyants d'alerte clignotèrent, cela dépassait ses compétences. Il se heurtait à un gros ponto d'interrogação. Forcément, puisqu'il revenait du Portugal, alors à force d'entendre parler português…

Tout au long de ce simple examen, durant lequel il avait commencé par lui demander son identité, ce qui lui indiqua qu'elle avait encore toute sa raison, il poursuivit pendant que Betsy entrecoupait ses propos de gémissements attristants :

— Nous sommes quel jour, Betsy ? questionna-t-il tout en lui redressant doucement son visage ridé.

— Samedi…on devait…on doit manger ce…

— Le combien ? coupa Stef pour la faire répondre vite.

— Mais le seize !

— Quel mois ?

— Attends… c'est septembre, pourquoi ? Tu crois que j'ai Alzheimer parce que je suis vieille ? répondit Betsy qui n'avait pas la voix tremblotante des personnes très âgées.

— Non. Et on est en quelle année, Princesse ? continua-t-il logiquement en lui souriant tendrement, le regard par-dessous et impatient de sa réponse.

— 2090...

— 90 ? Tu es sûre ? répéta-t-il en cachant sa stupéfaction.

— Oui Stef... le 16 septembre 2090... répondit-elle d'une voix lointaine, suppliante, puis en sanglotant tragiquement, s'il te plait... au nom de notre... de notre amitié... dis-moi ce que j'ai, Stef, mon ami que... que j'aime... je vais mourir... hein ? C'est ça ? Dis-moi la vérité, Stef...

— Calme-toi, ma Princesse... je vais te sortir de là... compte sur moi, Betsy... tu n'es pas mourante, ça, c'est sûr !

Il avait beau avoir une certaine habitude, si l'on peut humainement dire ça, mais c'était toujours douloureux à entendre, à gérer, à maîtriser. Toujours, d'autant plus quand il s'agissait d'un être cher.

Alors juste au moment où il allait dire qu'il comptait lui faire passer des examens plutôt que de lui prescrire des calmants qui pourraient être contre-indiqués, Betsy lui lança brusquement d'une voix désespérée :

— Stef, avant de mourir, mets-moi le CD " *Selling England by the pound* " s'il te plait... avant de mourir... et puis, je...

— Princesse, dit-il la gorge nouée, je n'ai pas de Genesis dans la voiture... mais tu ne vas pas mourir, ma belle... je vais te sauver... tu es plus que mon amie... je vais te sauver... calme-toi, ma Princesse...

— Et puis tu m'incinéreras, hein ? geignit-elle abattue, anéantie, sur le point de s'évanouir.

— Arrête Betsy ! la supplia-t-il en la serrant dans ses bras et ne sachant plus trop quoi dire, tu sais... je n'ai pas d'allumettes et... avec l'allume-cigare ça va être long !

— T'es con ! conclut-elle en se détournant.

Il la serra plus fort en lui embrassant ses cheveux blancs ; des larmes perlèrent de ses yeux.

Mille pensées traversèrent son esprit comme des éclairs, comme des météorites, fusaient comme des millisecondes, chacune n'arrivant pas à s'interconnecter aux autres... Alors il mit la main sur la clé de contact, lança le moteur sans enclencher la première, regarda la campagne qui tapissait sa verdure devant eux sans vraiment la voir, un peu comme s'ils étaient hors du temps, puis brusquement se tourna vers Betsy.

— Princesse ! Quel âge as-tu en 2090 ?

Elle ne répondit pas. Aussitôt il crut qu'elle s'était évanouie à nouveau, lui tourna sa tête. Non, elle était en état de choc, mais éveillée. Il reposa sa question :

— Princesse, réponds-moi, c'est important, quel âge as-tu en 2090 ?

— Aujourd'hui ? fit-elle étonnée en portant les mains à son visage, mais j'ai trente-cinq ans et je suis vieille ! Oh, Stef... l'implora-t-elle en se blottissant contre lui comme pour ne plus exister, ne plus se voir hideuse, ne plus montrer sa laideur...

Stef releva doucement sa tête, son vieillissement faisait mal à voir, mais il essayait de garder son sang-froid et ne rien faire paraître de son bouleversement.

— Calme-toi... juste une dernière question, Princesse, et je ne t'embête plus... dis-moi, euh... quel temps il faisait ce matin ?

— Hein ? Quel temps ? Mais un orage épouvantable... d'ailleurs t'as vu... maintenant il fait très beau... répondit-elle alors que le matin même il avait fait un ciel splendide.

Il y eut trois secondes de silence. Trois, pas une de plus.

— Ouais ! ça y est ! s'écria-t-il en tapant son poing sur son volant et en embrassant son amie sur son front plissé.

— Qu'est-ce que tu as ? s'inquiéta-t-elle.

— Des éclairs et hors du temps... tu ne comprends pas ? Des éclairs et hors du temps ?

— Non, fit-elle avec une profonde tristesse et malheureuse comme les pierres.

— Betsy, écoute ! Je pense avoir trouvé ce que tu as… Tu entends ? Je crois avoir trouvé, je te dis !

— C'est quoi ? C'est grave ?

— N'aie plus peur, tu vas comprendre ! On fonce à Beaune ! s'exclama-t-il victorieux en la serrant à nouveau dans ses bras.

— Aux Hospices ? C'est ça, hein ? Mais pourquoi ? se cabra Betsy.

— Mais non, Princesse ! Pas les Hospices ! répliqua-t-il amusé, non, d'abord tu vas passer une IRM et quelques tests sanguins et dermatologiques…Tu me fais confiance ?

— Oui… sauve-moi, Stef…

— Allons-y, je t'expliquerai en roulant…

Il appela les urgences du C.H. de Beaune de leur arrivée, et là, sans doute dans l'euphorie et sans réfléchir, lui fit un petit bécot sur ses lèvres et il démarra en trombe.

Direction Beaune.

4

Se refusant comme toujours d'utiliser son kit mains libres au volant, sécurité oblige, il s'arrêta deux minutes avant d'arriver pour converser avec son pote Arangaeha, un Africain, un type fantastique, un véritable thaumaturge scientifique, et lui expliqua la situation.

Lui, il avait surnommé Stef « Le Natchez ». C'était le nom d'une vieille tribu indienne qui vénérait le soleil. Ceci tout simplement parce qu'il disait que Stef apportait le soleil dans le cœur des familles quand il soignait les enfants atteints de malnutrition.

Stef mit quand même l'ampli pour que Betsy pût entendre, mais son pote parlait un mélange d'africain, d'anglais et de français (traduit ici). Une fois le problème exposé, Arangaeha lui répondit :

— Le Natchez, mon ami, il y a urgence ! Fais vite ! Au fait, tu as toujours la poudre bleue que je t'ai donnée ?

— Yes !

— Essaie de trouver de la sève de bouleau et de baobab… ce n'est pas indispensable, mais c'est un plus. Hé ! Le Natchez ! Attention au dosage ! Surtout, ne mets pas de plomb dans ta main comme je t'avais montré, tu te souviens ?

— Yes !

— OK, à mon avis, négatif au départ pour les hormones régénératrices stéroïdes ou nucléiques, fais finesse ! Tu verras, sinon juste trois grammes… mais surtout appelle Krocervo pour les synchrotrons… Allo ! Le Natchez ?

— Ja ! Ek hoor jy ! *(Ouais ! je t'entends !)* répondit Stef en afrikaans.

Mais la liaison devint mauvaise. « Sans doute des girafes qui passent ici et qui font interférence avec leurs longs cous en guise d'antennes ! » aurait blagué son pote.

— La poudre bleue, enchaîna justement Arangaeha, et préfère... naturel au... thé... aux synthèses... et... hôp... tal... no... OK ?

— Hugh ! Grand Sachem ! Je t'entends très mal !

— Ça te... bien de dire... pense... la trib... bu indi... dienne, l'énergie... leil... soleil...

— Yes !

— Natchez ? Aus... aison... iète pas... vrait être... rêter... Kro...

— Allo ? Allo ? Je ne t'entends plus, Arangaeha ! J'ai compris ! Hi en baie dankie ! (*Salut et mille mercis !*) Je te tiens informé, mon frère ! conclut Stef.

Betsy avait fait des yeux plus gros que des œufs d'autruche en les entendant.

Il lui expliqua en généralisant ce qui venait d'être dit et ce qu'ils pensaient avoir diagnostiqué tant sur le plan médical qu'irrationnel et enfin ce qu'il comptait faire.

D'abord, il fallut qu'elle se fît passer vis-à-vis de l'hôpital comme étant sa propre grand-mère, à elle, une Éthiopienne ne parlant pas français et qu'il ferait le nécessaire pour éviter qu'on ne la gardât, car elle risquait de devenir plus qu'une curiosité pour la planète entière.

Betsy acquiesça timidement, dépassée et en se remettant entièrement à Stef. Ensuite...

À l'hosto il raconta qu'elle venait de faire un malaise, qu'elle était donc bien la grand-mère de Betsy, qu'elle s'appelait Jahzara et venait de l'État d'Érythrée, un tout petit pays en guerre entre le Soudan et l'Éthiopie. Ensuite, qu'elle avait perdu tous ces papiers là-bas, qu'elle était sous la protection subsidiaire, juridique et administrative par l'Office français de protection des réfugiés politiques et apatrides (l'OFPRA) et que les papiers étaient en cours. Il connaissait bien le sujet et cela fit son effet. Il ajouta d'un trait sous le regard ahuri de Betsy, qu'il la prenait en charge sous son nom, rappelait qu'il exerçait à l'hôpital de Chalon, ce qui était vrai, qu'il la suivait personnellement dans son service et montra aussi ses cartes de chirurgien et de Médecin du Monde pour couronner le tout.

Le bateau fut tellement énorme qu'il passa.

Pendant qu'ils préparèrent Betsy pour l'IRM après de rapides examens de routine, Stef persuada le médecin de garde, avec tact et renfort de connaissances d'un dossier médical imaginaire, que l'on devrait administrer à Betsy des hormones autocrines et des cytokines (substances agissant sur la communication de certaines cellules de l'organisme). En fait, il tenait à ces hormones, du moins si leur analyse, son pote et lui, était juste. Il n'en démordait pas, malgré les réticences du médecin.

Stef insista et s'engagea d'assumer toutes les responsabilités et, préventivement, balaya d'une brève tirade toute hypothèse de traitement épidermique pour l'instant et encore moins de crèmes anti-âge, antirides et autres produits miracles et enchanteurs nés de la Cosmetic Valley.

Puis il laissa Betsy pour la nuit à l'hosto, faute de choix, en la rassurant et surtout en lui répétant de ne pas parler.

Ensuite, de façon fulgurante, il fonça juste à temps chez l'un des distributeurs du concepteur du pavillon pour consulter les plans techniques. Le commercial visiblement pressé de fermer et très occupé par une communication chaude-bouillante-amoureuse sur son portable, ne lui posa pas trop de questions, lui passa toutes les documentations que voulut Stef pour gagner du temps et l'invita à repasser le mardi suivant pour étudier son projet. Pas sûr que Stef eut l'intention de revenir, sinon pour pulvériser la boutique si le système de la piscine s'avérait être les causes de toute cette histoire !

Avant de rentrer chez lui, en faisant un aller-voir au pavillon de Betsy et de décider s'il devait quand même prévenir la

Police, il voulut appeler le physicien Krocervo en chemin comme le lui avait conseillé son pote Arangaeha. Oui, mais Krocervo ce n'était pas son nom et il n'avait pas son numéro.

Krocervo c'était le surnom du physicien s'appelant Krôjerwobnanovitch. Son pote sorcier avait trouvé ça plus rigolo et plus simple à retenir aussi.

Peut-être, mais comment faire pour le joindre illico, Krocervo ? Avait-il un attaché de presse, voire même un impresario ? Une femme qui pourrait le réveiller s'il faisait dodo ? Ou même un compagnon s'il était homo ? Ou une secrétaire cherchant une promo sous son bureau ? Un voisin même saoul au bistrot ? Une femme de ménage même barbue comme son plumeau ? Un facteur même sans vélo ? Une dame de cœur, de trèfle, de pique ou sur le carreau ? Une maîtresse même cachée derrière les rideaux ? Un sien merdeux de gosse qui venait d'avaler un truc que point il ne faut ? Une infirmière à domicile même pas nue sous la blouse et qui lui soignerait un petit bobo ? Une gardienne à l'apéro qui regarderait des jeux débiles en attendant les infos ? Peut-être quelqu'un ou quelqu'une pour le déranger s'il était parti faire popot ? Une référence dans un dossier administratif perdu dans le kafkaïen château ? Une plaque minéralogique d'auto ou de moto ? Une sœur qui jouerait du piano debout à Bobino ? Un frère qui travaillerait aux impôts ? Même une demi-sœur pour avoir la moitié du numéro ? Même un huitième de frère pas trop dingo ? Un sosie ou un alter ego ? Un code génétique dans un labo ?

Tout compte fait, plutôt que de chercher en désespoir de cause une adresse IP, un vase communiquant ou encore un neuromédiateur, Stef pensa que de rappeler Arangaeha serait plus simple.

Finalement, ce fut bien des questions et de l'encre pour pas grand-chose, car quand Stef, par le biais de son pote, eut Krocervo qui était à quelques frontières de là, celui-ci le renvoya vers un éminent confrère français.

Alors au vu de l'urgence, rendez-vous avec ce confrère fut pris pour le lendemain dimanche chez Stef.

Là et las il s'affala dans son canapé avec un bon verre de bourbon et commanda une pizza royale.

Royal aussi était la maison de Betsy, car rien n'avait bougé depuis leur départ. Aussi il avait eu la présence d'esprit de prévenir la Station de télésurveillance et de vidéosurveillance, avec son code de reconnaissance obligatoire et attribué, leur disant qu'il y avait des travaux, que toutes les alimentations étaient coupées et qu'il les rappellerait plus tard. Il fallait penser à tout.

Le lendemain matin, après un passage en coup de vent à son hôpital de Chalon pour monter discrètement un dossier bidon sur la fausse grand-mère de Betsy, il alla la voir directement à Beaune et hourra ! Son vieillissement sembla se stabiliser ou tout du moins n'avait pas progressé. Sinon quel âge aurait-elle eu au réveil ? Mieux ne valut pas penser à plus abominable que la réalité déjà suffisamment épouvantable.

Le médecin de garde, le docteur Slarvi, et sa secrétaire, curieusement présente un dimanche, les rejoignirent dans la chambre. La collaboratrice était une grande femme, mince, se tenant très droite, cheveux courts et arborant de grosses lunettes qui lui donnaient un air de grenouille très rigolo, mais charmant. Par contre, pour Stef, ce toubib se prenait un peu trop pour le patron des lieux. Ce dernier, petit brun, cheveux gominés aux lèvres juteuses donnant un aspect, sinon repoussant pour échanger des bises, en tout cas celui d'un assoiffé du bas-ventre, regard sournois de parvenu de fils nul à papa, brama, plutôt postillonna son désaccord pour que Stef récupérât la mamie. Alors l'ami de Betsy l'envoya poliment essayer de faire valoir son autorité hiérarchique de fonctionnaire raté bien au chaud auprès des sauveteurs de gosses, urgentistes comme lui sur le terrain, gosses qui venaient de sauter sur une mine antipersonnel en Afghanistan ou le ventre éclaté par un tir de roquette.

— Cher confrère, lui lança Stef assez sèchement, nous soignons et causons après ! L'essentiel que cela s'appelle et là, voyez-vous, l'essentiel n'est pas forcément médical ! D'autant plus que cette grand-mère je la connais personnellement et que je parle quelques mots de tigrinya, langue locale comme en Éthiopie... alors ça la rassure et vous savez tout autant que moi qu'un patient en confiance, surtout une personne de cet âge, cela lui donne des ailes ! Ne croyez-vous pas, cher confrère ?

— Certes je comprends votre attachement, rétorqua le toubib, seulement je suis surpris de votre empressement et du fait que vous ne l'ayez pas transporté directement là où vous exercer ; et en tant que responsable de cette patiente que vous nous avez confiée, je tiens à faire quelques examens complémentaires de ...

— De rien du tout ! trancha Stef.

Et d'ajouter avec convenance qu'il souhaitait sans attendre que cette personne âgée pût rester près des siens et loin de la guerre comme des hôpitaux et lui balança, quitte à passer pour un malotru et en s'excusant de l'expression, que Jahraza souhaitait « tranquille, partie torcher le cul au firmament ! ». Il poursuivit sans le laisser respirer : [14]

— Je crains que cela dépasse vos compétences du stéthoscope qui vous sied à merveille autour du cou et du thermomètre de nos cursus classiques, cher confrère, j'ai apporté cette personne pour les cytokines d'urgence et contacterai le professeur Grimme cet après-midi, c'est le neuro chef, je crois.

Le toubib outré lui fit savoir qu'il n'en resterait pas là. Sur ce, s'en contrefoutant, Stef demanda à la secrétaire une décharge responsable pour partir immédiatement avec Betsy.

Puis après quelques palabres inutiles où le ton monta un peu, il signa le papier en saluant poliment le toubib qui

---

[14] « Tranquille, partir torcher... » : Paroles du titre « Ode à Émile » du groupe français Ange. (Album Émile Jacotey – 1970).

réintégra son bureau visiblement pas content qu'on lui tînt tête en le prenant de haut.

Le type resta néanmoins sceptique quant aux bobards de Stef, alors avant qu'il ne réagît en s'en apercevant facilement comme tout bon professionnel, Betsy et Stef partirent.

Mais la secrétaire attrapa Stef par le bras dans le couloir.

— Au fait, docteur, pour les formalités, où pouvons-nous joindre la petite fille de Madame Jahzara ?

— Ça va être difficile, répondit-il, elle est en reportage au cœur du Tadjikistan... Soyez rassurée, Madame, je m'en occupe. De toute façon vous avez les miennes, je crois... Veuillez m'excuser, mais on m'attend à mon hôpital, j'ai encore quelques examens à lui faire passer, parce qu'avec votre médecin, là... Allez, au revoir Madame ! termina-t-il avec le gentil sourire qu'arborent les toubibs.

Puis en prenant Betsy par le cou, il lui dit dans un très mauvais amharique :

— Oidâ bâbêr, Ayât Jahzara, oittâ... Dag astâmmama... No férbât, Ok ? Oittâ arrafa ! (*On s'en va, Mamie Jahzara, sortir... bien soigner... Plus peur, OK ? Partir se reposer !*).

— Awo ! fit Betsy en opinant de la tête qui apparemment savait dire oui en éthiopien. Stef n'y prêta pas attention.

— Dites-moi, vous parlez toutes les langues ? demanda la secrétaire épatée.

— Ah, ah, ah ! Non... seulement les mots essentiels qui rassurent ! Mais vous savez, chère Madame, pour rester terre-à-terre, mis à part les vétérinaires qui savent parler à tous les animaux, je ne vois que l'écho sonore qui, sans même les avoir apprises, connait toutes les langues, non ? Allez, au revoir...

— Hi, hi ! L'écho sonore ! Mais attendez, docteur ! reprit la secrétaire en se mettant à parler tout bas, vous savez, mais je ne devrais pas vous dire ça, seulement vous me paraissez si humain... vous avez eu bien raison de l'envoyer sur les

roses le docteur Slarvi, c'est un vrai con, lui ! murmura-t-elle en désignant la porte du médecin, ah ! si je pouvais trouver du travail ailleurs… fit-elle blasée.
— À ce point-là ?
— Il ne pense qu'à l'argent et surtout aux femmes ! Il est d'une arrogance insupportable et puis, tenez, il me force à venir le dimanche matin et à le suivre dans sa tournée des chambres comme si j'étais une cadre de santé, se plaignit-elle sans franchement mesurée les conséquences de tels propos à un inconnu, de surcroit médecin, ou alors avait-elle réellement quelque chose à dire.
— Votre fonction n'a rien à voir, effectivement, s'étonna Stef.
— Si je vous en cause, c'est que cela va plus loin, ajoute-t-elle hésitante.
— Dites-moi, Madame, il vous harcèle ? s'inquiéta-t-il.
— Oui, confessa-t-elle tristement et comme soulagée à la fois d'avoir trouvé une écoute puis, mais il ne s'est rien passé, juste des allusions et… par contre les jeunes infirmières, je ne pourrais pas en dire autant… elles gardent le silence…
— Mais il faut en parler à votre DRH ! s'indigna Stef.
— Le salaud ! Il faut le dénoncer Stef ! ne put s'empêcher de se trahir Betsy.
— Mais, elle parle français ? s'estomaqua la secrétaire.
— Oui, intervint Stef en les attirant vers un recoin, venez… c'est une longue histoire…
— Excuse-moi Stef ! fit Betsy confuse à se cacher sous un meuble, mais il n'y avait pas de meuble à cacher les confusions.
— Non, non, non ! Au contraire, tant mieux ! chuchota-t-il pour déculpabiliser Betsy qui avait eu une réaction on ne peut plus humaine et de solidarité féminine.
En deux mots, car l'autre toubib pouvait surgir à tout moment, il exposa très succinctement le problème à la secrétaire en ne parlant que du vieillissement spectaculaire

qu'il ne fallait surtout pas ébruiter. Aussitôt il lui demanda si elle était prête à les aider et à coopérer, car la guérison ne pouvait pas venir de la médecine traditionnelle. En revanche, comme elle souhaitait démissionner, cela tombait à pic, puisqu'il cherchait une personne comme elle pour remplacer sa secrétaire à Chalon qui partait à la retraite.

— Et en attendant je peux vous prendre comme assistante… je suis journaliste… murmura à son tour Betsy au grand étonnement de Stef.

La secrétaire n'en crut pas ses oreilles.

— C'est vrai ça, enchaîna Stef, vous savez que la vieille dame, là, a en fait trente-cinq ans et qu'elle est reportrice, bon, mais il faut se presser avant que le docteur Slarvi ressorte, alors qu'est-ce que vous en pensez Madame… Madame… demanda-t-il.

— Gaëlle Deveynes…

— Eh bien ! Si je puis me permettre ce jeu de mots, c'est votre jour de veine, Gaëlle… Ah, ah !

— Hi, hi ! bien amené ! Vous savez, j'en ai entendu avec ce nom ! Seulement, docteur, je ne demande qu'à vous croire, mais tout ça me paraît bien étrange et je devrais prévenir… fit-elle en voulant rejoindre son bureau, mais Stef la retint par le bras.

— Mais non, coupa-t-il, vous voulez rester avec ce type ? S'il y a quelqu'un à dénoncer ici c'est lui plutôt que nous, vous ne croyez pas ? fit-il en désignant le couloir, puis enchaînant sans laisser répondre la secrétaire, je comprends votre hésitation et surtout votre inquiétude à notre égard, mais je vous promets l'embauche et en attendant – il prit Betsy à partie – en attendant vous pourrez travailler pour mon amie qui est sur un gros projet de reportage – Betsy fit oui de la tête – et en plus vous serez dans un cadre superbe, sans chef… en fait, nous voudrions que vous nous rendiez un petit service… termina-t-il en surveillant le couloir.

— Je ne risque rien au moins ? demanda-t-elle perplexe.

— Je vous donne ma parole d'homme que vous ne risquez rien et que nous tiendrons nos promesses, Madame Deveynes... d'ailleurs, c'est vous qui avez pris des risques en me parlant de harcèlement du docteur Slarvi ! retourna-t-il intelligemment la situation.

— C'est vrai, répondit-elle, mais vous ne pouvez pas le dénoncer auprès de l'Ordre des Médecins, vous ?

— Je ne crois pas que cela soit le moment et c'est un problème que vous ne pourrez régler qu'en interne... alors, Madame Deveynes, parce que nous devons partir... insista-t-il.

— Bon, attendez... réfléchit-elle à cent à l'heure, car il lui fallait faire un choix immédiat : soit saisir une opportunité de changer de boulot, soit rester avec son érotomane de docteur. Alors elle se décida :

— De toute façon j'en ai marre de lui, souffla-t-elle, qu'est-ce que je peux faire pour vous être utile alors, docteur ?

— À la bonne heure ! s'exclama-t-il en sourdine, écoutez, soyons d'accord, c'est secret défense, vous n'en parlez à personne, pas même à votre mari !

— Promis.

— Bien, j'ai confiance en vous et vous ne le regretterez pas, fit-il en lui posant une main sur l'épaule en signe amical, alors essayer de bloquer et d'intercepter les dossiers et courriers médicaux et autres qui pourraient être faits sur mon amie et puis surtout rappelez-moi lundi soir... vers 21 heures, conclut Stef.

Elle nota son numéro perso dans sa main, puis ils se saluèrent aimablement et se séparèrent.

Dans le hall d'entrée de l'hôpital, à voix basse, Stef et Betsy qu'il soutenait du bras, car elle était quelque peu stone et dépassée par la rapidité des évènements, mais surtout de porter toute cette vieillesse, ils convinrent que madame Deveynes semblait honnête.

Aussi que l'intervention de Betsy n'avait pas pu mieux tomber pour couvrir leurs arrières. Et sa Princesse de lui dire sur le parking :

— Ce n'est pas parce que mon corps a vieilli que ma tête l'est aussi... je l'avais entendu ce matin, avant que tu arrives, se plaindre avec une infirmière et qu'elle voulait démissionner... en fait, tu m'as devancée pour la prendre en secrétaire...

Sur le chemin du retour, dans la voiture, Betsy n'avait plus dit un mot. Il présuma qu'elle avait replongé dans d'abyssales méditations quant à son devenir et il respecta son introspection.

Arrivés chez lui, il l'installa dans le canapé, alla chercher le breuvage dicté par l'ami Arangaeha préparé la veille puis, de retour, lui demanda :

— Tu n'es pas mieux ici plutôt qu'à l'hôpital, Princesse ?

— Au cimetière, peut-être... et puis je te cause tant de soucis, marmonna-t-elle sans même lever le menton.

— Allons ! Fais-moi confiance, Princesse, lui dit-il tendrement, ça va aller. Tiens ! Bois ça doucement !

Elle hésita, sentit le bol, le regarda avec des yeux tristes et inquiets comme ceux d'un chien qui va chez le vétérinaire, goûta un peu, grimaça, le regarda à nouveau comme si c'était du poison. Il la rassura puis :

— Attends ! ce n'est pas fini... Je me souviens qu'il récitait une incantation comme je l'avais vu faire une fois dans son pays, là-bas au fin fond de la Côte d'Ivoire.

— Tu crois à ça, toi, le cartésien ? s'étonna-t-elle.

— Au point où on en est !fit Stef avec un haussement d'épaules.

Rapidement il retrouva ses notes et s'exécuta, du moins essaya, car il butait sur les mots et ne put se retenir de sourire. Betsy secoua la tête de désappointement.

— Mais comment veux-tu qu'elle fonctionne ta sorcellerie, tu te marres ?

— Tu as raison, je ne suis pas doué pour ça ! Allez, on va s'en passer, mais bois lentement le reste de la potion et repose-toi une petite heure.

L'heure passa durant laquelle il put traiter son courrier, car il n'avait pu le consulter avec tous ces évènements et vit avec étonnement que le visage de Betsy sembla miraculeusement s'être légèrement déridé. Il la sortit de sa somnolence. Elle réagit aussitôt :

— Qu'est-ce qui m'arrive, Stef, je me sens moins fatiguée…

— Ça alors ! Tu ne vieillis plus, Princesse, regarde-toi, lui dit-il sidéré et enjoué à la fois en la prenant par les épaules et l'amenant devant un miroir.

Les belles mirettes de son amie pétillèrent soudainement comme une enfant devant un magicien. Il n'y a pas que les enfants, d'ailleurs !

— Comment tu as fait Stef ? C'est vrai ? Ça marche ? s'enthousiasma-t-elle en se palpant le visage.

— Moi je n'ai pas fait grand-chose, répondit-il souriant, c'est surtout grâce à Arangaeha… c'est un vrai sorcier ce type… d'ailleurs, je me suis toujours demandé ce qu'il y avait dans sa poudre bleue… poudre de serpent, d'écorce d'adansonia ou de renouée en plus de ce qu'il m'a dit, je ne sais pas… Il va falloir que je la fasse vraiment analyser, mais apparemment ça va mieux, toi ? [15]

— Oui, c'est merveilleux… mais dis-moi, c'est un hallucinogène africain que tu m'as fait boire ? Tu ne sais même pas de quoi c'est constitué ! s'inquiéta-t-elle soudainement en se tâtant toujours comme pour voir si le miracle se poursuivait ou si ce furent ses yeux qui la trompaient.

---

[15] L'andasonia est de la famille des baobabs vivant bien 2000 ans. Il y en a un qui a 6000 ans. La renouée (plante japonaise), du moins ses racines, aurait des vertus rajeunissantes… disons anti-âge.

— Ah, ah ! Il serait temps de t'en inquiéter ! Mais non, j'en suis sûr et certain ! Je l'ai vu soigné des gens avec ça, enfin il y a toujours l'aspect psychologique du malade qui y croit. Elle alla se rasseoir en ahanant, fatiguée avec tout ce qui venait de lui arriver aussi précipitamment.

— Au fait, Princesse, dit-il pour changer de sujet et surtout observer les effets de la poudre magique, tout à l'heure, à l'hosto, tu as compris ce que je disais en éthiopien ?

— Un peu… c'est comme l'égyptien… J'avais fait un reportage au Caire, mais tu as parlé d'Aljara ou quelque chose comme ça… je ne sais pas ce que c'est… Une ville en Inde, non ?

— Pas Aljara, Ayât Jahzara ! répondit Stef heureux de voir que son amie recouvrait ses esprits.

— Et en français ?

— Ayât, ça veut dire " Mamie " et Jahzara " La princesse bénie ", ma Princesse !

— Oh ! C'est joli et gentil…

— T'aurais pu dire gentil ET mignon…

— Dommage… là tu deviens con !

Ils rigolèrent un peu, cela ne pouvait pas lui faire de mal et il s'assit près d'elle en lui prenant ses mains flétries.

— Betsy, qu'est-ce que tu comptais me faire de bon à manger hier soir chez toi ?

— Oh non ! souffla-t-elle, tu continues ton interrogatoire médical…

— Mais non, alors ?

— Une pochouse, mais… mon pavillon… mon beau pavillon… qu'est-ce que je vais devenir ?

Betsy se mit à pleurer. Elle regarda avec tristesse sa faïence du Portugal qu'il lui avait offerte et qui devait border sa piscine.

— Calme-toi, Princesse, je crois que j'ai la solution. Je suis passé chez toi hier… ça va, dit-il sans insister, puis d'un ton encourageant, tu sais, j'ai beau avoir été façonné dans l'éthique médicale très rationaliste, mais il m'arrive parfois de croire ou plutôt de me poser des questions sur des phénomènes métaphysiques… mais je cause, tu as peut-être faim ?

— Oui un peu, s'il te plait, répondit-elle, je t'aiderais bien, mais…

— Non, non, non, Princesse ! J'ai juste à réchauffer au micro-ondes, mais avant j'ai deux trois choses à charger dans la voiture pour cet après-midi… Repose-toi cinq minutes, conclut-il en sortant.

Ils déjeunèrent rapidement, car Betsy avait l'estomac noué par le stress de la situation et de savoir que l'après-midi réservait encore des surprises. Stef lui assurait que celles-ci seraient bonnes et voyait que son état s'améliorait imperceptiblement. La poudre bleue commençait à agir, mais il savait comme le lui avait dit Arangaeha que seule elle ne serait pas réparatrice totalement.

Puis à la fin du repas, il alla chercher une bouteille de champagne,

— Pourquoi du champagne ? s'étonna-t-elle.

— Tu te souviens que je t'avais parlé d'un troisième cadeau pour toi, hier ?

— Oui… C'est quoi ?

Pof ! À chaque fois c'est pareil. Pas le bouchon de champagne, non, mais à chaque fois quand, par exemple, on est plongé dans un bouquin dans les transports et qu'on arrive à un moment intéressant, on est dérangé par un handicapé qui demande poliment à s'asseoir à votre place. Pas celle du voisin, non, la vôtre ! Ou dérangé par un jeune trou du cul qui tire sur le signal d'alarme : ou bien qu'on arrive à destination et qu'il faut fermer le livre ! Pareil pour un film à la télé ! Le moment intéressant il est brusquement interrompu soit par la pub, soit par la sonnerie gadgétisée du téléphone ou soit parce qu'on sonne à la porte.

Et là, bingo ! Ce fut le cas !

Ding Dong !

5

En toute civilité Stef alla ouvrir. C'était bien évidemment Ostalrinkein, le confrère de Krocervo à qui il avait donné rendez-vous et avait expliqué en détail au téléphone le double problème, pavillon et Betsy. Il fit les présentations et discutèrent brièvement du sujet, mais le mieux étant d'aller sur place.

Lui, c'était un astrophysicien des plus hautes institutions de recherche scientifique, notamment sur la matière. Il avait un très léger accent germanique, la soixantaine, était de taille moyenne avec des binocles, un front très dégagé et une tignasse bouclée, grise, sûrement frite à force d'observer les atomes, les étoiles et le soleil.

Nerveux, mais posé avec un gros nez et une petite bouche, il n'échappait pas à la silhouette type du savant qui vit et voit au-delà de notre quotidien très terre à terre.

— Veuillez m'excuser, Professeur, coupa Stef à un moment en prenant son portable, je dois passer commande au traiteur... vous resterez souper avec nous ? Cela nous fera plaisir...

— Non, merci beaucoup, c'est très aimable à vous, mais j'ai déjà réservé mon coup de fourchette pour ma petite Boson, euh... ma...

— Boson ? C'est votre petite-fille ?

— Ah, ah, ah ! Non, c'est mon épouse, nous fêtons ce soir nos noces d'émeraude... quarante années de lumière de mariage !

— Félicitations, Professeur !

— Merci ! fit-il, puis soucieux en regardant de près Betsy, vous avez une photo de Madame d'avant le vieillissement ?

Stef lui en montra une. Le professeur la compara et ne put que complimenter Betsy sur sa beauté et ajouta :

— C'est incroyable et étrange cette métamorphose ; alors cela voudrait dire qu'à Veilly on vieillit plus vite ? dit-il en les regardant par-dessus ses lunettes puis, non je rigole, mais au fait, vous avez prévenu l'électricien ? demanda-t-il à Stef tout en auscultant les mains de son amie.

— Je préfère que cela ne s'ébruite pas, mais j'ai tout dans mon 4x4.

— Très bien, alors sans vous presser, dit-il en réajustant ses lunettes, si nous pouvions aller sur place…

— OK Professeur ! Ah ! mince ! J'allais oublier… c'est pour se redonner le moral ! lança Stef en montrant et agitant le CD de Genesis devant Betsy.

Elle le remercia d'un sourire déformé et enlaidi par sa sénescence accélérée, mais avec toute sa beauté du cœur derrière.

— Ah ! Je vois que nous aimons la même musique ! Excellent cet album ! s'exclama le savant, ce qui tout d'un coup le rendit finalement accessible et semblable au commun des mortels contrairement aux idées reçues sur ce monde de la science.

Cela décontracta tout le monde.

Puis, prévoyant, Stef donna un décontractant à son amie et go ! Objectif sa maison à Veilly, le professeur prenant sa voiture.

Quand ils arrivèrent, il n'y avait absolument personne, ni devant ni autour. Pour quelles raisons d'ailleurs, puisque nul n'était au courant ? Alors ils entrèrent et se garèrent devant le pavillon. De l'extérieur, sans avoir encore vu la piscine, le pavillon paraissait normal, hormis les toits légèrement arrondis, et rien apparemment ne semblait s'être aggravé.

Le scientifique Ostalrinkein, que ses homologues surnommaient Ostal, mais ça Stef l'ignorait, voyant que

Betsy s'assurait que son portable fut bien coupé, l'interpela :

— Cela ne sert à rien, chère Madame, de toute façon vous ne pouvez pas capter !

— Comment ça ? s'étonna Stef et sous les yeux ébahis de Betsy.

— Trop de perturbations ou d'interférences si vous voulez ; personnellement je définirais plutôt cet aspect comme une déflexion spatio-temporelle, voire une dualité quantique ondo-particulaire, d'ailleurs essayez de mettre votre radio dans votre véhicule, vous verrez...

Stef ne se fit pas prier et alla vérifier. Évidemment rien, sinon un grésillement à faire rigoler un grillon !

— Alors si nous aurions voulu appeler les secours hier, nous...

— Vous n'auriez pas pu !

— Mais, Professeur, comment pouvez-vous le savoir sans avoir visité la maison ? demanda Betsy fort logiquement.

— Ah ! Tout simplement parce que je viens d'essayer sur ma radio ! Dites-moi, Madame Betsy, fit Ostal avec décontraction en posant sa veste dans sa voiture, quel métier exercez-vous ?

— Journaliste dans l'écologie, pourquoi ? répondit-elle.

— Merveilleux ! J'ignore quelle discipline vous affectionnez le plus dans ce vaste domaine, mais puissent les industriels vous entendre ! En fait, vous l'ignorez sans doute, mais nous avons un point commun... même vous docteur... la matière ! Chacun cherche à comprendre la matière, l'un l'espace, l'autre le corps humain et vous, Madame Betsy, la Terre, ne croyez-vous pas ? finit-il en sortant de son coffre une grosse valise métallique. Puis il s'approcha du seuil de la maison.

Betsy, courageuse, voulut les accompagner dans leur état des lieux, malgré les réticences de ces messieurs un peu trop protecteurs à son goût.

Ils entrèrent et les murs comme le plafond étaient tout autant gonflés. Le silence régnait. Pas le moindre bloop.

Ils parcoururent sommairement toute la maison, Betsy tout comme Stef surmontant vaillamment leur appréhension. Ostal tapait sur les murs, plaquait son oreille sur les parois et les parties des meubles qui dépassaient des pans de murs boursouflés et prenait des mesures avec une espèce d'oscilloscope à trois écrans.

— Dites-moi, docteur, demanda Ostal au bout de quelques minutes, cela aurait-il progressé depuis hier au soir que vous êtes venu ici ou non ?

— Curieusement non. Du moins à première vue… sinon il me paraît évident que si le phénomène avait perduré, chaque pièce aurait été engloutie.

— Je parlerais plutôt d'énergie rayonnante ou d'absorption, mais qu'importe… et ce grondement sourd ?

— Non plus. Pas réentendu.

— Pourtant il est actif… infime, mais actif… tenez ! Rendez-vous compte par vous-même, collez votre oreille ici, vous ne risquez rien, dit-il rassurant en lui indiquant un endroit précis au plus proéminent d'un mur.

— Effectivement ! Et c'est quoi ? s'enquit Stef alors que Betsy écouta aussi en tenant prudemment son bras.

— La vibration d'une distorsion moléculaire, semble-t-il, répondit Ostal, disons comme un écho…

Ensuite ils allèrent voir la piscine toujours rétractée et réduite d'autant des gonflements des rebords, mais toujours vide. Ils posèrent leurs valises, sacs et sacoches, jetèrent un œil dans le jardin, ce qui valut à Betsy tous les compliments d'Ostal quant à l'harmonie et la beauté du lieu, où rien n'était affecté par le phénomène, puis ils revinrent au bord du bassin.

Ostal se gratta son front dégarni, signe d'un remue-méninge intense sous sa boîte crânienne.

— Ce qui me paraît irrationnel et incompréhensible, dit-il enfin, c'est le fait que toute la végétation et les liquides ne soient pas concernés !

— Et la piscine qui se vide ? demanda Betsy.

— Je vous l'accorde, répondit Ostal en lui prenant chaleureusement une main dans les siennes, je parle en termes de transformation, plus exactement de dilatation des molécules et non pas de déplacement... Rendez-vous compte qu'ainsi, grâce au fait que vous êtes comme nous constituée de soixante-cinq pour cent d'eau, vous n'avez pas gonflé comme une montgolfière ? Et c'est justement cette amplification des solides et non du végétal comme des liquides qui m'interpelle...

— Me permettrais-je de dire sans vous offusquer, Professeur, lança Stef, qu'un problème sans solution est un problème mal posé ?

— On dirait de l'Einstein, non ? les scotcha Betsy à leur plus grand étonnement et plaisir, bien sûr.

— Entre autres, oui, bravo Madame Betsy ! la félicita Ostal et d'ajouter, ce qui confirme que votre dégénération cellulaire n'a pas fort heureusement affecté votre mental, tant mieux ! Mais je suis persuadé à voir votre jardin que le fait que vous ayez la main verte y soit en partie pour quelque chose... vous savez, les fluides, du moins c'est à espérer...

— Merci Professeur, c'est flatteur, fit Betsy, mais si vous pouviez rendre la raison d'être à ma jeunesse et à mon pavillon, s'il vous plait... je n'en peux plus... termina-t-elle au bord des larmes, les nerfs craquants sûrement après cette visite chez elle.

— Oui. Ne pleurez pas, Madame, nous allons faire l'impossible, la rassura-t-il très gentiment en ouvrant sa grosse valise métallique puis, c'est bien au bord du bassin, m'avez-vous dit, que le phénomène avait débuté ? demanda-t-il à Stef qui acquiesça.

— Quelle heure était-il exactement ? enchaîna Ostal devant ses notes.

— Houlà ! fit Stef en regardant sa Princesse, il devait être vers 16 h 45…

— 16 h 48 exactement, précisa Ostal très modestement, je n'ai guère de mérite à le savoir… c'est l'heure arrêtée et affichée dans votre pavillon… et avez-vous vu un éclair ?

— Plutôt un éclat lumineux, il me semble, dit Stef incertain, mais nous étions tellement abasourdis…

— Je comprends… surtout quand il n'y a pas de tonnerre, mais je peux vous assurer qu'il y a eu une fulguration ionique qui n'est pas de la foudre, car un éclair sans tonnerre n'est pas concevable, termina Ostal.

Ce qui les laissa perplexes, tout comme la végétation alentour qui paraissait écouter très attentivement le physicien, parce qu'elle était indirectement concernée.

Stef ouvrit à son tour sa sacoche et en sortit les plans et notices techniques des installations. Toujours près de la piscine, ils consultèrent soigneusement les documents et Ostal installa et manipula quelques instruments bizarroïdes qu'il avait disposés devant lui. Pendant ce temps, Stef redonna à Betsy un peu de la potion d'Arangaeha en murmurant juste deux à trois mots de la formule incantatoire.

Ostal se tourna vers eux, intrigué et attendit qu'ils finissent pour s'approcher. :

— J'ignorais que la médecine traditionnelle pratiquait l'empirisme ! dit-il amusé.

— Sorcier, peut-être pas ! Mais effectivement cela peut surprendre, Professeur, répondit Stef en se levant souriant, vous savez, quand on va dans le tiers-monde, comme cela m'arrive fréquemment, on s'adapte à leurs coutumes comme à leur alimentation, et je dois avouer qu'en termes de soins et de remèdes, ils ont des résultats parfois très surprenants !

— Je veux bien vous croire et c'est buvable ce philtre bleu, Madame Betsy ?

— Ça a comme un bon goût d'éléphanoptère, répondit-elle avec une grimace.

— Pardon ? s'étrangla Ostal.

— Un éléphanoptère c'est un croisement entre un éléphant et un coléoptère géant… En 2091 où je suis, on utilise leur sang pour les prématurés humains… enfin, je crois, expliqua-t-elle d'un naturel déconcertant.

— C'est absolument phénoménal ! s'écria Ostal en levant les bras au ciel puis, mais, dites-moi, Madame Betsy, je croyais que vous étiez en 2090, je ne saisis pas ?

— Oui, confirma Betsy, hier j'étais en 90, mais aujourd'hui je suis en 91…

— Comment ? Une année en vingt-quatre heures ? n'en crurent pas les oreilles du savant stupéfait.

— Non, Professeur, en… quatre mois, car hier nous étions, euh… vous étiez… non, j'étais en septembre 90, et maintenant je suis en… en janvier 91 ! expliqua difficilement Betsy.

— D'accord ! D'accord ! bégaya Ostal tout excité en consultant vite fait ses notes puis, mais oui, oui, oui, c'est bien ce que je pensais, cela corrobore parfaitement avec ma théorie…

— Ne pensez-vous pas que l'effet de la poudre bleue déjà prise ce matin, où j'ai noté une réaction positive quasi instantanée, ait ralenti cette sénescence ? Moi je le pense, lança Stef.

— Ce n'est pas impossible, l'essentiel est de constater le fait et je suis curieux de savoir ce qu'elle contient cette potion, commenta le physicien puis en s'adressant à Betsy, d'après les éléments que je déduis de votre maison et de votre dazzling aging ou votre fulgurant vieillissement, si vous préférez, il s'avère que votre futur a largement mordu sur votre passé par… – il les arrêta d'un geste de la main pour ne pas qu'ils l'interrompissent – par une diffraction spatio-temporelle comme je vous l'ai déjà dit et résultant d'une Finsternis... Ça, c'est acquis ! Mais reste donc à rétracter et réajuster cette dispersion de la mole par l'énergétisme de la matière noire. Donc nous pouvons...[16]

— Et en français cela se traduit comment, s'il vous plait, Professeur Ostal ? coupa Betsy agacée par ce charabia.

Bref, il s'excusa de son langage scientifique, leur expliqua en schématisant qu'il y avait une déviation dans son espace-temps et de celui de son pavillon ; ceci dû à une éclipse totale du soleil et qu'il fallait retrouver l'équilibre initial de la matière.

Il y eut un silence, Le temps d'absorber et de mettre cela dans les bonnes cases de leurs cerveaux.

— Dis, Princesse, comment c'est en 2091 ? demanda Stef soudainement réaliste et curieux de connaitre l'avenir en live.

— Je ne sais pas... je suis là et le reste m'est inconnu...

— C'est bien dommage, mais cela vaut sans doute mieux de laisser le futur où il est.... conclut le scientifique.

Après un second silence, Ostal leur demanda :

— Connaissez-vous la date de la dernière éclipse totale du soleil en Europe ?

Deux paires d'yeux de carpes regardèrent Ostal qui enchaîna aussitôt :

— Le 11 août 1999, exactement ! Et d'après ce que j'ai lu dans vos papiers, l'achat de votre piscine, du moins la réception des travaux, date du même jour !

Il les acheva en précisant avec un rictus mystérieux qu'en 2090, il y aura également une éclipse totale du soleil, année où justement s'est trouvée Betsy.

Après ça, il leur exposa en deux étoiles filantes ce qu'il comptait faire, que le fait que Betsy soit en 2091, à 24 heures prêt, n'avait aucune importance à l'échelle de

---

[16] Finsternis : Mot allemand comme « darkness » en anglais désignant, entre autres, une obscurité, une noirceur. Ici à interpréter comme « éclipse ».

l'élasticité spatio-temporelle, comprendre cet infime décalage de la superposition du futur sur le passé (*Ben voyons, on l'aurait compris tout seul !*), et il demanda à Stef de connecter ensemble tous les courants électriques, faibles, forts, triphasés, tout ce qui était ondes hertziennes, électromagnétiques, infrarouges, cellules photovoltaïques, bref, tout ce qui existait en alimentation, en connectiques de communication, de commandes et autres. Aussi et surtout que cela était sans danger, ni risque pour les installations existantes.

Certes, le chirurgien n'était pas électricien de métier, mais le bricolage ne lui faisait pas peur, alors il s'exécuta. Néanmoins, Betsy et lui-même ne cachèrent pas leur vive inquiétude et firent remarquer à Ostal que s'ils ouvraient le jus dans ce maillage anarchique tout allait sauter, brûler, exploser et faire « pinponner » tous les pompiers et les agents EDF du département.

L'astrophysicien rigola.

À trois mètres du bornier de raccordement multijonction de fortune que Stef venait de réaliser, Ostal installa un appareil cherché dans son coffre et qui ressemblait de loin à un ancien radiateur en fonte à petites colonnes des années trente.

À la demande générale, l'astrophysicien désigna l'engin comme un filtre baryonique à réflectométrie ondulatoire. En tout cas, cela avait valu le coup de demander, rien que pour entendre des mots bizarres.

D'ailleurs, il crut bon d'ajouter pour les rassurer que la réflectométrie n'était pas destructive, ce qui était un pléonasme en soi, mais encore fallut-il savoir ce que c'était. N'empêchât que Betsy, tremblante, se colla très fort contre Stef avec des yeux paniqués. Tout chirurgien et raisonné qu'il était, le monsieur toubib n'en menait pas large non plus.

Le Professeur Ostal, voire le Professeur Plutonium, les invita à se placer tous deux entre le bornier et le radiateur, lui ici, Madame là, en se tenant uniquement par la main.

Alors là, ce fut aiguille du trouillomètre dans le rouge ! Flip assuré ! Foies tricolores garantis !

Puis, comme tout savant fou se respecte, il mâchouilla nerveusement son gros crayon noir en regardant son dispositif pour vérifier que rien n'ait été oublié. Il nota quelque chose sur une feuille de son bloc, la déchira, la plia, la mit dans une enveloppe, la ferma et la coinça bien en vue entre deux branches du troène près du barbecue, puis revint près de l'interrupteur général du méli-mélo de filasses.

Au vu de sa consciencieuse concentration, Betsy et Stef avaient consensuellement conscience que l'heure était scientifiquement grave.

Et là, à cet instant précis, Ostal leur dit d'une voix sentencieuse :

— Savez-vous que j'avais trois grands-pères ?

Éberlués, ils firent non de la tête en retenant leur souffle.

— C'est important, car mon premier grand-père disait toujours : "Moi tous les matins, 6 heures, je me lève et pipi !" ; le second disait : "Moi c'est pareil tous les matins, 6 heures, je me lève et caca !" et mon troisième grand-père disait : "Moi c'est pareil aussi, tous les matins, 6 heures, pipi, caca et après je me lève !" Ah, ah, ah ! explosa de rire Ostal.

— Professeur ! cria tant bien que mal Betsy, vous croyez que c'est le moment de rire ?

— Ah, ah, hum, huhum ! veuillez m'excuser, fit Ostal en retrouvant peu à peu son sérieux, elle me fait toujours rire cette blague... bon, euh... il fallait bien que je vous fasse patienter un peu, car nous devons déclencher le système uniquement à l'heure pile, c'est-à-dire 16 h 48 quand cela s'est produit hier, plus deux minutes de mécanique céleste du soleil, expliqua-t-il en regardant un cadran qui, disait-il, donne l'heure même quand il y a le Störung Raumzeit (*comprendre "le désordre dans l'espace-temps"*) puis s'esclaffa :

— Ah ! Je crois bien que c'est le moment... vous êtes prêts ?

Betsy et Stef se dévisagèrent en se demandant du regard si le savant olibrius Ostal n'était pas un peu dingo sur les bords, mais justement en même temps celui-ci mit sous tension le salmigondis électrique.

Cela fit aussitôt des Zzzzzzz ! des Criiiiitchhh ! Des Gzziiiiiouuung ! et brusquement un grand arc bleu comme un éclair aveuglant ou un faisceau laser leur traversa onze fois le corps. Pas dix ni douze, non, onze fois. Pourquoi ? Mystère !

Un c'est bizarre mystère de la science ou peut-être en rapport avec la théorie M et les onze dimensions des supercordes... pas sûr !

Non, rien à voir avec les symbolismes religieux et de croyances pseudo-scientifiques de la numérologie dont on attend toujours des preuves concrètes, non, là c'était bien Ostal qui avait créé l'impulsion. [17]

Tous deux ressentirent une sensation bizarre, pas douloureuse du tout, non, plutôt comme une onde matérielle, un effet doppler sans en être un, une légère vibration dans les moindres recoins de l'organisme.

Ce fut Betsy surtout qui leur dira plus tard qu'elle avait eu la perception totale de la matière la constituant ; qu'elle aurait pu jouer aux billes avec ses propres atomes ; qu'en fait cela s'était produit à chaque passage de l'arc bleu

---

[17] La théorie M, pour faire simple, car il s'agit de physique, de relativité, a été proposée en 1994 par Edward Witten pour unifier les cinq théories des cordes préexistantes (dites supercordes ou particules élémentaires), l'objectif ultime étant de représenter de façon cohérente et unifiée l'espace-temps, la matière, l'énergie et les interactions, sous tous leurs différents aspects. La théorie M n'est pas encore achevée. Pour plus d'infos et une première approche, voir Wikipédia, sinon des revues spécialisées pour ces termes.

comme une défragmentation ou une réorganisation de son univers interne.

Stef, ébahi, ne la savait pas si scientifique. D'autant plus qu'il n'avait pas ressenti tout à fait la même chose, plutôt comme la sensation de sentir vraiment son propre sang couler dans ses veines. Curieux.

Et lui, l'Ostal, triomphant, de leur dire que les dimensions de l'espace-temps étaient enfin retrouvées et que c'était réussi. Il applaudissait avec un large sourire en lançant des « Youpi ! Youpi ! » de satisfaction. C'était donc bien la théorie M !

Il ne lui restait plus qu'à danser pour ressembler au Professeur Tournesol ! Eux étaient en train de se regarder des pieds à la tête pour s'assurer qu'ils existaient encore et observèrent autour d'eux, mais rien n'avait changé ; la piscine était toujours réduite et vide, Betsy toujours avec sa vieillesse avancée, quant à l'intérieur du pavillon il leur aurait fallu aller voir, mais Ostal coupa le jus et les sortit de leur saisissement.

— Bien, s'il vous plait, les résultats sont en suspension et pour finaliser ce rééquilibrage, remettez-vous en situation quand le phénomène avait commencé et réinterprétez la scène brièvement…

— OK, Monsieur le magicien ! s'enthousiasma peu à peu Stef en tirant Betsy par la main de quelques pas. Cette dernière sembla avoir fait un plein de forces lors de ces rayonnements à la onzaine exacte et donc put parfaitement et étonnement se concentrer après pareilles émotions.

Donc ils mimèrent la scène avec le cocktail et où ils parlèrent des cadeaux jusqu'au moment où ils entendirent le gros bruit de succion. À l'identique, Stef se rua vers la piscine en relatant à Ostal qu'elle s'était vidée en quelques secondes et que Betsy l'avait rejoint.

— Stop ! intervint Ostal, nous y sommes mes amis. Madame Betsy, s'il vous plait, rejoignez le docteur et continuez ensemble… c'est très important pour vous !

— D'accord Professeur ! donc, dit Betsy, j'ai rejoint Stef en lui disant qu'elle se remplissait des fois une heure après, des fois deux, des fois le lendemain… et c'est là que j'ai vu qu'elle rétrécissait, enfin que les parois gonflaient et j'ai hurlée…

— Au même moment, Professeur, enchaîna Stef, nous entendîmes ce grondement sourd et caverneux venant du pavillon qui faisait comme "Bloop ! Broom ! Bloop ! Broom !"

— Stop ! les arrêta net Ostal qui ajouta, et c'est là qu'il y a eu l'éclair ?

— Il me semble, oui, répondit Stef, tu as vu quelque chose toi, Princesse ?

— Non, j'avais le nez dans ton épaule, morte de peur, fit Betsy quelque peu tétanisée de revivre la scène.

Heureusement que Stef avait prévu ce choc avec le calmant administré à son amie, sinon voyage dans la compote de pommes assuré.

— C'est obligé qu'il y ait eu cette fulguration ionique ! Nous y sommes ! s'écria Ostal, ne bougez surtout pas !

Et il actionna à nouveau son drôle d'appareil qui cette fois envoya de grandes gerbes d'étincelles multicolores vers le ciel, comme un feu d'artifice.

Ils regardèrent, bouche bée, et le nez en l'air. Ça crépitait dans tous les sens ; c'était presque merveilleux à en oublier la cause, mais Ostal arrêta tout et leur cria :

— Regardez, les enfants ! Le bassin commence à se remplir insensiblement !

— Nous avons réussi, Professeur ! explosa de joie Betsy en lui sautant au cou.

— Allons, Madame Betsy ! Croyez-vous que mon épouse va souffler les quarante bougies honorant notre union si elle sent votre parfum dans mon cou ? rigola Ostal alors qu'on aurait pu s'attendre à autre chose dans un moment aussi intense. Il était adorable ! Mais le plus prodigieux arriva…

Ils constatèrent tous trois avec béatitude que tout doucettement, légèrement, les traits qui envieillissaient Betsy s'affinaient ; sa peau se lissait, s'éclaircissait, ses yeux se dégonflaient, sa bouche se redessinait, un rosissement de jeunesse réapparaissait, bref, elle rajeunissait imperceptiblement.

Ce fut alors que le bloop revint avec son grondement comme un roulis sourd qui les figea tous les trois, enfin eux deux, car Ostal les rassura en leur criant que les parois de la piscine semblaient se désenfler insensiblement, car l'eau, arrivant par le fond, commençait doucement à remplir proportionnellement le bassin.

Avant même de courir voir dans le pavillon, ils sautèrent de joie en oubliant les pourquoi et les comment de cette renaissance, de cette réviviscence, de cette régénération. Ils se congratulèrent comme des sportifs qui auraient gagné la médaille suprême.

Puis ils allèrent constater que les murs de la maison dégonflaient aussi...

Mais tout doucement le colin-maillard des aiguilles à tricoter le temps les rappela à l'ordre.

Le bloop quant à lui devint beaucoup moins audible, mais perdurait inlassablement.

6

Pendant qu'ils rangèrent le matériel, Ostal leur précisa que Betsy allait retrouver le cours normal de la rivière de son présent le soir même. Comme c'était bien dit, il en serait presque devenu poète !

Et d'ajouter que sa résidence redeviendrait comme elle avait été, mais seulement le lendemain et que cela ne servait à rien de resté là, enfin que ceci ne pouvait plus se reproduire en évitant de leur donner des explications physiques qu'ils n'auraient pas compris. Aussi il conseilla à Stef d'attendre le lendemain également pour remettre toutes les installations en service tranquillement et surtout lui confirma que celles-ci n'avaient pas été endommagées par tout cet étrange raccordement.

Là, il demanda gentiment à Betsy de lui apporter l'enveloppe dans le troène.

— Si c'est pour vos honoraires, Professeur, je peux vous régler tout de suite ! le rassura-t-elle.

— Mais qu'est-ce que vous me chantez là, charmante Dame, vous rendre votre belle jeunesse et votre maison me suffit amplement, répondit Ostal tout sourire en lui prenant délicatement la lettre et en l'agitant devant eux. Il enchaîna :

— Non, pas d'argent, cela m'offenserait, par contre ce que je vous demande… c'est de n'ouvrir cette lettre que dans un mois jour pour jour et ensemble… uniquement ensemble ! C'est un engagement sur l'honneur que je sollicite de votre part ! termina-t-il très sérieux.

Betsy et Stef, surpris, le regardèrent, échangèrent tous deux un regard non moins étonné, lui donnèrent alors de concert leur parole et ce fut Betsy qui hérita de conserver la mystérieuse enveloppe.

— Mais, saperlipopette, l'heure tourne ! s'exclama Ostal, voyez, les aiguilles jouent au chat et à la souris ! Vite les enfants, n'oubliez pas que j'ai réjouissances ce soir ! Et si je peux me permettre un petit conseil, allez donc vous reposer un peu après tant d'émotions ! conclut-il.

Alors après de chaleureuses accolades et leurs profondes gratitudes, le physicien insista pour qu'ils le tinssent informé sans faute et que vraiment il devait les quitter.

Puis il démarra, il y eut des au revoir des mains et lorsqu'il franchit le portail ils entendirent klaxonner le fameux tagada tsoin tsoin !

Finalement, l'astrophysicien Ostal devait être en la matière leur bonne étoile. Alors...

♫ ♫ « Adieu, Monsieur le Professeur, on ne vous oubliera jamais... » ♫ ♫ [18]

En début de soirée, peu avant vingt heures, Stef réveilla Betsy qui s'était assoupie chez lui sur le canapé, épuisée autant psychologiquement que physiquement par ce qui venait de lui arriver.

— Princesse, pssssst ! Réveille-toi ! Hou, hou ! susurra-t-il gentiment en lui secouant doucement l'épaule, ksssst ! Regarde-toi, tu n'es plus vieille... Princesse... c'est fini...

— Hein ? Quoi ? marmonna-t-elle ensommeillée puis se redressant d'un bond en saisissant le miroir qu'il lui tendait et elle explosa de joie :

— C'est merveilleux ! C'est vrai Stef ? Dis-moi... regarde, j'ai rajeuni ! Je ne suis plus vieille ! Je ne suis plus vieille ! criait-elle en sautant sur place avec le miroir et frisant l'hystérie, viens que je t'embrasse ! C'est grâce à toi... c'est merveilleux, Stef...

---

[18] « Adieu Monsieur... » : Chanson du même titre du chanteur Hugues Auffray (1968). Bien sûr, il faut sortir la phrase du contexte de la chanson.

Forcément il fallut fêter ça derechef, alors il rapporta le champagne qu'ils n'avaient pas eu le temps d'ouvrir le midi.

Et Pof ! Ah non ! Encore ? À chaque fois, c'est pareil ! Pas le bouchon, non, mais à chaque fois quand par exemple on est plongé dans un bouquin dans les transports, bref, cela sonna à la porte.

Là, ce fut le traiteur.

— Bonjour Monsieur, blablabla, il n'y a qu'à chauffer... blablabla, merci, voilà pour vous... blablabla, merci, bon appétit !

Et pof !

Mais ce coup-ci ce fut enfin le champagne avec la mousse, le pschitt qui va avec et Betsy en ébullition de retrouver sa trentaine. Seulement elle le supplia de l'emmener voir son pavillon, mais Stef, fatigué aussi et prudent au nom de sa conscience médicale, lui recommanda plutôt d'attendre demain ou peut-être après manger et qu'il avait grand faim dans son estomac et puis que d'abord c'était champagne.

Elle se résigna et n'arrêta pas de s'admirer, de se recoiffer, de se réajuster, de se palper pour s'assurer qu'elle ne rêvait pas, qu'elle était bien redevenue elle-même.

— Trinquons à cet heureux dénouement, belle Princesse !

— Tchin ! Quelle histoire ! soupira-t-elle finalement en se rasseyant dans le canapé puis, au fait, Stef, c'est quoi le troisième cadeau ? demanda-t-elle d'une voix de petite fille impatiente. Ce qui prouva aussi qu'elle n'avait pas laissé sa mémoire dans le drôle de radiateur d'Ostal.

— Je... voilà... euh... tiens... prends... balbutia Stef tout nigaud en sortant de sous la nappe une enveloppe qu'il lui tendit.

— Qu'est-ce que c'est ? – elle l'ouvrit doucement – Oh ! Des billets d'avion pour... pour... Sainte-Lucie ? Aux Caraïbes ? Mais... pourquoi Stef ? C'est...

— Oui Princesse… vendredi dans ta piscine tu m'as presque devancé, mais… enfin bon, c'est une… une demande en mariage… déclara-t-il timidement.

Et Betsy tourna de l'œil.

Ensuite ?

Quoi d'autre que tous les baisers d'amour, les larmes d'amour, les réconforts d'amour, les mots, les murmures, les regards, les étreintes d'amour qui explosèrent se libérèrent enfin ? Quoi d'autre que les non-dits, les frôlements, les heures, les jours, les mois d'amitié, de prédilection, d'attraction qui avaient bâti cette forteresse passionnelle, les pourquoi ne pas se l'être déclaré plus tôt, bref, tous les ingrédients d'un joli roman d'amour qui prenaient corps, évidence et vérité ?

En fait, une histoire où il y avait plein de lucioles en forme de petits cœurs multicolores qui s'évaporaient des pages intemporelles de leurs yeux… ou quelque chose dans ce genre.

Alors, tendrement, en amoureux enfin libres de se l'avouer surtout sans trahir, sans blesser personne, les yeux et les mots chargés d'émotion avec la douceur d'un oreiller en plumes d'oie, mots plus brillants que les étoiles et aussi purs que le rire des enfants, ils dégustèrent des escargots presque du bout des lèvres, car ils les trouvèrent si mignons ces pauvres petits animaux. Puis ils goûtèrent à peine la fameuse pochouse tant ils rigolaient, s'émouvaient, leurs nerfs se relâchant… ils étaient là ensemble, heureux.

Bien sûr, ils avaient quantité de messages sur leurs portables, mais ce dimanche était uniquement à eux, déconnectés du monde, sinon de leur propre réalité, qu'ils n'y répondirent pas.

Le lendemain matin lundi, Betsy prévint son journal qu'elle serait absente pour la journée, Stef, lui, avait préalablement posé un jour de récupération de congé en prévision de ce lendemain de déclaration de sa flamme. Et puis cela lui fut facile de prescrire un arrêt à son amie ou plutôt à sa compagne maintenant.

Après avoir répondu aux messages les plus importants, ils allèrent chez Betsy et tout était redevenu totalement normal. Ils coururent partout pour s'en persuader, l'un appelant l'autre pour lui dire de venir voir, l'autre appelant l'une d'un endroit différent. Même les photos qui avaient vieilli étaient redevenues normales. Ils semblèrent être sur un nuage de bonheur et en s'enlaçant se demandèrent par « voix » de baisers s'ils n'avaient pas vécu un rêve ou un cauchemar.

Ils remirent toutes les installations en service joyeusement, y compris la télésurveillance et tout redémarra et fonctionna comme auparavant.

Bien sûr, ils n'oublièrent pas d'appeler Ostal et Arangaeha pour les remercier encore. Ces derniers furent tout aussi heureux qu'eux et ils se promirent un gueuleton magistral à faire pâlir les Brésiliens avec leur carnaval et les Munichois avec leur fête de la bière réunis.

C'était peu dire !

Pensant à tout, Betsy le convainquit d'appeler aussi le toubib de l'hosto de Beaune pour lui dire que la grand-mère était partie en Bretagne, par exemple, que sa petite fille, donc elle, passerait le voir.

Bien plus tard, en bon confrère, il tentera de reprendre contact avec lui pour expliquer la vérité et s'excuser, mais Madame Deveynes, sa secrétaire que Stef avait finalement embauchée dans son service, lui dira avec un grand soulagement que le docteur Slarvi avait quitté l'hôpital. Son comportement sexiste et ses harcèlements maladifs lui avaient valu d'avoir le déshonneur et le désavantage de passer la sortie en aller simple. Basta !

Mais pour l'instant, ce lundi, Stef prit Betsy par la taille et lui demanda :

— Princesse, ça te dirait de manger un énorme plateau de fruits de mer ce soir et on pourra causer de ton projet d'article sur le tiers-monde ?

— Ah, oui ! Tiens, je connais un super restau à Nuits-Saint-Georges ! C'est moi qui t'invite ! se réjouit-elle.

— D'accord, mais avant tu... tu me refais ta baignade toute nue dans la piscine ?

— Coquin ! lui gloussa-t-elle rieuse, mais tu me rejoins et tu ne ressors pas de l'eau, hein ?

— Promis, Princesse !

Plouf !

Plus tard…

Plus tard, enfin un mois jour pour jour après comme promis, impatients et curieux de savoir, ils ouvrirent ensemble au bord de la piscine l'enveloppe d'Ostal.
Ils la lurent avec une immense émotion, mais surtout beaucoup d'interrogation.

« *L'amour rend aveugle ou donne des ailes, le vôtre est bien plus solide, car il change la matière. La preuve en sera votre coalescence, votre fusion quand vous lirez la présente.*
Alors vous nagerez dans un arc de ciel.
Soyez heureux.
Amitiés,
Ostal. »
L'arc en ciel ou arc de ciel ?
Mystère !
Oui mystère, car effectivement à chaque fois qu'ils se baignèrent sans aucun danger tous les deux dans la piscine qui pouvait être couverte l'hiver, l'eau changeait de teinte et prenait tantôt l'une, tantôt une autre des couleurs du spectre lumineux.
Comme pour une vieillesse colorée… qui prendra bien le temps d'arriver normalement.

FIN

C'EST BIZARRE

REINE

QU'EST-CE à dire ? De quoi, de quoi ? Un escargot serait passé sous des noisettes qui lui auraient demandé de les emmener dans son carrosse ? Mais il aurait été sourd et fatigué et ne se serait pas arrêté ? Et ce serait en fait cet irresponsable ogre de paysan qui aurait tué sans le savoir la plus fantastique fourmi du monde aux conséquences planétaires ?
En voilà une drôle de bizarre d'histoire !

Alors Gars jeta une énième fois un regard vers le charnier, là-bas à dix mètres, et se décida enfin à partir en laissant le gastéropode continuer sa lente route en vue de trouver pitance sous une fougère, tout en ignorant qu'on lui avait collé sur la coquille cette guère honorable poésie de Tristan Klingsor pour son espèce.

— À... A... u... en, en ?
Gars s'arrêta. Il lui sembla avoir vaguement entendu quelque chose et se retourna. Personne. Il se dit que la peine et l'émotion ou tout simplement la forêt lui faisaient un tour de magie hallucinatoire.

— À... A... u... en, en ?
Là, aucun doute, il avait bien perçu de vagues sons. Il revint vers la petite bête à cornes.

— C'est toi qui causes ?
Pas de réponse. Il l'aurait bien pris dans sa main, mais l'animal se serait recroquevillé dans son camping-car, rideaux et portes fermés. Il se pencha.

—Tu parles aussi, l'escargot ? Tu sais, je t'entends ! J'ai même parlé à une fourmi ! dit-il gentiment.
Pas de réponse, sinon à nouveau ces sons sourds qui apparemment ne venaient pas du petit animal.

— À... A... u... men, en ?
Et en un millième de seconde il se dit que cette voix semblait bien être celle...non, impossible...

— Noisette ! Noisette ! C'est toi ? cria-t-il aussitôt en regardant à ses pieds.

— I... oi... ète... a... ive...

La voix devint imperceptiblement plus compréhensible.

— Noisette ! Noisette ! C'est toi ? cria-t-il à nouveau comme fou.

— Pfff, pfff ! Tu connais beaucoup de fourmi, pfff, pfff ! qui parle aux humains, toi ? fit très clairement cette fois la petite voix de soprano en ahanant.

— Ah, ah, ah ! explosa l'homme en joie, mais où es-tu ma Noisette adorée ?

— Pfff, pfff ! Gars, mon ami ! Ne bouge pas et... pfff ! Pose ta main sur terre, pfff, pfff ! J'arrive ! lança-t-elle haletante.

Finalement elle grimpa sur sa main qu'il porta aussitôt à son nez et elle se mit à tournoyer comme une toupie dans sa paume en poussant, heureuse, des « Je suis vivante ! Je suis vivante, mon Gars ! ». Et lui dansa sur place en criant des « Hourra ! Hourra ! ».

Évidemment, ils ne purent se congratuler, se serrer fort, s'embrasser, mais leur euphorie et leur bonheur de ces retrouvailles inespérées étaient tout aussi puissants, intenses et très affectueux comme l'auraient été deux vieux amis, voire deux amoureux séparés trop longtemps.

Bien sûr, Gars avait moult questions qui bouillonnaient aux commissures de ses lèvres, mais il préféra s'asseoir sur une souche pour l'écouter. Il hésita à sortir une grosse loupe qu'il avait apportée dans son sac à dos pour mieux la voir et aussi sa reine, comme cela avait été convenu qu'ils se rencontrassent, mais ne la sortit pas tout de suite par crainte qu'elle ne s'effrayât à contre-vue. Ce qui aurait été bien dommage en cet instant de liesse.

Noisette lui raconta alors son épopée qui lui permit de survivre et il l'écouta avec des oreilles grandes ouvertes comme celles des éléphants.

Donc, pour résumer, car elle était tout aussi bavarde que surexcitée, le lendemain du départ de Gars, sa reine l'avait nommée Chef d'escadron et commanditée pour une mission d'évaluation de la plus haute importance et d'urgence, afin d'établir la localisation d'une nouvelle fourmilière.

Elle avait dû aller relativement loin dans la forêt avec sa petite troupe d'une cinquantaine de consœurs pour trouver l'emplacement. Elle avait déniché un endroit idéal dans un repli de terre où d'ailleurs la colonie aurait pu passer l'hiver en souterrain comme chaque année.

Après un petit repos bien mérité, elle était repartie avec sa troupe pour en informer sa reine, mais quand elles s'étaient approchées du nid le lendemain, elles avaient été informées du massacre par des rescapées affolées qui avaient couru, paniquées, et dans le plus grand désordre.

En fait et pour traduire concisément, car Noisette avait comme du sanglot dans ses mots ou en tout cas beaucoup de peine et semblait être encore sous le choc, rendant difficile et trop long la compréhension de ce qu'elle disait de manière très décousue, donc d'après le témoignage des survivantes, il se serait agi de trois jeunes passablement saouls qui auraient aspergé le dôme la veille au soir avec de l'essence, sans raison apparente et probablement pour se défouler. Puis ils y auraient mis le feu et sauvagement saccagé, aplati, labouré le tout avec des pierres et des bâtons, mais qu'en aucun cas le paysan n'avait été vu.

Elle termina son triste et malheureux récit en disant à Gars que la reine avait péri dans son sommeil avec toutes les larves en couveuses et les nymphes ; que la colonie presque toute entière avait été anéantie... décimée... et que... que...

Ah ! Si seulement les fourmis avaient eu des smartphones ou des fusées de détresse pour donner l'alerte, mais non !

Gars tenta de la consoler, de la réconforter, fut chaleureux, apaisant et compréhensif, mais pas facile de se mettre à la place d'une fourmi et de saisir ses comportements et ses mœurs. Ceci dit, une souffrance, une affliction restera toujours une souffrance, une affliction qui que l'on soit.

Elle le remercia de sa gentillesse, de sa compassion et de son réconfort, mais lui avoua ressentir de la culpabilité de n'avoir pu essayer de sauver sa reine. Puis avec un fort sentiment d'incompréhension, que ces destructions étaient malheureusement fréquentes. Sur ce dernier point, Gars ne pouvait que reconnaître ce constat, mais que parfois elles nuisaient à l'homme, seulement pas ici au vu de la modeste importance qu'était ou plutôt qu'avait été le dôme. Quant à sa reine, il tenta de l'apaiser en lui assurant que sa présence n'aurait rien changé et qu'elle aurait inévitablement... enfin qu'elle avait accompli la digne mission ordonnée par sa reine et qu'elle devait en être fière.

Il y eut trois secondes de silence. Trois, pas plus. Gars ajouta :

— Tu sais, Noisette, je crois que ta reine savait ce qui allait se passer et il n'est pas impossible... je peux me tromper... qu'elle t'ait envoyée faire cette reconnaissance à la place des mâles ailés, car elle a voulu te sauver... vu ton exploit d'être entrée en communication avec moi... et que tu puisses poursuivre cette... euh ! comment dire... cette révolution. En tout cas, je suis sûr qu'elle aurait été fière de toi d'avoir réussi à trouver un nouvel endroit !

Noisette ne dit rien sur le coup. Puis :

— Merci, Gars... je n'ai jamais eu d'ami comme toi... je... je te dirai quelque chose plus tard...

Puis, reprenant ses esprits, elle lui expliqua enfin que là, lorsqu'il l'avait appelée, elle était à l'écart pour regrouper les plus jeunes à l'aide de quelques ailées de la colonie, les princes, qui étaient restées ; qu'elle fut avertie de sa présence et courut, courut, courut, car il partait et était trop loin pour qu'il pût l'entendre ou du moins que sa pensée lui parvint.

Intrigué et curieux, Gars lui demanda quand même comment avait-elle pu le voir de si loin, presque à vingt mètres ? Et Noisette de lui répondre simplement avec une pointe de soulagement qu'elle pouvait heureusement voir jusqu'à cinquante mètres.

Gars avait-il bien perçu ce « heureusement » qui semblait dévoiler certains sentiments ?

Pour la distraire un peu, il sortit alors sa loupe. Il voulut lui expliquer, mais elle l'arrêta aussitôt. Elle savait ce que c'était, mais n'en avait jamais vu. Bon, alors jugeant inutile de s'éterniser là-dessus il l'observa. Elle n'avait rien de plus que les photos, même les siennes prises récemment, ou les reportages qu'il avait pu voir auparavant durant sa vie, avec leur anatomie en trois corps distincts. Mais de la voir bouger avec son thorax noir, son gros abdomen rouge brique, ses longues pattes, mais surtout de voir enfin sa tête aux gros ocelles et aux grandes antennes coudées qui s'agitaient comme lui faisant des signes, sa tête avec qui il pouvait communiquer, elle devint dès lors comme nulle autre. Il ne chercha pas à lui trouver une particularité physique pour la différencier parmi les milliards de ses semblables, non, le simple fait qu'elle pouvait dialoguer suffisait. Mais au moins elle n'était plus minuscule dans son esprit.

Noisette, elle, sembla s'amuser plus que d'avoir peur à le regarder par l'autre côté du verre convexe, mais ne devait y voir que sa pupille, sa rétine… et peut-être bien plus loin encore dans ce qui se dissimulait derrière le nerf optique.

Elle lui fit quelques pas de danse au creux de sa main :

— Comment tu me trouves ? demanda-t-elle en frétillant des antennes, faute de papilloter des paupières, puisqu'elle n'en avait pas.

— Charmante, Madame, euh… se reprit-il, c'est Madame ou Mademoiselle au fait ?

— Il n'y a pas de titre de civilité chez nous, plutôt des castes… expliqua-t-elle.

— Bon, ben, charmante et amusante Miss Noisette !

— Miss ? Merci, c'est gentil, mais… s'interrompit-elle brusquement en levant la tête bien en face de la loupe et en se frottant la tête avec une antenne. Visiblement quelque chose la tracassait.

— Je peux te demander quelque chose, Gars ?

— Tour ce que tu veux, Noisette !

— Toi tu peux me grossir avec ta loupe pour mieux me voir, mais à l'inverse est-ce qu'il y a une loupe qui rapetisse ? Parce que tu es démesuré pour moi ! demanda-t-elle en agitant sa tête.

— Oui, bien sûr ! s'exclama-t-il en se levant, évidemment qu'on peut !

— Fais voir alors ! lança-t-elle toute contente, j'aimerais bien savoir à quoi tu ressembles !

— Hé ! Mais non ! Là je ne peux pas ! Il faudrait que tu viennes à la maison ! répondit-il tout enthousiasmé à l'idée de l'emmener.

— Pourquoi ?

— Et bien parce que… parce qu'il faut que je réduise une photo de moi sur mon pc… tu sais ce que c'est ?

— Personal Computer, oui, je sais… l'informatique inventée par Alan Turing et développée…

— Oui, bon, d'accord, Noisette, coupa-t-il, je suis sûr que tu en sais plus que moi… alors ? Ça te dirait une petite ballade ? fit-il tout heureux.

— Mais mes sœurs ? Je ne peux pas les laisser ? rétorqua-t-elle très humainement, euh, non, pas humainement, plutôt « formicidement », voire même très « formicidement » ou bien alors « hyménoptèrement » ! Oui, c'est mieux de dire « hyménoptèrement » !

Et après discussion et courte réflexion, elle convint que la fourmilière n'existant plus et qu'il y régnait la pagaille plutôt qu'autre chose, qu'elle n'avait ni autorité ni aptitude pour reconstruire un nid sans reine, qu'elle-même était désemparée, alors elle accepta à condition qu'il la ramenât chez les siennes.

Gars le lui promit.

***

Ce fut la première fois que Noisette montait dans une voiture. Donc, baptême routier.

Placée sur le tableau de bord, bien malin qui put savoir ce qu'elle vit à une vitesse qui pour elle dut être hypersonique. Ceci dit, elle parut enchantée de voir autre chose que de l'herbe, des cailloux et les galeries obscurs du dôme, même si les vibrations du moteur lui remontaient dans les pattes.

Ensuite, s'il avait essuyé ses pieds sur le paillasson en arrivant chez lui, elle avait déjà largement essuyé ses six pattes et depuis longtemps dans sa main puis dans la voiture. Et sur cinq millimètres carrés ! Pouah ! Enfin, petit pouah ! Ce qui se traduisait par le fait que d'inviter une fourmi ne nécessitait pas de grand ménage ni remue-ménage… avant, pendant et après la réception.

CQFD. Comprendre : Ce Que Fourmi Dirait.

Il délaissa la visite de la maison, puisque pour une fourmi, dehors ou dedans c'était pareil. Au-delà de son respectable univers, tout lui apparaissait immensément grand, voire indissociable et inaccessible. Et puis en intérieur il n'y avait pas de petits insectes ni de miellat de pucerons, ni de sève ou de champignons à se mettre dans l'abdomen, alors ce n'était pas marrant pour elle.

En plus, une fourmi cela ne prenait pas de thé ou du café avec quelques petits biscuits ou… une bière avec une clope, par exemple, ou un jus d'orange sans clope, par exemple aussi, alors cela n'était pas marrant non plus pour celui qui recevait.

La convive, vive, mais pas conne, la preuve, constata aussitôt qu'il y avait de la nature derrière la porte-fenêtre. Pas bête la petite bête ; c'était le jardin !

Avant de poursuivre la visite, Gars la posa sur la table informatique, prépara la réduction d'une photo et la lui montra.

— Oh ! Dis donc ! s'exclama Noisette ébahie, c'est toi, ça ?

— Ah, ah, ah ! rigola Gars, pourquoi ? Je te fais peur ?

— Mais non, ce n'est pas ça ! C'est-à-dire que je n'avais jamais vu aussi bien, répondit-elle en observant minutieusement la minuscule petite photo.

— Et alors ?

— Alors ? reprit-elle, et bien le moins que l'on puisse affirmer c'est que vous êtes monstrueux !

— Je suis monstrueux ?

— C'est votre espèce qui est bizarrement constituée, pas toi individuellement ! Vous n'avez pas d'antennes, il vous manque deux pattes et là, dit-elle (on supposera en désignant le ventre), vous avez un thorax, mais il n'y a pas d'abdomen comme nous et... houla ! Même pas de mandibules ! Et puis...

— Hé ! Ho ! Ça va, oui ? l'interrompit-il gentiment, on est comme on est...

— Je suis d'accord avec toi, seulement si vous aviez notre taille avec votre morphologie et sans votre armement militaire, vous ne tiendriez pas deux jours dans la forêt ! Au premier pas, oups ! Mangés ! fit-elle en croquant l'air avec ses mandibules redoutables.

— C'est plaisant et accueillant ! ironisa-t-il et d'ajouter, n'empêche que c'est vrai, si tu avais ma taille je ne tiendrais pas même deux minutes !

— Zuii, zuii ! rigola-t-elle, mais non, toi tu es mon grand ami... je ne te mangerais pas !

— Ouf ! Merci chère Noisette ! Tu sais il y en a d'autres des espèces dans le monde... les oiseaux, les poissons...

— Oui, oui, oui ! ricana la fourmi, ne détourne pas le sujet mon grand malin ! Vous êtes bizarre, c'est tout ! Il te faut l'admettre, zuii, zuii ! le taquina-t-elle gentiment et d'enchaîner en ne le laissant pas parler, pour les oiseaux bien sûr que je sais qu'ils existent, d'ailleurs ils viennent dans la forêt, sur les branches et ils sautillent dans l'herbe, mais on redoute leurs gros becs. Par contre, les poissons, eux, on n'en a jamais vu dans le bois... remarque c'est normal ils ne peuvent pas venir, ils n'ont pas de pattes !

Gars se marra pour les poissons et finalement en toute intelligence et bonne amitié, ils discutèrent un moment tout en sachant bien évidemment que nul ne pourra changer, ni les unes ni les autres espèces animales du monde. Malgré tout, cela ne les empêcha pas d'échanger leurs avis en rigolant sur certaines qui en auraient bien besoin.

L'homme ? Pourquoi tout de suite l'homme ? Et le moloch ? Et le cochon de mer alors, pour ne citer qu'eux ? Néanmoins, soucieux de bien prendre soin de son invitée, Gars lui demanda si elle avait soif et faim surtout après toutes ces émotions.

— Un peu, répondit-elle honnêtement et quelque peu gênée.

— Alors ne bouge pas, je crois savoir ce que je peux te donner... enfin j'espère ! dit-il tout joyeux, car même si c'était minuscule une fourmi, elle ne mangeait pas forcément comme lui.

— Gars ! lança-t-elle, je vois un jardin de l'autre côté de la porte transparente... je vais trouver de quoi manger, ne te tourmente pas ! Seulement je ne traverse pas le verre !

— Ah, ah, ah ! Manquerait plus que ça ! Non, tu es l'hôte et je me dois de te recevoir comme il se doit, chère Noisette !

En fait il trouva rapidement, car il avait acheté quelques jours auparavant un bouquin sur les fourmis et jeté un œil sur Internet pour mieux les connaitre après leur première et fabuleuse rencontre.

Alors dans une assiette plate, il versa côte à côte, légèrement espacées, une goutte de lait miellé qu'il prépara et quelques miettes du jaune d'un œuf dur qu'il avait à reste dans le frigo. Pour parfaire le confort, il apporta l'assiette délicatement sur la table du séjour, posa en guise de rampe une spatule de bois et alla chercher la fourmi. Ne manquait plus qu'un petit bouquet de fleurs dans un joli vase, seulement il n'avait pas les fleurs.

Très touchée par l'extrême attention et la délicatesse qu'il apportait à son égard, elle fondit en remerciements avec comme un petit trémolo dans la voix.

Pour dissiper son inquiétude quant au fait de savoir si cela lui convint, elle le rassura, disant qu'elle adorait le miel, mais surtout l'œuf, car pour les fourmis c'était une denrée rare et considérée comme très luxueuse, bien que les animaux ne connaissaient pas ni ne connaitront jamais les valeurs monétaires ou commerciales. Elle prit quand même le risque, mais sans vouloir le peiner, le culpabiliser ou le contrarier, de lui dire gentiment et avec de l'amusement que c'était la première fois qu'elle mangeait des aliments industrialisés, mais que toutefois cela n'était pas si mauvais. Sacrée Noisette avec sa touchante et innocente franchise !
Il s'en excusa, prit bien la remarque et profitant qu'elle eut fini son repas (sans roter comme une malotrue, une crado qui ne s'excuserait pas, ne mettrait pas sa patte devant les mandibules, voire, mais plus innocemment comme une vache ou un mouton), il l'emmena un instant dans le jardin pour se dégourdir les articulations et prendre l'air.

Lorsqu'elle revint ravie de sa petite visite, elle grimpa dans sa main et ils papotèrent presque comme de vieux copains, librement, amicalement. À les entendre sans les voir on n'aurait pas pu se rendre vraiment compte de leur si grande différence morphologique, physiologique et chromosomique. Sauf évidemment quand il lui demanda comment elle et ses consœurs concevaient leurs lendemains sans reine ni fourmilière. Là, elle lui répondit franchement qu'elles envisageaient d'aller rejoindre une autre colonie, mais où ? Et en admettant qu'une autre colonie veuille bien les accepter, car ce n'était pas si simple comme tout animal qui défendait son territoire. Enfin, elle le rassura, qu'elle essayait d'entrer en contact avec les abeilles pour qu'elles leur donnent un coup de patte et un coup d'aile pour faire une reconnaissance, mais qu'il leur fallait avant tout se réorganiser pour se prémunir des prédateurs de la forêt.

Gars fut à nouveau bluffé par sa raison et son réalisme tout comme de son engouement, mais une question lui brûla les muqueuses :

— Est-ce que ta reine ne t'aurait pas parlé de cette éventualité à demi-mots, enfin à demi-stridulations avant de t'envoyer en mission, comme je le suppose pour te sauver ?

— Non. Pas du tout. Mais tu crois vraiment qu'elle a voulu me sauver ?

— J'en suis sûr parce que les reines de toutes les espèces savent plein de choses, mais au fait, qu'est-ce que tu voulais me dire justement à propos de ta reine quand je te parlais de cela tout à l'heure, tu sais lorsque nous nous sommes retrouvés ?

— Ah oui ! C'est vrai, dit-elle, alors écoute... À bien y réfléchir tu dois avoir raison, car ma reine m'avait dit que quoiqu'il arriverait il faudrait que je fasse très attention à moi, qu'elle me protégerait au sein de la colonie, mais que je devrais surtout me méfier encore plus des humains et apprenne à mieux te connaitre. Elle avait vraiment hâte de te rencontrer pour t'analyser et te sensibiliser mieux que moi sur le sujet fondamental et crucial concernant la communication interespèces homme/animal qui venait enfin de se produire, de s'établir, d'exister de façon parfaite, fabuleuse et irréfutable. – Noisette fit une brève pause – Ma reine avait dit aussi que cela pourrait sans doute amené au plus grand bouleversement et chaos de l'humanité et du monde en ayant à remettre en question tous vos théories, philosophies, connaissances, mythes, éthiques, croyances et bien plus encore pour un nouveau partage de notre bonne vieille planète... et y redéfinir...

— Excuse-moi de t'interrompre, Noisette, elle t'a textuellement dit ça, ta reine ?

— Oui, pourquoi ? Même qu'elle...

— Attends ! la coupa-t-il à nouveau, c'est étrange... j'ai lu la même chose quelque part, mais exactement avec les mêmes mots...

— Où ça ? s'étonna la petite bête.

— Où ça ? Dans un livre, euh… tu sais lire ?

— Disons que nous avons une autre conception de l'apprentissage, votre représentation du langage par des symboles graphiques est inaccessible pour nous, illisible, car surdimensionnée. Là, c'est un peu long à t'expliquer, quant à écrire, non, on n'a pas de mains ! répondit-elle très posément.

— Évidemment ! Je suis intéressé de savoir comment tu es arrivée à être dotée d'une telle culture !

— Et c'est quoi le livre ? C'est un auteur visionnaire ?

— Pas du tout, non, mais j'ai un trou de mémoire tout d'un coup ! Hé ! C'est que tu me troubles, Noisette !

— Moi ?

— Toi, oui bien sûr, mais surtout toute cette histoire extraordinaire, attends ! Il me semble que le livre, oui… Ta reine elle ne t'aurait pas dit aussi que ce bouleversement aboutirait à un nouveau partage de notre bonne vieille planète… et y redéfinir la place de l'Homme, puis…[19]

— Non, désolée cher Gars, rétorqua-t-elle, ton écrivain s'est mis une antenne dans l'ocelle, car ma reine elle a plutôt et surtout dit que cela nécessiterait de redéfinir NOTRE place ! Nous étions là bien avant vous ! Il ne faudrait pas l'oublier ! Et la présence d'autres espèces aussi qui sont toujours présentes sans mutations. J'ignore s'il y en a qui communique comme moi, toujours est-il que tout se passait très bien avant que vous arriviez avec votre toute-puissance mécanique ! Ma reine s'inquiétait et voulait avoir ton avis sur le fait hélas inévitable que vous refuseriez d'admettre votre simple rang d'espèce animale parmi des millions d'autres, que vous n'admettriez pas que nous ayons conscience de nos actes, que vous êtes certes doués d'intelligence, mais tellement anthropocentriques, inconscients et irresponsables que vous continuez non seulement à vous autodétruire, mais de détraquer l'équilibre

---

[19] Voir évidemment l'histoire « La fourmi Noisette » ci-avant.

fragile de notre chère bonne vieille Terre, et nous aussi avec, justement, dit-elle d'un trait.

— Houlala ! Quel réquisitoire, Noisette ! Bravo ! Mais vous semblez vraiment détester notre espèce ! répliqua-t-il en secouant la tête, alors si je comprends bien le point de vue de ta reine et des fourmis en général, c'est que le chaos de la planète se résumerait simplement par l'arrivée de l'Homme ?

— Pour ce qu'il fait, oui, pas pour ce qu'il est physiologiquement, lança Noisette qui avait du répondant bien structuré, tu sais, Gars, ce qui est reposant avec toi c'est qu'il n'y a pas besoin de te faire des heures de stridulations, enfin de te faire un dessin pour comprendre, si tu préfères ! Le fait que l'on puisse communiquer ne concerne que nos deux entités... ce n'est pas encore le chaos...

— Heureusement non, chère amie, enchaîna-t-il, mais tu ne fais pas un peu trop dans le catastrophisme ou la misanthropie, toi ?

— Zuii, zuii ! rigola-t-elle en agitant ses antennes, et ton écrivain alors ? Quant à la misanthropie, envers toi, bien sûr que non ! Mais que nous les insectes le soyons peut se comprendre, seulement réfléchis un instant... toi tu as défendu et essayé de protéger notre fourmilière ?

— Oui.

— Eh bien il y'en a trois qui l'ont détruite, lâcha-t-elle âprement pour bien faire ressortir la consternation de ce constat, tu vois, vous êtes sept milliards à échelle terrestre, pour la planète et ses habitants c'est pareil, un qui sauve, trois qui détruisent ! Donc tu mesures maintenant le sens du chaos pour nous et que percevait et pressentait ma reine ? conclut la fourmi.

Ils auraient pu discuter et débattre des heures ainsi, mais sachant l'érudition de Noisette, celle-ci aurait sûrement parlé de Pythagore, Bentham, Schopenhauer, Darwin et la conscience animale et surtout de Tom Regan, théoricien des droits des animaux et des droits moraux fondamentaux ; qu'elle aurait probablement ajouté que beaucoup trop d'homo sapiens se contrefoutaient et envoyaient en orbite rejoindre la poubelle de l'espace toutes ces saines idéologies comme celles de la myriade de penseurs contemporains, mais finalement non, Noisette s'écria soudainement :

— Oh ! Zodormzouille ! Il est 247 passés !

— Pardon ? demanda-t-il surpris.

— Zodormzouille c'est de l'argot de fourmi, c'est comme des cervelles séchées d'araignées Zodarion, cela se rapprocherait de merde chez vous...[20]

— Ah, ah, ah ! s'esclaffa-t-il, tu m'en diras tant ! Mais ça, je m'en doutais que c'était un gros mot ! Non, c'est le 247 que je ne comprends pas !

— 247 ? s'étonna l'insecte, ça veut dire qu'il faut que je parte ! répondit-elle en tournoyant dans sa paume.

— Eh ! Arrête de tourner ! Ça me chatouille à chaque fois ! Mais c'est quoi 247, Noisette ?

— Mais ouest-sud-ouest, voyons, 247 degrés... le soleil, expliqua-t-elle en s'arrêtant de virevolter et en levant la tête, les antennes droites vers le ciel puis d'enchaîner :

— Ah, mais oui c'est vrai ! Vous avez des horloges... nous on n'a pas de montre, on n'a pas besoin de cadran solaire, c'est inné, mais on se base surtout sur nos rythmes biologiques et les cycles naturels, en fait les rythmes circadiens ! crut-elle bon d'ajouter.

Gars regarda sa montre. Il était dix-sept heures dix.

— T'es vraiment trop savante pour moi, capitula-t-il, mais d'où tiens-tu toutes ces connaissances ?

— De ma reine et de la radio...

— La radio ? s'exclama-t-il les yeux ronds comme des pamplemousses.

---

[20] Araignées Zodarion : L'un des prédateurs des fourmis entre autres tamanoirs, insectes, blaireaux selon les régions.
Source : insecte.org/forum et myrmecofourmis.fr

— Oui, vos ondes radio, répondit-elle très modestement, j'ai la faculté de percevoir et décrypter certaines vibrations de vos ondes électromagnétiques, mais cela serait un peu long à t'expliquer, dis... on y va ? s'impatienta-t-elle comme si tout ceci était naturel pour elle, certes exceptionnel, prodigieux, voire extraordinaire pour lui (et nous), mais si anodin et usuel pour la fourmi.

Gars en resta bouche bée et oreilles bées aussi,

— T'es fantastique, Noisette, l'admira-t-il, en plus ta simplicité et ta modestie m'épatent... je t'adore comme ça ! Mais tu as raison, allez, zou ! Je te ramène !

— C'est toi qui es un amour, Gars ! lui dit-elle plus qu'amicalement avec plein de couleurs pastelles dans la voix et en faisant de gracieuses volutes avec ses antennes.

**

Le lendemain il alla chercher Karène, sa compagne, à la gare. L'avion aurait été plus rapide, mais elle n'aimait pas le prendre seule et puis les avions cela n'atterrit jamais en ville. Charmante brune qui avait l'âge de son sourire, dehors comme dedans ; elle entretenait sa silhouette et sa forme en pratiquant du tennis en amatrice. Ce qui ne l'empêchait pas d'aimer faire la fête, voire le carnaval et pas qu'à demi Karène (hi, hi ! de Mi-Carême). Elle paraissait toute contente et bien reposée de son petit séjour à Brest, pas même fatiguée par le voyage, toutefois il se dégageait d'elle comme une excitation étouffée. Sa maman allait très bien, en bonne voie de guérison, certes, mais elle avait bien plus important à lui annoncer.

Elle était enceinte et venait de faire la veille le test de grossesse. Heureuse et heureux les concubins ! Même que leur voiture qu'ils prirent pour rentrer parut soudainement se transformer en carrosse féérique ; la route devenant un ruban tapi de pétales de fleurs et serpentant au loin vers le soleil ; les passants se métamorphosant en joyeux lutins les acclamant avec des pluies de confettis multicolores ; les arbres changeant leurs feuilles en clochettes, leurs troncs se déhanchant en cadence sur les vivats qui auraient jailli des fenêtres et des magasins. Heureuse et heureux les concubins ! Qu'aurait-ce été si c'eût été un mariage ?

Restait à confirmer l'évènement par le toubib ; une simple formalité.

Rentrés chez eux, Gars se dit qu'après tout c'était peut-être le bon moment de profiter de la liesse pour lui parler de Noisette. D'une part, parce que cela lui pesait de garder pour lui seul cette fantastique rencontre et, d'autre part, parce qu'il craignit qu'elle se posât des questions légitimes et compréhensibles à le voir partir seul si souvent dans la forêt.

Lorsqu'il lui en parla le lendemain au restaurant où il l'emmena pour fêter sa grossesse, elle le regarda évidemment de travers avec un énorme doute.

Pour dissiper tout malentendu et ne pas gâcher leur bonheur, il tint à la rassurer aussitôt en lui proposant de la lui présenter ce dimanche. Karène accepta sans franchement croire à ses absurdités, avait plutôt l'esprit tourné ailleurs et lui fit remarquer gentiment qu'enfin grâce au bébé il deviendrait sûrement plus adulte. Aussi que sa sœur devait passer en fin d'après-midi pour chercher un tapis qu'elle lui donnait et parler de leur mère, à Brest, évidemment. Bref, les vraies choses de la vie !

Comme il ne fallait pas, ni ne faut vexer une femme enceinte, il lui donna raison en la laissant volontiers croire qu'il s'agissait d'une petite blague comme il aimait lui faire de temps en temps.

Finalement, Karène s'était laissé convaincre et ils arrivèrent donc devant le muret le jour suivant.

La fourmilière était toujours tout autant dévastée et semblait carrément abandonnée, car il n'y avait pratiquement plus de fourmis, du moins plus de colonie.

— Noisette ! Noisette ! C'est moi, Gars ! appela-t-il sous l'œil amusé de Karène (hi, hi ! musée Karen !).

— Gars ? Enfin c'est toi ? répondit la petite voix qui sembla désespérée.

— Elle me répond ! Tu vois ? lança-t-il à Karène, la prenant à témoin.

— Je n'entends rien ! Tu es devenu fou ? répliqua-t-elle en regardant partout autour d'elle.

— Attends Poussin, tu vas voir ! lui dit-il gentiment puis, Noisette ? Où es-tu ?

— J'arrive ! J'étais derrière le muret, pfff, pfff ! Voilà ! J'y suis… tu me vois, Gars ? fit la fourmi d'un ton fatigué.

— Oui, Noisette ! s'écria-t-il en attrapant Karène par le cou, là ! Tu la vois, Poussin ? C'est elle Noisette !

— La petite fourmi, là ? s'égaya-t-elle en se penchant et en la montrant du doigt :

— Coucou ! La fourmi, tu m'entends ?

— C'est qui ? demanda Noisette en s'écartant du doigt, apeurée.

— Hé ! Noisette ! N'aie pas peur ! la rassura Gars, c'est Karène, ma compagne ! Tu l'entends ?

— Pas très bien ! répondit la copiche. [21]

Bref, la petite bête lui expliqua qu'elle ne pouvait pas se concentrer en même temps sur deux personnes pour les comprendre, mais surtout qu'après quelques essais de dialogues entre elles deux, il s'avéra que Karène ne la percevait pas et qu'inversement aussi elle avait du mal à capter la pensée de Karène. Noisette pensait qu'il y avait une distorsion par une espèce de blocage de concentration, d'incommunicabilité naturelle ou de rejet inconscient de la part de sa femme.

Tout en écrasant deux jaunes d'œuf qu'il avait apporté pour la petite communauté, Gars essaya à son tour d'expliquer tout ça à Karène, mais celle-ci, sans lui donner tort, fit cette moue et ce mouvement négatif de la tête traduisant le dépit et l'ennui.

---

[21] Copiche : Fourmi en wallon.

— Bon mon Bichou, ça y'est ? Tu as fini de jouer à Fourmizzz ? Il n'y a rien qui me prouve qu'elle parle ta fourmi ? Tu es vraiment un môme, toi ! Allez, on rentre ! Je te rappelle que ma sœur vient tout à l'heure pour le tapis ! lança-t-elle en commençant à perdre patience.

— Attends Poussin, répliqua-t-il tout mielleux, ne t'énerve pas... il y a sûrement un moyen pour te prouver que je communique avec elle ?

— T'es agaçant... souffla-t-elle.

— Merci Gars pour l'œuf, c'est gentil, mais vous ne vous disputez pas, j'espère ? demanda Noisette qui sentait bien qu'il y avait un peu de friture dans les antennes, enfin un peu d'eau dans le gaz.

Et là, par Polnareff (roi des fourmis), il y eut un éclair de génie qui passa sur le muret.

— J'ai trouvé ! s'écria Gars en sautant sur place, puis en embrassant sa compagne.

— C'est quoi, Gars ?

— C'est quoi, Bichou ? s'exclamèrent en même temps la fourmi et Karène (hi, hi ! la carène de fourmi !).

Karène lui avait donné ce sobriquet de « Bichou » qui n'a rien à voir avec tous les prénoms de Gars. Bien la peine d'en avoir choisi autant par les parents !

Donc « C'est quoi ? » s'exclamèrent-elles à l'unisson.

En fait, il suffisait que Karène fît comprendre à Noisette des chiffres par de la gestuelle sans que Gars, bien sûr, éloigné ou yeux bandés, ne le vît. Puis Noisette le lui dirait et il le répéterait. À l'inverse, Gars transmettrait secrètement des chiffres à Noisette qui les exécuterait en faisant des séries de cercles, le tout préalablement noté sur un bout de papier pour confirmation.

Ils furent d'accord et hourra ! Cela fonctionna !

Sauf que la petite bête dit quelque chose à Gars qui éclata de rire.

— Qu'est-ce qu'elle a dit ? lui demanda Karène souriante et impatiente de savoir, puisque dorénavant certaine et émerveillée que la fourmi communiquât.

— Elle dit qu'à force de faire des cercles si vite elle a l'impression d'être dans une centrifugeuse !

Ils rirent de bon cœur en se penchant vers elle, puis en s'enlaçant heureux sous l'ocelle attendri de la fourmi qui lançait elle aussi des « zuii, zuii, zuii ! ». Et cet amour-là fut tout bénef pour l'embryon en gestation dans le ventre de Karène !

Seulement le plus grave n'avait pas encore surgi du muret.

Noisette rompit l'euphorie d'une voix abattue.

— Gars, mon ami, écoute-moi.

— Oui, Noisette, mais qu'est-ce qui t'arrive ? répondit-il soudainement inquiet, car il sentait bien que quelque chose n'allait pas chez la fourmi depuis leur arrivée, mais les présentations avaient pris le dessus.

— C'est merveilleux que Karène soit convaincue que je communique avec toi, certes, à condition que cela reste secret par rapport à ce que nous avons déjà discuté, mais, s'interrompit-elle un court instant, mais il s'agit de notre colonie…

— Rassure-toi Noisette, c'est top secret ! confirma-t-il puis, mais oui, justement j'allais te demander, car je ne vois plus personne, enfin plus tes congénères, vous auriez trouvé une autre fourmilière ?

— Non. Malheureusement non… je… enfin… balbutia Noisette.

Percevant la détresse de l'insecte, il l'invita à monter dans sa main et s'assit sur une souche, Karène venant à ses côtés, les yeux rivés sur le petit animal et attentive à leur conversation, du moins il la lui résumait.

— Sans reine, lui expliqua Noisette, notre colonie ne peut pas survivre et se meurt. D'ailleurs, nous décroissons de jour en jour, les plus résistantes subsistent, nous sommes constamment agressées par nos prédateurs, nous nous cachons dans les racines sous ce muret… Quant à rejoindre une autre ruche, d'abord, d'après les abeilles, la première est trop loin et quand bien même, hélas nous sommes maintenant bien trop peu nombreuses et affaiblies pour affronter les guerrières adverses !

— Allez Noisette, ne désespère pas, je suis sûr qu'il y a une solution, la rassura Gars.

— Je peux la prendre ? demanda Karène qui comprit en entendant uniquement son Bichou que la fourmi avait besoin de réconfort, compréhension de par l'intelligence, la bienveillance, bien sûr, mais sûrement par cette attention morale toute maternelle et innée aussi.

Le transfert se fit sans problème avec la complicité de la fourmi pendant qu'elle prit connaissance de la détresse du petit animal. Une fois dans sa paume la future maman sursauta amusée, car cela la chatouillait. Gars lui dit que normalement Noisette avait une ritournelle amusante pour ça, mais que visiblement elle n'avait pas l'esprit à la fête, ce que cette dernière confirma.

Et tout à coup, forte de ce qu'elle venait d'apprendre, Karène s'écria spontanément en faisant attention de ne pas faire tomber son hôte :

— Et pourquoi on ne l'emmènerait pas à la maison ? J'ai vu une fois à la télé qu'il y a des gens qui élèvent des fourmis !

— Bonne idée ça, Poussin ! s'exclama-t-il enthousiasmé puis en s'adressant à l'insecte, qu'est-ce que tu en dis, Noisette, de venir vivre dans notre jardin ? En plus tu le connais, tu es déjà venue ! précisa-t-il en jetant un œil à Karène.

— Eh bien ! lança cette dernière rieuse, il s'en est passé des choses dans mon dos pendant que j'étais à Brest !

— Oh ! rigola-t-il, on a juste pris un peu de lait !

— Dites, lança Noisette qui levait la tête en les regardant à tour de rôle sans les comprendre, puisqu'ils parlaient en même temps, sans vous offenser vous pourriez éviter de causer ensemble ? Ça me fait des bourdonnements !

— Excuse-nous, Noisette, fit Gars, alors qu'est-ce que tu en penses de l'idée de Karène ?

— Tu ne peux pas savoir comme cela me parfume les antennes, Gars, car je n'osais pas trop te le demander, répondit la petite bête avec plein d'émotion soleil et de soulagement dans la voix, seulement je ne suis pas seule...

— Vous êtes combien à survivre ? se renseigna-t-il aussitôt.

— Si peu...

— Combien à peu près ?

— Ici au muret on doit être trois cents, lui dit-elle avec à nouveau beaucoup de désolation, les autres sont éteintes et la plupart éparpillées dans la forêt...

— On vous emmène ! conclut Gars sans hésiter en embrassant Poussin sur le bec, euh... sur les lèvres.

Noisette tournoya dans la paume de Karène pour lui faire comprendre qu'elle était d'accord et la remercier de les sauver.

Évidemment, Karène fut très émue et probablement le minus fœtus aussi.

Alors le temps de chercher une petite boîte dans la voiture, les deux tourtereaux de transporter en gaieté, consciencieusement et précautionneusement, la petite colonie si réduite, mais ravie, franco de port et à bon port.

***

Les semaines passèrent dans les programmes télé, et la Noisette Cie semblait bien s'adapter dans le fond du jardin, près d'un petit tas de pierres et de bois qui étaient un reste jamais retiré de la construction jadis d'un abri à outils.

Comme il y avait dialogue avec Noisette qui faisait figure de cheftaine, faute d'être sacrée reine dans le sens myrmécologique, bien sûr, mais elle en avait bien tous les honneurs et le respect, donc il avait été convenu dès le départ que la petite colonie ne se baladât pas trop dans le jardin, surtout dans l'allée principale. Hormis pour le nettoyage naturel et micro écologique des pucerons et autres dont elles étaient friandes, ce qui convenait à tout le monde. Encore moins d'aller sur le perron et dans la maison, sauf Noisette évidemment.

Il y avait le champ et une marre plus loin à deux pas pour qu'elles puissent œuvrer sans risque d'être écrabouillées par mégarde sous les semelles de leurs protecteurs.

D'ailleurs Gars, après maints essais très drôles avec Noisette, car elle hurlait ou se sauvait en l'engueulant gentiment, avait installé astucieusement et préventivement une petite alarme émettrice d'infrasons à leur fréquence de vibrations, puisqu'elles n'avaient ni n'ont pas d'oreilles ; ceci plutôt que de taper du pied bêtement et agressivement, pour signaler une visite dans le jardin. Ainsi alertées, les petites bêtes imprudentes pouvaient vite rejoindre l'un des quelques refuges savamment conçus et placés à des endroits stratégiques. S'agissait de préserver la petite communauté ! À cet effet, Gars avait installé également une petite clôture en filet de plastique autour du nid pour éviter que les invités et surtout les mômes ne vinssent les déranger.

Ainsi l'harmonie et la sécurité étaient à peu près établies.

À vrai dire Noisette passait beaucoup de son temps à être avec eux, ne serait-ce que pour discuter d'autres choses que des ragots dans la fourmilière.

Même si Karène n'arrivait toujours pas à communiquer avec la fourmi, elle arrivait malgré tout à se faire comprendre un peu par gestes, aussi et surtout du fait qu'elle était très perspicace, Noisette (hi, hi ! Casse-Noisette !).

Un jour, Gars, en accord avec cette dernière et s'étant bien renseigné dans des ouvrages de référence et auprès d'un myrmécologue, sans bien évidemment lui dévoiler le secret de sa communication avec l'animal, avait apporté une nouvelle reine dans la ruche pour tenter d'y redonner de la vigueur. Mais là, prouesse de la nature, non seulement il y avait eu incompatibilité et l'intrus se fit ni plus ni moins déchiqueter, mais il s'avéra que Noisette était une gamergate sans le savoir. Ces copines, dont certaines étaient également fécondables, n'allaient pas créer de conflits de jalousies, ce qui était souvent le cas, car quand même, Noisette les avait sauvées de par ses relations humaines d'une mort certaine si elles étaient restées dans la forêt. [22]

De toute façon, pour cela elle était respectée et unanimement devenue non pas une dominante, ou un alpha, mais la gouvernante, la présidente du nid. De plus, Noisette avait dit à Gars ne pas vouloir devenir pour autant une machine à pondre, revendiquait son féminisme et ne comptait qu'assurer sa descendance. Ainsi la petite colonie pouvait maintenir sereinement sa survie.

Un autre jour, il emmena Noisette chez Gérard, qu'il avait déjà rencontré auparavant pour échanger, osons l'expression, leurs fantastiques interactions surnaturelles, afin de voir si elle aurait pu parler avec le poteau, mais bernique, nibergue, vent et mousse, rien n'y fit, la liaison sembla ne pas être possible. De ce fait, il fut formellement démontré et constaté, preuve à l'appui, qu'un poteau et une fourmi ne pouvaient pas communiquer entre eux. Les thaumaturgies et autres théurgies n'apparaissant que dans les contes de fées, sauf pour Beetsy et son vieillissement (Voir l'histoire « La Vieillesse »), ils restèrent tous les quatre très perplexes.

Un encore autre jour, lors d'un goûter confiture et lait sur le perron, alors que Karène était partie chez le gynéco, Noisette lui demanda :

— Gars, tu sais comment j'ai surnommé notre fourmilière ?

— Non.

— Galaxie… car Karène c'est un peu notre étoile, dit-elle avec toujours autant de modestie.

---

[22] La Gamergate est une fourmi ouvrière de rang hiérarchique élevé capable de s'accoupler et de se reproduire dans une colonie sans reine. Source : La recherche – Fourmis ouvrières au pouvoir.

— Wouah ! C'est gentil et très joli ! la félicita-t-il, je vais lui transmettre, elle sera très contente... mais pourquoi Galaxie et pas Karène ?

— Zuii, zuii ! rigola-t-elle, parce que Karène est lumineuse comme une galaxie ! Donc la Galaxie de la Carène ! C'est en astronomie, tu le savais ?

Oui, Noisette était même capable de faire aussi dans le jeu de mots !

Il était vrai que Karène était bien aimée de la colonie, car elle les bichonnait avec de la bonne nourriture en graines et même du chocolat ou du jambon ou des restes de fruits.

Gars, lui, leur donnait des petites sauterelles ou des miettes de poulet. Elles n'étaient pas à plaindre et sûrement que proportionnellement elles vivaient mieux que certains humains. C'était Karène d'ailleurs qui leur avait fabriqué les petits refuges tout confort en cas de venue dans le jardin.

Un également autre jour, ils se décidèrent malgré tout à faire venir secrètement un parapsychologue, un médium, un scientifique, un myrmécologue évidemment et un éthologue, pas tous en même temps non plus, pour faire constater cette extraordinaire connexion établie entre l'homme et l'animal.

Pas pour la dévoiler au grand jour dans l'immédiat, car tous avaient conscience qu'une telle annonciation aussi gigantesque engendrerait un cataclysme planétaire.

Encore fallait-il que les sommités sollicitées admissent et reconnussent les faits. Et là, flop de chez flop !

D'une part, impossible pour Noisette de communiquer avec l'un d'entre ces savants ; probablement pour les mêmes raisons rencontrées avec Karène. D'autre part, impossible de capter même en labos les réceptions cognitives des transmissions mentales de Noisette chez Gars. Et enfin, ces deux derniers craignirent que cela débouchât à force d'insister, à des examens plus poussés et déjà suffisamment pénibles qui risqueraient de rompre cette liaison fantastique, voire carrément d'en arriver à de la dissection.

Finalement, même si un doute existait chez certains quant à la réalité de cette communication interespèces, mais par peur de perdre leur notoriété ou de représailles des puissances gouvernantes et pensantes pour les peuples, il en résulta malheureusement de tous ces tests que Karène et Gars furent considérés comme des illuminés, de doux rêveurs ou des zoolâtres, somme toute pas bien méchants.
Cela soulagea presque la petite famille de pouvoir reprendre une vie tranquille avec néanmoins l'espoir qu'un jour l'homme apprendra et acceptera qu'il n'est pas le seul à penser.

***

Un « une nouvelle fois » autre jour, Cacahuète montra le bout de ses antennes dans ce petit univers. C'était ainsi que s'appelait le bébé nymphe de Noisette et qu'elle lui avait donné ce nom à cause d'un dimanche où elle avait vu Gars prendre des arachides à l'apéritif.
Rapidement cela devint Caouette, en plus ça sonnait bien... Noisette et Caouette.
Évidemment, ils virent moins la maman fourmi qui restait près de son p'tit bout, au chaud dans la fourmilière et à l'abri des prédateurs qui rôdaient même dans le jardin.

Puis quelques quartiers de lune passèrent et un finalement autre jour naquit à son tour le bébé du télescopage de Poussin et Bichou, de cela un poil plus de deux saisons auparavant.
Ce fut l'éminente Noisette qui suggéra le prénom Amandine pour le bébé, rapport aux fruits secs évidemment, car les parents avaient cherché un nom avec les premières lettres de leurs prénoms, mais avec un k et un g, à part King-Kong ou Goldorak, d'ailleurs pas féminin, puisqu'il s'agissait d'une fille, ou des prénoms certes jolis, mais pas franchement francophones, ils s'accordèrent pour Amandine. Donc en quelque sorte Noisette fut la marraine.

Même que la petite colonie, en reconnaissance de leurs sauveurs qui les traitaient si bien et heureuse de cet évènement, avait formé pour l'arrivée du bébé à la maison un énorme cœur fait de brindilles et de pétales multicolores sur la pelouse du jardin.

Que du bonheur.

Karène et Gars furent très émus et chacune et chacun eurent une petite larme toute scintillante, qui valait largement une belle médaille d'or d'amour bien méritée pour Noisette.

En y regardant bien, tout le monde parle à son animal de compagnie ou de ferme, ou en cage, alors pourquoi pas à une jolie fourmi au lieu de l'écraser ? Cela ne mord pas ni ne transbahute de maladies infectieuses ! Des microbes ou des bactéries ? En tout cas bien moins que nous !

Si vous n'arrivez pas à communiquer avec une fourmi, Gars, qui se trouve entre Pau et la forêt domaniale de Bastard, vous dira leur langage.

Enfin, Noisette vieillissait bien sûr, mais vu sa force, sa sagesse et son train de vie, elle semblait quasi immortelle, du moins aussi longtemps que vivra Gars et quelques générations de sa descendance.

Quant à Caouette et Amandine, les bébés, deviendront-elles des amies ? C'était inévitable, mais de là à communiquer ensemble… mystère et boule de gomme ! En tout cas, c'est à leur souhaiter !

FIN

IO

C'EST BIZARRE

TOUT le monde devrait le savoir, Io est l'aimée de Zeus dans la mythologie grecque et qu'il la transforma en génisse pour déjouer les faveurs d'Héra.
Alors quoi ! Relisez donc vos classiques au lieu de faire les cons sur Internet ou de tripatouiller sans arrêt votre mobile ou Smartphone que l'on va bientôt vous greffer en implant dans la main si ça continue !
Aussi on remarquera que souvent les contes commencent par la traditionnelle expression populaire « Il était une fois… ». Et bien là, non, non et non ! Ça, c'est pour les mômes !
Ici cela commence par « Francis avait entre 39 et 41 ans. ». C'est quand même plus sérieux.
Mais chut ! Éteignez vos portables et la télé, ça commence !

***

Francis avait entre 39 et 41 ans. On pouvait penser 40, mais ce n'était pas sûr.
Il était à peu près comme la première personne sympa que vous avez croisée ce matin.
Il aimait Cabrel et Lalanne, les chanteurs. Normal, puisqu'ils avaient le même prénom que lui.
Donc Francis sortit de son pavillon bleu-beige, recouvert d'un toit rond aux tuiles rouge orange, avec sa génisse. Oui, parce que Francis avait une génisse.
Il y avait une longue descente qui menait au centre-ville et il l'emprunta un beau matin. Parce qu'il faisait beau ce matin-là.
Il y avait sa voisine Martha… un peu bizarre. Elle avait entre 36 et 38 ans. On pouvait penser 37, mais ce n'était pas sûr non plus.
Elle était à peu près comme la première personne bizarre que vous avez croisée ce matin.

Elle ne connaissait pas Graham, la danseuse, Wainwright, la chanteuse canadienne, ni même Argerich, la grande pianiste, qui avaient pourtant toutes le même prénom qu'elle. C'est dire si elle était bête.

Donc Martha était dans son jardin. Oui, parce que Martha avait un jardin. Sa maison était au début en haut de la longue descente qui menait au centre-ville.

Elle interpela Francis en lui faisant un signe de la main, seulement lui il en était déjà au premier tiers de la pente.

Alors maintenant attention, parce que Martha, il faut le rappeler préventivement, elle était bizarre et un peu bête aussi.

— Hello ! Francis ! Qu'est-ce que tu fais au premier tiers de la longue descente qui mène au centre-ville avec ta vachounette ?

— Salut Martha ! répondit-il en s'arrêtant et en se retournant et d'ajouter, ce n'est pas une vachounette, c'est une génisse ! Qu'est-ce que je fais ? Eh bien, ça se voit, je descends au centre-ville !

— Pourquoi tu sors avec ta jaunisse ? s'étonna Martha, tu ne pouvais pas la laisser dans ton pavillon bleu beige recouvert d'un toit rond aux tuiles rouge orange ?

— Ce n'est pas une jaunisse, c'est une génisse ! rectifia Francis en montrant l'animal, elle a mangé toute l'herbe chez moi et je l'emmène chez le père Pignant qui a un grand pré.

— Tu te rends compte, elle est éloignée au loin la ville ! lança-t-elle.

— Mais non, pas Perpignan la ville, le père Pignant !

— Hé ! rouspéta Martha, je te rappelle à ta souvenance que je ne suis pas bête comme une imbécile ! Chez le père Pignant, c'est au kilo métriquement loin ! C'est de l'autre côté de la ville, sur la route qui traverse le bois truffé d'arbres aux feuilles vertes ! J'en ai de l'herbe dans mon terrain, derrière ! dit-elle en indiquant du doigt l'arrière de sa maison.

— Du pavot ?

— Déconne pas ! Allez, viens ! En plus j'ai un truc à te montrer, l'invita Martha en faisant un grand geste du bras qui encouragerait une foule à la suivre.

Oui, mais seulement il n'y avait pas foule.

— C'est quoi ? voulut savoir Francis toujours planté sur la route.

— Tu verras, viens je te dis ! insista-t-elle en faisant à nouveau son grand geste du bras.

— Tu te rends compte ? Il faut que je remonte la route…

— Mais de remonter le tiers déjà cheminé de la longue descente qui mène au centre-ville, c'est métriquement moins loin que d'aller chez le père Pignant qui habite de l'autre côté de la ville vers le bois truffé d'arbres aux feuilles vertes, tu ne crois pas, Francis ? brama Martha depuis son jardinet.

— Si, bien sûr, je crois en Bidulus… lança-t-il.

— C'est qui ? s'étonna Martha figée et les yeux ronds comme des balles de tennis.

— Un nouveau dieu ! se contenta de dire Francis.

— Jamais vu… bon tu viens ?

— C'est sympa, mais je ne voudrais pas te déranger !

— Tu rigoles ? Allez amène-toi avec ta vachette ! dit-elle en s'approchant de son portail.

— Ce n'est pas une vachette, c'est une génisse ! Elle s'appelle Io ! s'agaça Francis, mais il faut quand même que je descende en ville pour lui acheter du lait et des courses pour moi.

— Et ta camionnette blanche avec une porte noire et un klaxon qui fait flap-flap-flap au lieu de tut ? lui demanda Martha en appuyant sur sa propre sonnette pour faire comme si c'était le klaxon.

« Droing ! Druuuqch ! Dropiiizzz ! Droing ! » retentit la sonnette.

Oui, parce que la sonnette à Martha elle était aussi bizarre qu'elle.

— Ma camionnette blanche elle est chez Bidulus…

— Le nouveau dieu ? dit bêtement Martha puisqu'elle était bête.

— Non, le monsieur en bleu de travail plein de cambouis qui ausculte les moteurs des automobiles qui n'roulent plus et qui les opère pour qu'elles roulent à nouveau ! expliqua-t-il, car il fallait toujours tout expliquer à Martha.

— Jamais vu, dit-elle, t'as qu'à prendre ma fourgonnette vert-kaki avec le klaxon qui fait prout-prout au lieu de coin-coin, si tu veux ? lui proposa-t-elle en appuyant à nouveau sur sa sonnette.

« Droing ! Druuuqch ! Droing ! Dropiiizzz ! »

— Mais arrête d'appuyer sur ta sonnette ! C'est énervant ! Et puis elle roule mal ta fourgonnette !

— Oui, obéit-elle en mettant sa main sur sa tête pour l'éloigner de la sonnette, mais ma fourgonnette vert kaki qui fait prout-prout ça dépanne… Tu l'emmèneras chez le nouveau Bidulus plein de cambouis qui opère des automobiles qui n'roulent plus, quand ta camionnette blanche qui fait flap-flap-flap sera remise sur pneus, non ?

— Dis, tu ne peux pas être concise quand tu causes ?

— Concise ? Hé ! N'insulte pas la personne de mon moi-même, s'il te plait ! Et puis je fais remarquer à ton attention que point je suis assise, mais debout !

— Oui, d'accord…

— Alors, tu viens ?

— Bon, si tu veux ! capitula Francis en tirant sa génisse vers chez Martha. Oui, en tirant parce que la génisse était tenue par une ficelle.

Ouf, ce n'est pas trop tôt ! Parce qu'il y en a marre de leur pavillon bleu beige recouvert d'un toit rond aux tuiles rouge orange, de leur longue descente qui mène au centre-ville, de leur route qui traverse un bois truffé d'arbres aux feuilles vertes, de leur mécano à la con et de leurs bagnoles pourries qui klaxonnent n'importe comment ! Sans parler

de la sonnette de merde ! C'est vrai, quoi, ils commencent
à nous taper sérieux sur la croquignole ces deux-là !

La Martha lui dit quand il la rejoignit :
— Pendant que tu vas faire tes courses, on va mettre ta
métisse dans mon champ derrière, là où l'herbe est bien
chlorophyllienne et fraîche avec la douce rosée de l'aube…
— Ce n'est pas une métisse, c'est une génisse ! Tu le fais
exprès ma parole ? répliqua Francis en emmenant l'animal
vers le champ derrière.
— Tiens, ça tombe bien, continua-t-elle sans l'écouter et en
criant, comme tu vas t'approvisionner de provisions, tu
peux me ramener du pain d'épicéa, des pâtes rafraîchies et
des tomates à épiler ? Du jambon sans couette, du sucre
dessalé, des pinces d'or de crabe, de l'huile de tournesol, un
moule à gaufres… euh… des cigares type Pharaon, des…
— Des bachi-bouzouks aussi ? l'interrompit Francis en
lançant les bras en l'air d'exaspération.
— Oui, tu en prendras trois, poursuivit-elle, aussi tu
prendras des champignons avec des points rouges, des
oranges mécaniques, du shampoing aux yeux, des légumes
et des fruits lumineux de Tchernobyl et… attends ! Prends
des petits pois carrés aussi… n'oublies pas le poisson de
bassin olympique, c'est le meilleur, un kilo de vin cuit, mais
pas grillé, six… non, vas-y pour huit trois-quarts de rosé
d'enjoué, deux sacs à vin, des glaçons secs pour ta pelisse…
— Bon, ça va, oui ? coupa Francis sèchement et d'ajouter,
et puis ce n'est pas une pelisse c'est une génisse ! T'es
bouchée ou quoi ? Elle s'appelle Io, comme dans la
mythologie grecque.
— J'y'ai pas fini ma liste…
— J'improviserai… ton vin cuit, du porto ?
— Oui, du whisky, mais pas grillé ! cria-t-elle.
— C'est un kilo de neuroleptiques qu'il te faut, toi ! Bon,
allez, je reviens dans une petite heure, lança-t-il en montant
dans la fourgonnette.

— Non, pas des psychotropes ! T'es fou ! Quand je les donne aux poules, elles ne font plus d'œufs ou alors y'a pas le jaune dans le blanc ! Attends ! Faut que je te donne des sous en argent ! s'affola Martha en courant chez elle.

— On verra ça plus tard ! cria Francis en démarrant.

— Faut mettre de l'essence aussi dans ma fourgonnette qui fait prout-prout ! l'avertit-elle en agitant les bras dans tous les sens comme s'il y avait des moustiques.

— Y'en a plus ?

— Un dé à coudre…

— J'irai chez Bidulus, mais pourquoi tu gesticules des bras comme s'il y avait des moustiques ? demanda-t-il, intrigué.

— Envie pipi ! geignit-elle.

— J'y vais ! Attention à Io ! coupa court Francis et il partit.

***

Francis alla faire les courses et il surchargea la fourgonnette de Martha qui était bizarre. C'était Martha qui était bizarre, pas sa fourgonnette qui faisait prout-prout.

Puis il revint et Martha l'attendait devant sa grange. Parce que Martha avait une grange, enfin une resserre avec des murs si bas à se demander comment pouvait tenir le toit. Normalement une resserre c'était pour les outils, mais avec Martha il était difficile de savoir ce qu'elle y abritait sous de grandes bâches. Pas des outils en tout cas. Martha ne savait pas faire grand-chose correctement de ses dix doigts.

Francis déchargea une quantité énorme et abondante de courses en demandant si sa génisse Io allait bien.

— Ta Lewis ? Comme dans la morphologie grecque ? dit Martha en s'essuyant les mains pleines d'on ne savait pas trop quoi avec un chiffon et d'enchaîner, oui, elle va très bien, pas de revendications syndiquées de sa particulière, mais, s'écria-t-elle brusquement, mais je ne t'avais pas demandé de me ramener tout ça ? Y'a plein plus que prévu !

— Dans le doute… répondit Francis d'un geste vague, et puis tu m'énerves à la fin, ce n'est pas un Lewis, c'est une génisse. Elle s'appelle Io. Lewis c'est un jean et c'est comme de la mythologie d'outre-Atlantique…

— Oui, d'accord… moi, bougonna-t-elle, j'y connais personne chez les Grecs américains, par contre les mites au logis du père Pignant qui pigne tout le temps que ça dure, oui, mais bon, allez ! Viens prendre un apéro !

— J'arrive, je vais voir Io !

Martha regarda à nouveau tout ce qu'avait ramené Francis.

— Ah ben merdre alors ! s'exclama Syon les poings sur les hanches. [23]

Oui, parce que Martha s'appelait Martha Syon-Dubois. Alors « s'exclama Dubois » cela n'aurait pas été rigolo.

À ne pas confondre avec Sion en Suisse, ni avec la Ville-Du-Bois en France dont les gentilés ont le bizarre nom d'urbisylvains !

Martha, ni Suisse, ni urbi ajouta :

— Dis, Francis, t'as eu un trouble neurologique consistant en une diminution ou une altération de la mémoire concernant les filets de haddock ?

Elle fut assez fière de montrer qu'elle savait causer correct, mais quand même en laissant une fine trace de déception dans sa voix un peu éraillée à cause du tabac. Oui, parce que Matha fumait du tabac.

— Il n'y en avait plus, ni en coque, ni en stock de ton haddock ! finit-il.

Oui, d'accord, Syon cela aurait été aussi avec finit pour faire finit Syon, mais Francis ne s'appelait pas Syon. Voilà pourquoi cela n'a pas été mis.

Francis alla voir sa génisse qui ruminait sagement dans le champ derrière. Elle leva la tête.

— Meuh !

— T'es contente d'être là ? lui demanda-t-il en la caressant, elle est bonne l'herbe de Martha ?

— Meuh ! Meuh ! fit-elle en hochant positivement de la tête.

---

[23] Merdre : Mot créé par Alfred Jarry dans sa pièce Ubu Roi (1896).

— Je reviens, Io… je t'apporte de l'eau et du lait.

— Mmmm ! meugla Io en se pourléchant les babines.

— Eh bien, pour une fois que tu ne fais pas meuh !

Puis le gars Francis s'en retourna chez Martha. Celle-ci était accoudée à sa fenêtre. Elle avait l'air de s'impatienter et elle lui demanda ce qu'il fabriquait près du robinet qui était dans la cour. Oui, parce qu'il y avait aussi un robinet dans la cour.

— Je vais donner à boire à Io !

— Dépêche-toi ! Je t'attends pour l'apéro, moi ! Au fait, Francis, j'ai des tuiles qui sont tombées du toit avant-hier avec la bourrasque. Tu peux me les remettre ? se désespéra Syon (eh oui !) en montrant le toit au-dessus d'elle.

— Ho ! Y'a pas le feu au lac ! trancha Francis.

— Où ça un lac ? demanda-t-elle en regardant de gauche à droite et inversement pour être certaine d'avoir bien scrutée partout.

— Dans ta tête, Martha, dans ta tête… dit-il en tapotant la sienne pour lui faire comprendre puis, c'est comme ta bourrasque… il n'y a pas eu de tempête avant-hier… un peu de vent, mais pas plus qu'un pet de mouche qu'aurait avalé des fayots ! conclut Francis en allant déshydrater Io avec un seau d'eau.

***

Il y avait Francis qui revenait et l'apéro n'était pas prêt sur la table du jardin. D'ailleurs, la table était couchée et les chaises aussi à côté. Il s'écria « Merde ! ». Mais un gros « Merde ! », celle d'un éléphant.

Oui, parce que normalement l'apéro ça se prend sur la table du jardin avec une table debout et les chaises aussi, sur leurs pattes.

Il y avait Martha, toujours aussi bizarre et bête, qui l'appelait depuis sa fenêtre. Oui, parce qu'une fenêtre, ça servait aussi à interpeler quelqu'un qui serait dehors et qui chercherait l'apéro. Oui, parce que le quelqu'un qui était dehors il avait soif d'apéro.

Il y avait au loin la génisse Io qui faisait des « Meuh, pmm ! Meuh, pmm ! » Oui, parce qu'en vérité une génisse qui faisait des « Meuh, pmm ! Meuh, pmm ! » à l'heure de l'apéro, cela voulait dire « Mettez Également Un Hurricane Pour Moi, Merci ! ».

— Qu'est-ce qu'elle baragouine ta réglisse qui fait des Meuh, pmm ? demanda Martha toujours accoudée à sa fenêtre.

— Ce n'est pas une réglisse, s'exaspéra Francis, c'est une génisse. Elle meugle qu'elle souhaiterait un hurricane en guise d'apéritif.

— C'est un nouveau dieu ? se renseigna-t-elle en se recoiffant au cas où il débarquerait.

— Non ! Tu es franchement fatigante ! Tu comprends mes genoux ! répondit-il en remettant debout la table et les chaises.

— T'as mal aux genoux ?

— Non ! s'irrita-t-il, tu as vraiment des nouilles à la place de la cervelle, toi !

— Alors on peut savoir pour renseigner notre connaissance pourquoi elle veut un jerrican ?

— Mais non, pas un jerrican ! Un hurricane c'est un cocktail de La Nouvelle-Orléans à base de vodka, de sirop de grenadine, de gin, de rhum blanc, de triple sec, de jus de pamplemousse et d'ananas ! Et puis qu'est-ce que tu fais à m'appeler depuis ta fenêtre, parce que je te signale que je cherche l'apéro qui n'est pas prêt sur la table du jardin ?

— Hé ! gueula-t-elle aussi, chu pas la bonniche ! Et pis j'y en ai pas du riz de Cannes du nouveau quartier d'Orléans avec vodka, des rots de grenadine, du triple jus de pamplemousse sec avec une nana ! énuméra Syon (eh oui !) et d'ajouter, mais laisse cette table et ces chaises !

— Ce n'est pas du riz de Cannes et ce n'est pas une nana, mais de l'ananas ! Tu es vraiment bourriquot des fois ! Et puis des chaises et des tables cela doit être debout quand c'est l'heure de l'apéritif !

— Qu'est-ce que c'est compliqué un bonhomme ! Pour ton info, l'apéro c'est intra-muros ! l'informa Syon (eh oui !).

— Soit ! capitula Francis.

Enfin il avait dit « Soit ! » Ça nous permet de respirer un peu ! Parce qu'ils continuaient leurs conneries absurdes avec leur liste de courses débiles, leur génisse qui avait tous les noms et qui faisait « Meuh ou Meuh pmm », leur Bidulus à la noix, leur table d'apéro par terre... jusqu'à même le narrateur qui en rajoutait une couche par des sempiternelles « oui, parce que ceci, oui, parce que cela » comme si on était des abrutis ! Et puis ces calembredaines fiévreuses avec des « eh oui ! » après des mots qui se collent à Syon. Oui, collation, parce que là c'était l'heure de l'apéro justement !

Bon, seulement comme l'histoire est commencée, alors maintenant on est bien obligé d'aller jusqu'au bout...

Inspiration... expiration ! Inspiration... expiration !

Francis entra dans la maison de Martha. Il suffoqua tout de suite et s'écria en se ventilant avec son tee-shirt des deux mains... Oui, parce que Francis avait un tee-shirt :

— Martha ! Il fait trop chaud chez toi ! Pourquoi tu as fait un feu de cheminée ? Allons, on est au mois d'août ! On ne peut pas plutôt prendre l'apéro dehors ?

— Pacequeu je m'appelle Syon-Dubois, alors je scie du bois que je brûle après et puis Syon ça fait des calembredaines fiévreuses ! expliqua Syon (eh oui !).

— On ne dit pas pacequeu, mais parce que, rectifia-t-il et brusquement se figea de stupéfaction.

— Qu'est-ce que c'est que ce souk chez toi ? Tu déménages ou quoi ?

Tous les meubles étaient déplacés désordonnément,

— Par ce le que je fais de la rangementation... dit-elle calmement.

— De la quoi ?

— Du rangement à Syon, à la manière de mon plaisir et pour la cassure de la languissante monotonie… au fait, Francis, tu veux de La Vache Qui Rit ?

— Meuh ! beugla Io dans son pré pas loin en entendant parler de vache.

— Hein ? fit-il effaré par le bazar, non, pas de Vache Qui Rit… qu'est-ce que tu viens me brouter avec ta Vache Qui Rit !

— Meuh, meuh ! meugla encore la génisse.

— Ça suffit, Io ! cria Francis par la fenêtre.

— Hmmm ! ouïrent-ils vaguement en provenance du pré. Peut-être aimait-elle la Vache qui Rit ? Après tout qui sait ?

— On dirait que tu fais des travaux, reprit Francis affolé en constatant encore mieux le souk, t'es devenue folle, Martha, ou quoi ? Tu ne sais pas bricoler ! s'inquiéta-t-il.

— Non, et alors ? L'apprentissage d'apprendre avec un connaisseur qui connait le maniement du pinceau à peindre la peinture, ça sert à quoi ? s'exclama Syon (eh oui !).

— Ah bon !

— Au fait, Francis, tu veux voir ce que j'ai à te montrer ? dit-elle en s'approchant de lui.

— Hein ? tressaillit-il en tournant la tête dans tous les sens.

— Ce que j'ai à te montrer, tu veux voir ? réitéra Syon (eh oui !).

Et sans attendre la réponse, Martha fourra sa main dans l'échancrure de son tee-shirt blanc. Oui, parce qu'elle avait un tee-shirt aussi. Un blanc… enfin, il ne fallait pas être difficile sur le mot blanc comme Mont Blanc. Lui, Francis, il était bleu son tee-shirt. Oui, mais bleu comme du bleu. Elle en sortit une feuille de papier pliée.

— Tu sais c'est quoi ? lui demanda Martha en agitant le papier devant son nez.

— Une feuille pliée que tu agites devant mon nez et que tu cachais dans tes roploplos, répondit-il.

— Tu voudrais bien les voir mes roploplos, hein ? le provoqua Syon (eh oui !) en bombant son torse et en roulant des épaules pour qu'ils ballottassent sous le presque blanc tee-shirt.

— Pas spécialement, non, répliqua Francis en reculant d'un pas puis, mais arrêtes de bomber ton torse en roulant tes roploplos ! C'est quoi ta feuille ?

— Une liste de mariage ! s'exulta Syon (eh oui !).

— Le mariage de qui ? s'inquiéta Francis.

— De nous, pardi ! lui révéla Syon (eh oui !).

— Attends Syon, ne me dis pas que…

— Pourquoi tu m'appelles Syon ? s'étonna Martha.

— Pour la calembredaine, Martha ! Pour la calembredaine, mais tu es complètement cinglée ! Qu'est-ce que c'est que cette bêtise ! Il n'a jamais été question que l'on se marie ! lui dit Francis calmement, mais abasourdi tout en essayant d'ouvrir le buffet encombré pour prendre les bouteilles d'apéro. Oui, parce que les bouteilles d'apéro étaient dedans normalement et que l'apéro, rappel, cela se prend sur la table du jardin, quand on possède un jardin, en tout cas avec une table debout et les chaises aussi en dessous.

Là, Martha lança :

— Pourtant ce sont le détenteur du pouvoir exécutif et celui qui a charge d'âmes qui en parlaient ! Ils disaient que cela faisait longtemps qu'il n'y avait pas eu de mariage ici, alors ils veulent organiser un bal spécial !

— Tu ne peux pas dire le maire et le curé comme tout le monde, rectifia-t-il, et puis je n'ai pas envie de me marier… attends… Ah ! Ça y est ! Je l'ai eu ! s'exclama Francis en réussissant à ouvrir la porte du buffet.

Des casseroles et autres ustensiles roulèrent dans un drôle de vacarme. Oui, parce que… mais pas le temps de dire le contenu du parce que à cause de Martha qui parla juste à ce moment-là :

— C'est dommage de ne pas s'marier, j'aurais pu m'occuper de ta pénis ! lui dit-elle en se penchant sur lui pour essayer de rattraper ce qui tombait.

— Hein ? Quoi ? Je n'entends rien ! cria-t-il empêtré et en levant le nez puis, mais relève-toi, je vois tes roploplos !

— Et alors ? Ça t'a carbonisé les yeux ? Plains-toi donc, le panorama touristique est gratuit ! dédramatisa Syon (eh oui !) en se relevant et en tapant l'une contre l'autre deux casseroles qu'elle venait de ramasser.

— Mais arrête de taper ces casseroles ! Qu'est-ce que tu disais juste avant ? Dis, on prend ça ? demanda-t-il en montrant deux bouteilles pour l'apéro.

— Oui ces deux-là ! Je te disais que c'était dommage de ne pas se marier, j'aurais pu m'occuper de ta pénis ! fit Syon (eh oui !) en posant ses casseroles.

— Mais qu'est-ce que tu chantes ? T'es barjot ? s'écria Francis en se relevant d'un coup.

— Quoi ? Qu'est-ce que j'ai dit qui te fait supposer dans tes suppositions que je barjote ? se vexa Syon (eh oui !), puis de préciser, ta pénis, celle qui fait meuh !

— Meuh ! fit Io en croyant qu'on lui causait.

— Tiens ! La voilà justement ta réglisse ! constata Syon (eh oui !), car l'animal venait de passer la tête par la fenêtre.
Francis se tourna vers Io, puis vers Martha.

— Oups ! Tu m'as fait peur à dire tes idioties, j'ai cru que tu étais devenue perverse, Syon (eh oui !), mais ce n'est pas une pénis ni une réglisse, c'est une génisse, t'es pénible ! s'épuisait Francis à lui répéter et en se dirigeant vers la porte.

— Où tu vas ? demanda Martha.

— L'apéro, Martha, l'apéro ! lança Francis en agitant les deux bouteilles qu'il tenait dans ses mains.

— Et la Vache Qui Rit, alors ? tergiversa Syon (eh oui !).

— Hmmm ! Meuh ! mugit Io en courant rejoindre son maître qui décida finalement de prendre l'apéro sur la table de jardin et les chaises debout sur leurs pattes, car c'était une étuve chez elle avec son feu dans la cheminée.

***

Le plateau que mit Syon (eh oui !) sur la table était joliment décoré avec des pétales de fleurs autour des verres, du seau à glaçons et autour des assiettes à cacahuètes et petits toasts au fromage comme au foie gras.

— Eh ben dis donc, mais c'est formidable ce que tu as fait là, Syon (euh… oui, même ça en trois mots et si c'est un tantinet cochon, c'est doublement bon !), la complimenta-t-il en ajoutant, tu m'avais caché que tu es une experte dans ce domaine ?

— Merci, s'émut Martha en rosissant des joues, ce n'est pas compliqué à faire, c'est juste un amuse-gueule…

— Tiens ! On s'en fait une petite pendant que je fais le service ?

— Oh oui, j'veux bien ! J'en ai envie ! se réjouit-elle en s'humectant machinalement les lèvres avec sa langue, en se penchant sur lui et en attrapant de la main la raide offrande qu'il venait de lui proposer après avoir ouvert, en lui souriant… son paquet de clopes tout neuf. Oui, parce que le gars Francis, il fumait du tabac aussi.

— Tu sais, reprit-elle en s'asseyant en face de lui après qu'ils aient trinqué, mais une mouche voulut se poser sur un toast au fromage, croyant que c'était pour elle.

Martha souffla une grosse bouffée de fumée sur l'insecte.

— Atchmou ! Atchmou ! éternua la mouche en s'envolant au loin, pas contente. Oui, parce qu'une mouche, ça fait « Atchmou ! » et non pas « Atchoum ! » comme nous. À chacun sa toux. Et Martha put reprendre :

— Tu sais, j'ai réfléchi dans mes pensées, pendant que je préparais le plateau avec les fleurs, et je crois que t'as cru concevoir dans ta compréhension que le papier que j'avais caché dans mes roploplos et que j'agitais devant ton nez c'était pour l'union à deux du mariage de toi, Francis, mon gentil et grand ami voisin, ici présent avec sa saucisse, et moi-même toute entière et présente aussi, mais tes neurones se sont égarés sur le mauvais cheminement de l'erreur, pacequeu je sais en moi qu't'en pinces pour Honorine et que t'aimes beaucoup son clitoris…

— Pardon ?

— Clitoris, tu joues avec tout le temps et tu le caresses très souvent, c'est pas vrai ?

— Mais ce n'est pas Clitoris le nom de son chien, c'est Clovis ! T'es vraiment obsédée ! Et puis tiens, la saucisse comme par hasard, mais encore une fois, ce n'est pas une saucisse, c'est une génisse. Elle s'appelle Io !

— Mince et surmince, je bourde à chaque fois ! se lamenta Syon (eh oui !).

— Bon, ne te sous-estimes pas, Martha, la réconforta-t-il, tu fais juste une petite dyslexie, c'est tout ! Ce n'est pas grave ! Écoute, répète trois fois : Francis, génisse, Io et puis chien, Clovis.

Sans qu'elle se déstabilisât, Syon (eh oui !) réussit à le dire même cinq fois sans se tromper. Alors Francis félicita Syon (eh oui !) :

— Bravo ! Tu vois quand tu veux ! Et puis au fait, merci pour tes éloges… toi aussi tu es une amie, chère Martha ! On prend un autre apéro ?

— Oui, j'veux bien !

— OK et puis après je file, car Honorine ne va pas tarder, elle doit passer chez moi.

Pendant qu'il resservit l'apéro, Martha lui dit :

— D'où je suis positionnée assise, je vais bien la voir passer de mes yeux, alors je vais la héler…

— Si tu veux, mais, dis-moi, petite cachotière, pour revenir au mariage, puisque je ne suis pas l'élu, c'est qui donc ton amoureux ?

— Un vélo !

— Oups ! fit Francis en renversant presque son verre qu'il portait à ses lèvres et d'ajouter, un vélo ? Mais on ne se marie pas, Syon (eh oui !), avec un vélo ? Et puis il appartient à qui ?

— À Hector le facteur...

— Hector ? Mais pourquoi tu ne te maries pas plutôt avec lui ? En plus tu le sais, Syon (eh oui !), il est gentil, célibataire, bon bricoleur et il vit chez sa mère ! Il pourrait vivre chez toi et t'aider ?

— Oui, c'est vrai, seulement je préfère son vélo ! Oh, attends ! J'ai une subite élaboration originale de ma pensée... Écoute de tes oreilles ! Et si j'disais à Hector de venir sur son vélo devant le détenteur du pouvoir exécutif et celui qui a charge d'âmes, comme ça, youpla, je fais un tir groupé ?

— Ah, ah, ah ! Tu me surprendras toujours ! Je t'adore ainsi, même si des fois tu m'énerves... C'est bizarre, mais va comprendre ! lui avoua-t-il tout sourire.

Brusquement, Martha se leva et s'écria :

— Honorine ! Honorine !

Puis, précisant à Francis qu'elle venait de la voir passer doucement en voiture, fenêtres ouvertes, elle courut à toutes jambes jusqu'à son portail :

— Honorine ! Honorine ! s'époumona-t-elle en faisant de grands gestes vers la voiture arrêtée à une soixantaine de mètres, viens ! Francis est chez moi avec sa génisse Io ! On prend l'apéro ! Viens avec ton chien Clovis ! Nous sommes dans le jardin !

— J'arrive Martha ! put-on entendre de loin et Martha de rejoindre Francis.

— Elle arrive ! lui confirma Syon (eh oui !), bien essoufflée.

— Alors là, bravo ! Tu as réussi à tout dire d'une traite sans te tromper ! Bravo encore ! Tiens, viens là que je t'embrasse pour te féliciter... lui dit-il en ouvrant ses bras.

— Sur la bouche ? Pour me rouler une galoche ?

— Ah, ah, ah ! Mais non, ça, cela sera avec Hector ! Moi c'est sur les joues !

— D'accord, elle accepte ta Syon... Hé ! T'as capté la calembredaine de mon cru ? Bon, maintenant j'arrête de faire l'imbécile, parce qu'Honorine arrive, je vais parler normalement...

— Ah, la sorcière ! Mais tu le faisais donc exprès de jouer la demeurée ? Et tu comprenais tous mes...

— Oui ! Même qu'il y en a qui valent trois Francis sous (hé oui). T'as capté ? Tiens, voilà ta dulcinée... je lui laisse la main pour tes cochonneries sexuelles ! Hi, hi, hi !

Sur ce, ils se firent smack, smack en se marrant ! Alors à l'amitié pour de bonnes rela... Syon ! (eh oui !)

Ah ben ça alors, tous bluffés, même le narrateur !

***

Plus tard, les deux couples se marièrent ensemble, les femmes faisant bien attention de ne pas se tromper de bonhomme et inversement.

Il y eut un grand banquet dans la salle des fêtes, certes moins resplendissante que celle de l'Élysée, mais sans conteste davantage champêtre pour festoyer de façon plus décontractée et conviviale.

Puis il y eut le bal jusque sur la place de l'Hôtel de Ville où tout le monde dansa, rigola, s'amusa sympathiquement.

Des photos, des blagues, à boire, des dragues, des rires, des films souvenirs, des retrouvailles parfois, en tout cas de l'émotion et pas une seule engueulade, ni bagarre.

Finalement, si ce récit n'a pas commencé par la traditionnelle expression populaire « Il était une fois... », au moins il s'achève par l'usuel « Et ils eurent beaucoup d'enfants », en vérité un chacun par couple, et par « Tout est bien qui finit bien ! ».

Oui, parce qu'une bonne fin c'est l'essentiel.

Alors salut à Francis et salutas Syon ! (hé oui !)

FIN

RAAMA ET LES NUAGES

Conte préhistorique

A SSIS sur un tronc d'arbre, il y a des centaines de millénaires d'années, voire millions, un homme regardait ses pieds sales et poilus. Il avait des arcades sourcilières proéminentes et des sourcils denses. Il avait également la mâchoire très développée. On aurait dit un singe.

C'était déjà pas mal, en ces temps reculés, de regarder avec étonnement ses doigts de pieds bouger, alors que tout restait à faire pour l'évolution de notre espèce.

Lui, Raama, et non « Rama » comme le Bouddha, ou le roi de Thaïlande, ou le mythe de l'Inde antique, ou autres personnages littéraires et audiovisuels postérieurs, il ignorait cela et même leurs existences futures, puisqu'il vivait bien avant. Ce qui semble raisonnablement logique.

Alors Raama, avec deux A, s'en contrefoutait et ce jour-là, tout en se mettant comme d'habitude les doigts dans ses trous de nez, il se gratta sa tignasse crasseuse et se palpa la bistouquette quand il regarda ses pieds, car il y avait un truc qui l'inquiétait. Oui, il se tripotait parfois la saucisse quand il gambergeait. Ce n'était pas un toc maladif (toc, pas tic), non, plutôt un geste naturel comme un haussement d'épaules dans le mépris tout simplement. Mais là, vraiment, il existait un drôle de bizarre de truc curieux qui lui fit comme de la buée dans sa sphère à neurones.

N'oublions jamais que grâce à lui, entre quelques autres cohabitants semblables et non pas copropriétaires de la planète, nous avons évolué et que nous aurions pu vivre intelligemment sans avoir à nous balancer des obus, des lances, des flèches ou autres fabrications servant à nous entretuer pour défendre ou imposer des idéologies et des gouvernances éphémères et chimériques, toutes vouées à l'échec, sinon la soif de la domination.

Bref, Raama restera notre ancêtre ; chasseur, mais pas tueur d'hommes.

Donc immense respect il faut avoir pour grand papy simiesque qui pétait et rotait aussi sans demi-mesure ni interdiction ; de la part de qui d'ailleurs, on se demande bien ?

De toute façon, les bonnes manières n'étaient pas d'usage.

Ce qui reste aujourd'hui approximatif et sous réserve de preuves savantes, est qu'il aurait été le fils de l'homme Ourou et aurait tété le sein de la femme Oho. Noms difficiles à confirmer, car ils n'avaient pas leurs pièces d'identité le jour de la naissance du petit. Où était la mairie du reste pour la déclaration ?

Peu importe. Il était né et c'était l'essentiel pour lui comme pour nous.

Sans que vous en ayez conscience, ni même connaissance, cette histoire réelle qui est relatée ici et qui n'est qu'un extrait de son existence, a été, est et restera dans la nuit des temps irrémédiablement gravée dans nos gènes. Notez-le !

Donc Raama, qui était sans dieu ni maître, qui furent inventés plus tard, mais passons sur ces bagatelles, était toujours assis sur son tronc d'arbre.

Il faisait ce jour-là un plein grand soleil tout rond, tout jaune.

À quoi pensait-il ? Difficile à dire et bien malin qui l'eut su ou même eut pu élaborer une supposition à ce moment-là ! Ses pieds nus dans l'herbe n'avaient pas de chaussettes, cette chose en paire restant à inventer… donc n'avait pas de père inventeur. La corne sur la plante des pieds suffisait.

L'astragale, l'orteil, l'oignon, le talon d'Achille, les pieds plats, les pieds dans le plat, le pied au cul, les Pieds nickelés, le panard, le pied de vigne, le pied à coulisse, le pied-de-chèvre, le pied d'alouette, le pied de biche et autres expressions au pied levé, tout ceci Raama l'ignorait. Ce qui ne l'empêcha pas de vivre.

Ce fut immensément loin pour lui également d'imaginer qu'un jour un homme irait marcher sur la Lune. D'ailleurs pour quoi faire quand on y réfléchit bien... basiquement ?
Encore moins de deviner que la préhistoire durerait jusqu'en 2004, naissance de Facebook. Désarmant cette lenteur pour atteindre l'intelligence de dialoguer avec des millions de terriens et terriennes inconnus en une seconde pour se sentir moins seul ! Ou peut-être, se prendre pour le noyau du monde. De son temps, même s'il n'y avait pas le petit bal du samedi soir, il y avait, pour s'amuser et faire des rencontres, des soirées barbecue mammouth-frites.
Non. Son imagination et sa vision ne portaient guère plus loin que l'orée du bois, de la vallée ou de la rivière, mais ce jour-là il restait concentré à regarder ses pieds. Voilà de l'utile au moins.
Il chercha à comprendre quelque chose, qui pour nous est maintenant insignifiant, mais qui pour Raama fut fantastique comme pour la lignée de ses petits enfants terribles que nous sommes.

Il avait chaud sous le soleil. Eh oui, c'était l'heure de la bronzette !
Mais brusquement, alors qu'il rêvassait, ses pieds furent attaqués par une forme plate et sombre. Curieux. En plus, cette masse glissait lentement et commençait à envelopper ses ripatons.
Lui, pensez donc, il n'avait pas eu peur, c'était un costaud qui chassait le Deux-dents ou le mammouth si vous préférez... même celui à bosse ! C'est dire ! C'était un coriace, un lutteur, un aguerri, un courageux sans peur et sans reproche notre Raama, téméraire comme une sardine rageuse face à un banc de requins !
Cela dit, en dehors de son apparence barbare, sa soif de savoir fut trop intense pour cet homme des temps jadis.
Alors constatant que cette forme aplatie sur ses orteils, puis ses talons et peu à peu ses chevilles n'était pas douloureuse, il se pencha et essaya d'attraper la chose qui s'étalait aussi

dans l'herbe autour de lui. Mais rien n'y fit. À chaque fois, sa main traversait la masse sombre et il touchait ses pieds ou l'herbe sans pouvoir la saisir.

Cela l'intrigua plus que ne l'inquiétât, car il fallut bien reconnaître que c'était énervant à la fin de ne pas pouvoir attraper quelque chose qui glissait sur soi ! Mais cela fut pour lui en même temps excitant d'être face à un mystère. Quand je vous disais que c'était un dur !

Là, il eut un réflexe inouï. Il leva son nez au ciel.

Il y avait des nuages qui passaient leur bonhomme de chemin devant le soleil. Il le savait, il n'était pas aveugle ni cadenassé du cerveau quand même ! Bah oui ! Des nuages il en voyait quand il sortait de sa grotte pour faire cueillette ou pêcher au trou un bon poisson frais, ou chasser les grosses bêtes à peau épaisse et des petites aussi pour le dessert, ou encore faire promenade en famille quand c'était dimanche !

Donc il remarqua, sans prendre de mesures immédiates en vue de mettre les siens en sécurité au cas où, que la tache sombre disparaissait quand le soleil réapparaissait pour chauffer à nouveau ses gros pieds.

Puis, après un certain temps, qu'un autre voile opalescent arrivait en même temps qu'un nuage.

Raama se gratta sa tignasse, sans se tripoter la nouille cette fois-ci, en glapissant dans sa langue préhistorique originelle pour ne pas dire originale, mais en tout cas primaire et bien avant les mythes des penseurs :

— C'est quoi ce bordel ?

Miracle pour les très éloignés futurs scientifiques et confrères physiciens, les ingénieurs spationautes, les météorologistes de l'univers des médias et autres marchands de pluie et de beau temps, Raama, l'Éminent génie, comprit dans son crâne en Ketchup de demi-singe, bien avant même les aïeux de Socrate et Aristote, voire du Penseur de Rodin, que c'étaient les nuages, ceux qui lui

pissaient dessus parfois même trop souvent, qui obstruaient le soleil et faisaient du gris par terre.
Aussi, que lorsqu'il y avait cette tache sombre il faisait moins chaud et inversement.

Mais ce ne fut pas tout. C'eut été trop simple de maternelle, quand on n'est pas bébé !
Le Remarquable phénix comprit pourquoi il restait caché dans sa caverne pour ne pas que sa peau, même calleuse et brunie, rougissait jusqu'à brûler douloureusement sous la grosse boule jaune qui faisait aussi mal aux yeux quand il la regardait de travers. Car avoir l'instinct de sauver sa peau était une chose, mais le comprendre, une autre !
L'Inoubliable prodige comprit dans la foulée pourquoi il avait constamment ce réflexe de mettre sa main en visière sur ses yeux pour s'abriter des rayons brûlants et invisibles (forcément... à l'œil nu !).
Alors Raama, dans un éclair de suprême lucidité et de réalisme, de dire spontanément :
— Qu'est-ce que j'ai pu être plume d'autruche depuis tout p'tit !
On dit « con » maintenant, c'est plus concis.
Il en déduisit de sa remarquable découverte qu'il fallait d'urgence sans attendre, ni tergiverser et encore moins chercher midi à quatorze heures (inutile du reste, puisque l'heure n'était pas mesurer à cette époque), qu'il fallait inventer le baromètre pour savoir quand il y aurait des nuages afin d'adapter sa condition de vie pour la rendre plus agréable. Et il aura fallu attendre des millions d'années avant qu'un type nommé Galilée le mette sur le marché.
Mais qu'est-ce que l'Homme avait foutu pendant tout ce temps-là ? Solennellement, je vous le demande.

Pour le parapluie contre la flotte qui mouille et la tente de camping pour rester au sec à l'heure de manger un gigot de mammouth aux herbes, c'est Raama aussi qui avait trouvé l'astuce. Il faut le savoir.

207

Alors bravo pépé Raama et vraiment, de la surface de nos âges, mille mercis encore pour ta découverte et la compréhension des obscurcissements nuageux !
Ainsi est la vérité sur l'illumination du secret de l'ombre !

FIN

WINDA
ou La petite Wiwi

L' HISTOIRE qui s'ensuit pourrait parfaitement se dérouler aujourd'hui (2019) avec les toutes dernières avancées humaines connues, tant techniques, scientifiques, astronomiques que médicales au sens élargi du terme, cela ne changerait rien quant à son insolubilité.

***

La petite Winda ou Wiwi, qui venait d'avoir huit ans, alla se coucher après sa toilette et avoir embrassé ses parents qui regardaient paisiblement un film dans le séjour. Il était 21 heures.

Avant de s'aliter, Winda s'assit et regarda son calendrier 1993 d'un œil triste. Elle se disait que l'on était lundi et crotte qu'il y avait toute la semaine encore à faire.

Sur son bureau d'écolière, les cahiers et les livres s'empilaient soigneusement. Les stylos comme les crayons semblaient attendre patiemment le nez en l'air dans un pot. L'enfant était très studieuse. Blondinette aux cheveux longs et raides sur un corps mince, le regard droit et franc, le visage lumineux, derrière son côté encore enfant se dévoilait déjà beaucoup d'aplomb et d'intelligence.

Ensuite, elle porta lentement son attention sur ses poupées bien rangées sur une étagère, notamment trois Magic Trolls aux cheveux fluo et l'incontournable Arielle, puis sur les photos d'animaux et de la Petite Sirène qui parsemaient les murs de sa chambre. Elle chercha des yeux quelque chose à faire, mais non, rien. En vérité elle ne voulait rien faire de particulier et s'ennuyait.

Dehors il faisait encore jour et doux, même si le crépuscule arrivait tout doucement ce mois de juin. Winda regarda nonchalamment depuis sa fenêtre les petites maisons au loin sous le ciel encore clair, mais rien ne bougeait, sinon quelques voitures de gens qui devaient rentrer du travail.

Sa maison était bâtie sur un flanc de colline qui dominait la ville.

Elle bâilla, haussa les épaules en se disant qu'il valait mieux se coucher et sauta sur son lit en attrapant au vol sa meilleure amie du monde et de l'univers, la confidente fée Barbie.

Au même instant, Mounet le chat blanc et noir, poussa la porte silencieusement et rejoignit l'enfant qui lui fit aussitôt des gratouilles sur le ventre. L'animal roula sur la couverture en gesticulant des pattes pour jouer.

Winda alla repousser la porte avant de s'enfiler sous les draps.

Il n'y avait aucun bruit où peut-être le vague ronflement d'une auto dehors et quelques gazouillis d'oiseaux qui devaient se souhaiter bonne nuit. Aucun bruit, sinon évidemment le ronron du chat Mounet. Pas même la télé, le séjour étant loin.

Seulement le sommeil tardait à venir. Winda, les yeux clos, rêvassa un instant à des trucs secrets de petite fille, des trucs hyper importants que les adultes ne pouvaient pas comprendre, minimisaient ou trouvaient ça sans queue ni tête avec leur soi-disant savoir si agaçant. Seule Barbie et le chat comprenaient, évidemment.

À croire, c'est bien connu, que les parents oublient souvent d'avoir été enfants eux aussi. Enfin, bon.

Au bout d'un bref moment elle ouvrit les yeux et... incroyable !

Tout contre elle le minou dormait profondément et avait cessé de ronronner. Il faisait nuit noire dans la chambre et Winda fut très étonnée.

Elle se redressa et de sa fenêtre vit les petites lumières qu'on voyait danser dans la vallée au loin comme des lueurs incertaines, tant elles scintillaient par le jeu des arbres.

Tiens ! Bizarre ! Je n'ai pas dormi, j'ai juste fermé les yeux dix secondes ! se dit-elle tout à fait certaine en regardant autour d'elle.

Pourtant il faisait bien nuit dehors et dans la chambre. Même qu'il y avait déjà la légère clarté de la lune qui entrait dans la pièce et le chat qui ne jouait plus.

D'un réflexe élémentaire, elle regarda son réveil. Il était vingt et une heures vingt.

Winda resta convaincue de ne pas s'être endormie, que la nuit n'avait pas pu tomber en vingt minutes et qu'elle se souvenait parfaitement et sans discontinuité de ses pensées pendant qu'elle avait eu les yeux fermés. Mais comment se le prouver malgré les apparences ? Et le réveil, alors ? Si seulement elle avait gardé les yeux ouverts, elle aurait pu se persuader de ne pas avoir dormi !

Troublée, Winda observa à nouveau les petites lumières au loin. Elle réfléchit. Il n'y avait aucun bruit dehors ni dans la maison. Rien ne semblait bouger. C'était calme, très calme. Elle alluma sa lampe de chevet et soudain…

Soudain Mounet remua, s'étira en bâillant, se recroquevilla presque en boule, la tête sur les pattes et reprit son somme sûrement dérangé par la lumière.

Ce mouvement du chat sortit d'un coup la gamine de ses cogitations. Ce fut le déclic. Maintenant elle savait comment être sûre d'avoir somnolé ou non.

Alors elle voulut s'en persuader mordicus. Certes, elle était studieuse, appliquée à l'école, obéissante, mais personne n'aurait pu lui retirer son opiniâtreté et son entêtement à résoudre un problème. Donc elle s'extirpa du lit tout doucement pour ne pas réveiller le matou, mais celui-ci avait déjà ouvert un œil et l'épiait, pareil à un chien.

Elle enfila ses savates, car elle avait compris que pour en avoir le cœur net, au lieu de crier au secours bêtement et comme elle n'était pas peureuse de nature, il lui suffisait tout simplement d'aller voir s'il faisait jour ou nuit dans la salle à manger.

La petite réajusta son pyjama, y alla avec quand même un peu d'appréhension, car elle entendit des voix sourdes depuis le couloir qu'elle remontait et là…

stupéfaction ! Ses parents étaient toujours installés tranquillement dans le canapé devant la télé d'où sortaient voix et musique. Il y avait là, à les voir l'un contre l'autre absorbés par le film, comme un parfum de bien-être. Mais surtout ce qui attira tout de suite le regard de la fillette, ce fut la fenêtre. Dehors, le ciel était encore clair, certes vespéral, mais ce n'était pas la nuit. Dans le séjour on y voyait parfaitement et aucune lampe n'était allumée. De plus, il n'y avait que peu de petites lumières dans la vallée contrairement à ce qu'elle venait de constater depuis sa chambre.

Enfin la voilà la preuve ! aurait-elle pu penser. Mais quelle preuve ?

Winda était médusée et resta bouche bée sans qu'aucun son n'en sortît. Son aplomb de petite fille s'était vite transformé en plume fragile.

Son père ressemblait comme deux verres de vodka à Chopin, sauf qu'il ne savait pas jouer de piano, mais de l'accordéon. Visage ovale allongé, un grand nez crochu et de gros yeux profonds, à la différence qu'il était plus costaud physiquement. Quant à la maman, elle ressemblait exactement à sa fille. À se demander si ce n'était pas la gamine qui avait pondu la mère.

Son père donc, ayant perçu le léger bruit des claquettes de l'enfant, tourna la tête et l'aperçut dans l'entrebâillement de la porte sur le côté.

— Et bien, tu ne dors pas Wiwi ? lui dit-il.

— Papa... il fait... il fait nuit... dans ma chambre, balbutia-t-elle.

— C'est normal, il est tard, dit-il gentiment.

— Mais, papa, il fait nuit dans ma chambre et... et ici il fait jour... tenta d'expliquer Winda en montrant la fenêtre.

Le père regarda vers la fenêtre sans rien voir d'anormal, puis échangea un regard interrogatif avec la maman qui pareillement sembla étonnée.

Lui c'était un papa qui aimait bien boire de temps en temps une bière le soir, alors il se versa un verre, puisque c'était justement un soir du temps en temps et qu'il faisait lourd.

— Tes volets sont fermés, ma chérie… va donc dormir, rassura la mère d'une voix douce.

— Mais…

Au même instant le téléphone sonna et le père décrocha tout de suite, le téléphone étant juste à côté sur un petit guéridon. C'était l'oncle Vselov.

— Czesc Vselov, Co za niespodzianka ! Jak się masz ? (*Salut Vselov, quelle surprise ! Comment vas-tu ?*)

— Oh ! C'est tonton ! s'écria Winda toute contente en se ruant vers son père.

— Dis-lui juste bonsoir et tu te couches, ma Wiwi chérie, lui dit gentiment sa mère.

— Oui Maman !

Elle parla un peu avec son oncle adoré, mélangeant maladroitement le français et le polonais que son père lui apprenait un peu et en oublia même la bizarrerie dans sa chambre. D'ailleurs, la nuit tombait si rapidement qu'il fallut allumer et tant pis pour le film. Puis, pendant que le père reprit le téléphone pour discuter de choses d'adultes avec l'oncle, la maman emmena se coucher la gamine heureuse d'avoir pu parler à Vselov.

Sous l'œil du chat Mounet, la maman jeta un regard par la fenêtre, et n'y voyant rien de spécial, ferma les volets et tira les rideaux.

Elle couvrit la petite Winda, l'embrassa sur le front en lui souhaitant bonne nuit et quitta la chambre, alors que le chat fixa la fenêtre de ses yeux mystérieux, puis se passa plusieurs fois la patte derrière son oreille. Probablement une poussière indésirable.

Encore une fois, c'est bien connu, on dit aussi à tort ou à raison que les matous sont particulièrement sensibles aux changements climatiques comme sismiques selon de vieux adages, mais leur sixième sens, qui peut percevoir non seulement des infra et ultra-sons imperceptibles pour nous, doit probablement leur faire sentir bien d'autres choses qui nous échappent. Donc... miaou !

Le lendemain matin, tout parut normal dans la chambre et l'enfant se dit qu'après tout elle avait dû rêver la veille.
La journée du mardi se passa bien en classe et le soir en rentrant de l'école, elle fit ses devoirs comme il se devait avec son exemplaire application, puis rejoignit ses copines dehors pour s'amuser. Ensuite à la maison elle regarda son dessin animé préféré à la télé, soupa avec ses parents et alla dans sa chambre jouer un moment avec ses poupées.
Mounet, toujours très joueur, n'arrêtait pas de faire de drôles de galipettes avec un bout de ficelle volé on ne savait où, mais tout à coup il se dressa droit sur ses pattes, se mit à miauler obstinément en observant la fenêtre ouverte et lança des coups de patte dans l'air comme s'il voulait attraper une mouche invisible.
— Arrête de miauler ! ordonna Winda agacée avant de s'enfouir sous les draps.
Elle aurait pu le dire en polonais, car le chat le comprenait à force d'entendre parler cette langue.
Dehors la nuit n'était pas encore tombée ; néanmoins des petites lumières commençaient à danser une à une dans la vallée.
La petite Wiwi s'endormit, le chat en boule à ses côtés.

Vers minuit elle fut réveillée par Mounet qui lui léchait gentiment la joue, mais avec insistance. Cela put paraître attendrissant, seulement...
Seulement, dehors il faisait plein jour ! Plein jour à minuit !
Winda ouvrit un œil ensommeillé et ne réalisa pas tout de suite qu'il se passait quelque chose d'anormal. Le chat se mit soudain à miauler avec un côté plaintif, alors que l'enfant enfouit sa tête sous l'oreiller pour ne plus l'entendre. Cependant, elle fut vite dérangée par Mounet qui cherchait ardemment à lui tripatouiller les cheveux. Un

chien aurait aboyé ou hurlé à la mort, mais lui faisait ce qu'il pouvait avec ce que lui avait donné Dame Nature.

Découvrant son visage pour repousser le chat gentiment, Winda constata avec stupeur qu'effectivement il était bien minuit passé et qu'il faisait jour. Bien jour même et qu'avec le soleil on aurait pu sans se tromper dire qu'il était clairement midi. Elle le voyait bien puisqu'elle n'avait pas fermé les volets !

Certes, elle venait d'apprendre les fuseaux horaires en cours de Géo à l'école et elle savait, ce qui l'émerveillait et l'intriguait en même temps, que lorsqu'il était minuit en France il était midi en Nouvelle-Zélande, du moins de l'autre côté de la planète, parce que la Nouvelle-Zélande à 8 ans... pour savoir où cela se trouvait, bref, là-bas où les gens marchaient la tête en bas sans tomber dans le ciel, comme on dit encore, mais ici ce n'était pas pareil.

Face à ce mystère d'un minuit ensoleillé, paniquée, elle prit le chat dans ses bras et courut en hurlant réveiller ses parents qui dormaient paisiblement dans leur chambre.

Ces derniers sursautèrent dans leur lit, ne comprirent d'abord rien à ce que baragouinait Winda, pensèrent qu'il y avait le feu ou qu'elle venait de faire un cauchemar, mais son père, se disant que cela faisait deux fois que sa fille lui parlait de choses bizarres dans sa chambre, finit par se lever, la laissa avec sa mère et constata avec effarement qu'effectivement il faisait grand jour dans la chambre de la fillette.

Stupéfait, mais retrouvant vite son sang-froid, car endurci par son long service militaire dans la marine et les violentes révoltes des crises politique et économique dans son pays, qui aboutirent plus tard à la naissance du syndicat Solidarnosc, de plus hermétique au surnaturel et à l'occultisme, il scruta la pièce ensoleillée, s'assura que cela ne provenait pas de l'éclairage, puis regarda par la fenêtre au cas où cela proviendrait de projecteurs ou autres sources électriques extérieures. Seulement, le père dut se rendre à l'évidence, si irrationnelle fût-elle, que dehors il faisait bien jour, certes sans aucune activité, mais un peu comme un beau et paisible dimanche après-midi.

Par réflexe de protection, il ferma les volets, mais il fut à nouveau terrassé, car dans la pièce il faisait encore jour comme si les panneaux étaient transparents !

L'écrivain Robert Choquette avait écrit : « La nuit, on voit des choses inexistantes et on y croit. »

Aurait-il eu raison ici ? Peut-être, sauf que le père de Winda n'avait absolument pas la tête à faire de la poésie ou de la dramaturgie. [24]

Là, cela commença à faire beaucoup d'étrangeté ; alors en fermant la porte derrière lui, sans se poser de questions inutiles et sans réponses immédiates, il préféra aussitôt rassurer et protéger ses « dosc wrozki (*jolies fées)* » comme il disait souvent, alla les chercher et les ramena dans le séjour avec le chat qu'avait pu récupérer Winda. Bien sûr, sa femme voulut savoir, mais il lui fit une réponse évasive pour ne pas les effrayer et leur ordonna de ne surtout pas bouger et il fonça dans toutes les autres pièces.

Partout c'était le contraire de la chambre, c'est à dire normal, il y faisait donc parfaitement nuit et par les fenêtres il y avait bien la lune sagement accrochée dans le ciel noir et dans la vallée brillaient paisiblement les petites lumières des lampadaires et quelques rares phares de voitures.

La gamine était en larmes et la mère voulut savoir la vérité, alors il lui expliqua et elle hurla de quitter cette maison.

— Fais quelque chose, Andréi ! Il y a le diable ici ! Ne pleure pas Wiwi chérie... Allons-nous-en ! cria-t-elle en serrant sa fille.

— Calmez-vous ! Mais calmez-vous, bon Dieu ! Naprawie to ! Euh... Je vais arranger ça ! lança-t-il pour les rassurer et pour lui-même aussi afin de garder sa lucidité.

---

[24] Robert Choquette, québécois (1905-1991). Extrait de : Moi, Pétrouchka : Souvenirs d'une chatte de vingt-deux ans (1980).

C'est curieux comment la langue originaire refait parfois surface dans les cas d'extrêmes émotions ! De préciser au passage que la maman de Wiwi, elle, était native de Bordeaux et donc qu'elle réagissait en français. Quant au matou... hormis le langage miaou... mais qu'importe, celui-ci avait sauté des bras de la petite Wiwi, qui avait évité de justesse ses griffes acérées, et qui se réfugia à nouveau sous un meuble. Pas téméraire le chat !

Mais quoi faire dans une situation pareille ? Il y avait de quoi rendre fou un psychiatre, intègre un homme politique véreux, rendre prêtre un athée ou l'inverse...

Par instinct de survie pour sa famille, comme pour lui-même, et avec un doute immense sur la nature de cet étrange phénomène, ni une ni deux, voire en moins de deux ou en deux temps trois mouvements, le père décida aussitôt, même s'il était tard, d'emmener tout le monde hors de la maison et d'appeler au secours après.

L'idée fut qu'ils s'habillassent vite fait et partissent pour se réfugier tous les trois plus le minou chez leurs voisins. La fillette ne put mettre qu'un gilet de la maman, car ses habits étaient dans sa chambre.

Dehors il faisait réellement nuit, mais surtout ils constatèrent, sauf le chat, que devant la fenêtre de Winda l'obscurité régnait aussi et qu'aucune lumière ne filtrait des volets, alors qu'il faisait comme jour à l'intérieur.

Andréi et sa petite famille coururent chez leurs amis les Flanders. Oui, comme les voisins d'Homer et Bart !

— Quand même on ne réveille pas des gens à minuit passé, ça s'fait pas ! aurait dit mère-grand Mona Simpson, si elle se serait trouvée là par hasard et échappée d'un épisode.

— Dohl ! Suit la suite ! Ces Flanders-là sont des couche-tard ! lui aurait répondu " Père-grand " Abraham, de sortie aussi.

Il aurait eu raison le bougre, puisque ces derniers étaient cinéphiles, jeunes retraités qui regardaient la nouvelle chaîne franco-allemande ARTE et étaient abonnés à celle privée et payante Canal Plus. Pour preuve, il y avait de la lumière chez eux.

Madame Flanders, c'était elle qui portait le pantalon chez eux. Grande, forte, l'œil vif et encore très jolie avec le cheveu soleil, mi long et frisé, elle qui gérait les comptes et prenait les décisions. Lui était de taille moyenne, presque chauve avec un petit collier de barbe. C'était un sacré bricoleur avec des doigts en or, seulement il n'avait pas inventé l'eau chaude ; il savait réparer les fuites d'eau, mais pas celles de sa tuyauterie cérébrale !

Quand les Flanders les accueillirent, ils furent évidemment très surpris de les voir à cette heure tardive avec Wiwi en pyjama et le chat dans son panier, mais surtout très inquiets, car ils sentirent que quelque chose d'effroyablement pas normal venait de se passer.
Tant pis pour le film !
Andréi essaya de leur expliquer ce qui leur arrivait, mais ils ne comprirent pas très bien l'effroyablement pas normal, alors par mesure de prudence ils appelèrent le commissariat.
Un petit remontant de derrière les fagots pour les hommes et du plus doux pour les femmes qui réconfortaient la gamine finalement traumatisée ne furent pas de trop. La maman, protectrice et maternelle, gardait sa peur en elle face à sa fille, du moins dans l'instant.

En attendant ainsi la Police, Madame Flanders, qui avait passé son enfance dans la résistante active durant la guerre et n'avait pas froid aux yeux, voulut aller voir, mais son mari s'y opposa, lui disant que c'était peut-être dangereux, que cela pouvait être les martiens.
Madame Flanders éclata de rire et lui rétorqua en hachant les mots et en imitant un robot pour détendre l'atmosphère :
— Alors, allons-y, car c'est peut-être l'occasion ou jamais pour parler avec les petits hommes verts et leur demander de quelle couleur sont les œufs de leurs poules !

Sa boutade et ses mimiques firent un peu sourire, presque rigoler Winda et ce fut toujours ça de gagner sur ce satané « effroyablement pas normal ».

Les policiers arrivèrent rapidement, se firent expliquer de quoi il s'agissait avec plus de précisions qu'au téléphone et allèrent sur place pour constater l'étrangeté avec le père de Winda et Madame Flanders. Son mari devant rester par prudence avec la mère et Wiwi.
Ils n'en crurent pas leurs yeux.

De retour chez les Flanders, l'inspecteur Balèvre, habitué par métier à garder son sang-froid, conseilla à tout le monde de rester calme, de se reposer si faire se pouvait, voire prendre quelques calmants, surtout pour la gosse, qu'il allait prévenir un professeur de science et physique qu'il connaissait et qu'il fallait attendre le lever du jour pour y voir plus clair.
Facile à dire. Quant au pléonasme sur le jour, tout le monde s'en serait passé, même le chat, seulement il n'avait pas entendu, car occupé à boire du lait dans une soucoupe.
Néanmoins, Balèvre était un solide gaillard qui n'avait d'ailleurs pas les lèvres avancées, ni ne faisait la moue comme pourrait le laisser croire son nom ; s'il avait une jolie bedaine de cinquantenaire, en tout cas il imposait le respect, voire l'obéissance et il leur assura qu'une ronde serait faite toutes les heures.
Évidemment, la petite famille resta chez les Flanders bien accueillants, mais la courte nuit se passa dans la tourmente à mal dormir, voire presque pas.

Aurait-ce été de la sorcellerie ou une « C'est bizarre » manifestation surnaturelle ou bien paraphysique ?
Les phénomènes inexplicables qui dépassent notre entendement sont un peu trop vite attribués à des interventions divines ou démoniaques, ou reléguées aux Écritures saintes, ou tout autre aspect mystique, occulte ou philanthropique servant de débarras d'incompréhensions,

ou pire encore, ficelé dans des camisoles psychiatriques, concrètes celles-ci.

Bref, quand ça nous dépasse on met ça où on peut comme ça nous arrange pour ne pas avoir à réfléchir par peur d'une malédiction, du qu'en-dira-t-on ou de l'asile.

Quant à une illogique physique, la science n'avait pas encore étudié le problème. D'autant plus qu'ici le phénomène était bien plus complexe qu'il n'y paraissait.

Le surlendemain, donc le mercredi, il fut également fait constat que ce fut l'inverse qui se produisit dans la chambre de l'enfant. Mais uniquement dans sa chambre !

Quand il faisait jour ou nuit dehors, il faisait réciproquement nuit ou jour dans la chambre et aussi en regardant par la fenêtre. Par contre, à l'extérieur le temps était conforme à la réalité et rien n'apparaissait en provenance de la pièce.

Alors comme c'était le matin ce mercredi, c'était donc le soir dans la pièce de la gamine.

Évidemment, les parents n'allèrent pas travailler et Winda n'avait pas école.

Là, avec beaucoup de professionnalisme et de perspicacité, l'inspecteur Balèvre voyant la perplexité du professeur, arrivé sur place comme convenu, fit mettre un agent de surveillance discret en permanence. Les parents seuls avaient la permission d'y aller pour leurs affaires et les Flanders offrirent leur hospitalité sans hésiter une seconde pour les héberger provisoirement, leur maison étant suffisamment grande.

Puis, Balèvre fit appeler le médecin de famille pour Winda et recommanda, en accord avec Monsieur le Maire, de ne surtout pas ébruiter le phénomène, afin d'éviter la panique générale ainsi que les curieux emmerdants et les médias gloutons, sinon c'était le vingt heures assuré à la télé et le bordel dans la commune. Pour le voisinage, Balèvre conseilla que tous optassent pour le prétexte bidon de travaux. Enfin, il insista pour aider personnellement les parents et que ces derniers devaient contacter d'urgence des spécialistes dont il leur donna quelques numéros pour traiter ce type de manifestation étrange.

Seulement, les deux soirs suivants, tout redevint normal dans la chambre de la petite Wiwi, de jour comme de nuit. Alors ils réintégrèrent leurs chez eux.

Oui, mais dans la nuit du week-end, le jour revint dans la chambre !

Au secours ! Donc retour chez les Flanders et les nerfs qui craquèrent.

Pour commencer, les parents consultèrent le plus rapidement et discrètement possible un médecin, un professeur et un pédopsychiatre pour l'enfant, mais ils ne lui trouvèrent rien d'anormal. En tout cas, aucune déficience mentale quant à un dérèglement ou l'absence de la notion du temps. Même l'hallucination, comme cela fut avancée, mais n'aurait-elle pas dû être collective ? Donc irrecevable.

Puis ils firent venir des spécialistes en tout genre, savants, scientifiques et chercheurs pour la chambre, mais niet, walou, bulle de vide, mille-pattes sans pattes et atome d'absence dans leurs diplômes de savoir réduits au b.a.-ba d'un lémurien.

Peut-être quand même enfin que presque ouf, il y eut un physicien au nom prédestiné, Monsieur Proton, qui émit l'idée que :

— La symétrie d'inversion temporelle étant assez inhabituelle, voire exceptionnelle, mais observée ici il s'agirait de façon hypothétique d'une subtile activité d'énergie négative avec sa problématique, bref, comme un miroir de la matière.

— Ha bon ! fit le père dubitatif qui venait de résumer en deux mots que cette approche était bien jolie à entendre, mais que cela ne faisait pas avancer le schmilblick.

L'inspecteur Balèvre, qui s'intéressait un peu à la physique plutôt qu'au football, tenta de leur expliquer de façon accessible :

— Voyez-vous, la matière possède son opposé : l'antimatière. Celle-ci est imagée comme un miroir, mais serait plus représentative par un gant retourné à l'envers !

Comme on lui fit remarquer qu'il causait drôlement bien, le surprenant Balèvre, très flatté, continua :

— De ce fait, voyez-vous, la science en arrive à concevoir onze dimensions de l'espace et du temps, un peu comme… voyons… comme un short à onze pattes et que peut-être, c'est une hypothèse, peut-être que chaque jambe du short serait réversible indépendamment des autres. Rassurez-vous, les chercheurs ont conscience de l'étendue de notre ignorance humaine sur ce sujet…

Il fit un silence en cherchant ses mots et reprit :

— Voyez-vous, si le monde de l'antimatière était vraiment notre monde en miroir, Monsieur le Professeur Proton – il désigna le physicien – suppose que le temps, comme une des jambes du short, soit à l'envers chez vous… ou retournée si vous voulez, mais… mais d'après ce que je comprends, Monsieur Proton ignore pourquoi et comment cela se produit uniquement dans la chambre de votre fille… et surtout seulement le soir à l'endormissement, n'est-ce pas ?

— Bravo ! le félicita le physicien, vous feriez un excellent orateur pour expliquer nos découvertes avec des mots simples !

— Merci, je ne suis qu'un simple amateur, mais, dites-moi, la capture partielle d'une vie parallèle, serait-elle envisageable ? se hasarda à demander le policier heureux de s'adresser directement à un grand chercheur.

— Ah ! Il semblerait que vous confondiez la science et la science-fiction, Inspecteur… fit Proton courtoisement.

— Et si c'était le chat habité par une sorcière tout simplement ? lança Monsieur Flanders qui n'aimait pas trop les matous.

— Le paranormal n'est pas franchement ma tasse de thé, cher Monsieur, répondit le chercheur en souriant très aimablement.

Il y eut un grand silence. Après tout pourquoi pas ? Personne n'avait pensé au chat blanc et noir !

Là aussi, c'est bien connu, le chat est reconnu dans certaines croyances et légendes pour être maléfique et revêtir le symbole de Satan.

Même que les sorcières peuvent se changer en chat neuf fois ou en prendre la forme durant leur réunion. Ou bien qu'il soit directement le représentant du diable ou qu'il amène aussi les sorcières au sabbat...

Alors Mounet aurait été et serait encore la cause de cette sorcellerie qui affectait la gamine ?

Comment le savoir, le vérifier, sinon de faire pratiquer la conjuration et le châtiment suprême par des usages barbares, afin d'éloigner le mauvais sort, tel que le bûcher ou la mise à mort à faire vomir un boucher ?

Allons, nous n'étions plus au Moyen Âge !

Les parents n'adhéraient en rien à ces absurdités et firent d'ailleurs judicieusement remarquer que chez les Flanders où ils se trouvaient, rien ne s'était produit. Alors ?

Du reste, le zjawisko (*phénomène*), comme disait Andréi dans sa langue, ne se produisait plus dans la chambre de Winda, chez elle. Curieux. À croire que cela ne se manifestait qu'en présence de la fillette et du chat.

Toutefois, afin d'en avoir le cœur net, on y emporta juste le matou, mais rien ne se passa. L'innocente bête n'était donc pas en cause.

Alors ce dernier retourna chez les Flanders et fut miaou-content de retrouver les gratouilles sur le ventre par la petite Wiwi.

Heureusement pour lui, car il ne savait pas à quoi il venait d'échapper !

Les scientifiques auraient bien voulu que le phénomène revînt pour poursuivre leurs analyses, mais cela impliquait de soumettre à nouveau la gamine à cette épreuve qui la perturbait psychiquement de plus en plus. D'ailleurs, l'hôpital n'ayant pas voulu prendre de risque vis-à-vis des autres malades, voire des appareillages en recevant ce cas étrange, elle fut placée quelques jours dans une structure médicale privée pour des compléments d'examens qui n'apportèrent pas plus de réponses.

Surtout qu'au bout de deux jours à l'hôpital le zjawisko recommença et elle fut aussitôt rapatriée encore une fois chez les Flanders, puisqu'apparemment cela ne se produisait pas chez eux.

Il fallut chercher ailleurs, mais où, quoi, qui ?

Découragés, les parents acceptèrent, en présence d'un pédopsychiatre et sous somnifère, de provoquer le zjawisko, mais à condition de transporter immédiatement et sans réveiller l'enfant chez les voisins dès le début de l'effroyablement pas normal.

Bref, il fallut réitérer trois fois la « stimulation », car après deux tentatives il en ressortit que Winda devait être seule sans autres personnes dans sa chambre… le chat n'ayant pas d'influence.

Ce qui pouvait expliquer pourquoi cela ne se produisait pas chez les Flanders, puisqu'elle dormait avec ses parents, du moins avec l'un ou l'autre.

Bien sûr, tout ce qu'il y avait dans la chambre, les meubles – surtout le lit – les vêtements, les affaires d'école et autres effets personnels, ses jouets – surtout les poupées – et tout ce qui concernait la communication dans la maison, le téléphone et évidemment l'ordinateur, tout fut analysé, même les réveils, montres, horloges, etc.

Que t'chi !

Bien sûr, on avait aussi fermé hermétiquement les volets le soir, mais le jour était quand même dans la pièce ; et toujours cet énigmatique constat de voir le jour dehors depuis la fenêtre, volets rouverts, alors qu'en sortant on se retrouvait dans le temps normal. Et la journée c'était l'inverse.

Bien sûr encore, certains avaient cherché à savoir si le zjawisko avançait ou retardait les heures.

Balpeau ! Même une télé et la radio restèrent en temps réel. Peau de balle et peau de zébie ! À moins que…

— Il paraîtrait, amorça un jour timidement le pédopsychiatre, il paraîtrait qu'il pourrait y avoir une matérialisation subliminale de la pensée, d'un rêve ou d'un cauchemar de l'enfant, ce que l'on appelle la médiumnité à incorporation… et de ce…

Là, le père mit un stop catégorique à tout ça en gueulant :

— I gówno ! Zaczynasz mnie wkurzać z całej swojej bzdury !

Le psy, pas fou, comprit à l'intonation qu'il ne s'agissait pas d'un vers de poésie romantique d'Adam Mickiewicz. [25]

Et il avait bien raison Andréi ! Ras la casquette de la science impuissante et de l'ésotérisme en-veux-tu-en-voilà !

Pourquoi pas les marabouts, les extralucides et les gourous pendant qu'on y était ?

L'inspecteur Balèvre jouant de perspicacité suggéra qu'après le méchant diable, il pourrait essayer de voir du côté du bon Dieu… à condition qu'il ne dise pas tous les gros mots comme à l'instant...

Alors, n'ayant toujours aucun résultat ni explication rationnelle, les parents de Winda sollicitèrent un prêtre ainsi qu'un exorciseur sans même penser à s'adresser à Dieu en personne, ce qui aurait semblé plus rapide.

---

[25] Traduction : « Et merde ! Vous commencez à me faire chier avec toutes vos conneries ! ».
Adam Mickiewicz : Célèbre poète polonais (1798-1855). Évidemment, la tirade du père n'a rien à voir avec le poète.

Ah ! Si seulement il avait eu une boîte aux lettres celui-là, au moins ils auraient pu lui écrire comme font les enfants pour le père Noël ! Mais non. Pas moyen de lui faire part de leurs revendications. Pfff ! C'était bien la peine de lui construire de beaux édifices, il n'était, ni n'est jamais là en chair et en os quand on a besoin de lui. D'ailleurs, pas sûr qu'il ait même aujourd'hui la solution. S'il existe !
Hérésie mise à part, ce fut nada Nénès et double rien de ce côté-là ! Pas un ion d'idée cohérente et matériellement plausible
Un toubib, sûrement fatigué de trop consulter ou aux idées bizarres, avait même demandé si la fillette n'aurait pas eu ses premières règles une semaine avant ce fameux lundi soir où tout avait commencé.
Au fou ! À huit ans ! Il pensait à des corollaires avec ces précoces transformations somatiques, psychologiques, métaboliques et hormonales.
Au fou !
Finalement, pour résumer, il en résulta de tout ceci que le zjawisko apparaissait uniquement lorsque Winda dormait deux soirs de suite au même endroit, où que cela fût dans une même pièce, n'importe laquelle ; ceci sauf à l'air libre, à la belle étoile, hors tout enclos de pierre, de bois ou tout autre matériau protecteur, car il ne s'y passait rien. Négatif aussi lorsqu'il s'agissait d'une simple sieste. De plus, ce renversement du temps disparaissait tout aussi mystérieusement après un jour et demi d'absence de l'enfant.
Il y avait vraiment de quoi rendre plus détraqués que détraqués tous les détraqués d'un hospice !
Évidemment, le phénomène déroutant avec tous ces va-et-vient commença à se savoir.
Alors la petite famille finit par déménager pour aller dans une autre région.
Avant tout, il fallut protéger la fillette fragilisée par toute cette effervescence autour d'elle, même si Winda

s'accommodait peu à peu de ce curieux handicap non répertorié dans les registres de la sécurité sociale.
Mais dans sa nouvelle maison…

Dans sa nouvelle maison… les parents avaient trouvé la meilleure solution en attendant qu'un jour peut-être que, enfin bon, il fallut bien garder espoir…
Donc, ils firent deux chambres et Winda y dormit en alternance chaque soir, un peu comme pour les pics de pollutions pour les voitures. Jamais deux fois de suite dans la même. Ainsi le zjawisko ne revenait pas. Finalement ce n'était pas con et si simple !
Les deux pièces étaient à peu près identiques comme l'agencement, l'orientation et les meubles pour ne pas perturber plus encore psychologiquement la gamine. Sauf que l'une des chambres fut tapissée en rose clair et l'autre tirant vers le fuchsia. Les portes aussi.
Et alors gnagnagna le zjawisko !
En plus, pour ne pas se tromper, il avait été installé un simple et astucieux système de contrôle d'accès et de rappel. Au-dessus de chaque porte, une lumière verte indiquait que c'était le bon jour (ou le bon soir – Bonjour, bonsoir) pour y dormir.
En cas d'erreur, pour conclure, le système verrouillait automatiquement la porte et faisait sonner le téléphone pour avertir les parents. Pas bête non plus… en attendant mieux. D'ailleurs, qu'il y ait eu du Balèvre dans l'idée n'aurait pas été surprenant.
En fait, cela lui faisait malgré tout deux petits univers à elle avec certes ces contraintes-là (quel handicap n'en a pas ?), mais s'y habituait très bien.
Pensez donc ! Avoir deux chambres pour elle dans la même maison ! Même que l'oncle Vselov qui était venu les voir, les avait baptisées très philosophiquement, l'une « Miejsce » et l'autre « Mysl », l'espace et la pensée.

Les anciens voisins Flanders étaient bien sûr venus les aider pour l'emménagement et Monsieur Flanders, qui ne loupait décidément jamais une occasion pour se taire, avait demandé :

— Pourquoi ne pas faire une chambre pour les jours pairs et l'autre pour les jours impairs, ça serait plus simple ?

— T'es vraiment un martien, toi ! s'était exclamée sa femme plutôt sur le ton de la rigolade puis d'ajouter, et les premiers qui suivent les 31 ça ne fait pas deux impairs qui se suivent peut-être ?

— Oui, t'as raison… j'y avais pas pensé !

Pour l'école, les petites copines, les nouveaux voisins, les vacances, bref le quotidien, les parents dirent simplement qu'elle avait une maladie dite orpheline. Ça voulait tout et rien dire en même temps. Les gens les respectaient, se rendaient disponibles pour les aider si besoin fut et inconsciemment donnaient un peu plus aux dons de solidarité pour les maladies rares.

Parce qu'encore une fois c'est bien connu, quand on connait un ou une enfant atteinte d'un handicap, on se sent presque coupable d'avoir des gosses normaux. C'est humain.

Le temps passa ainsi et la petite Wiwi arriva déjà à ses douze ans avec cette bizarrerie toujours prête à recommencer à la moindre inattention. Ce qui arriva malheureusement quelques très rares fois, mais permettant aussi aux chercheurs de poursuivre leurs investigations sur ce phénomène persistant et somme toute apparemment sans aucune dangerosité pour personne, sinon la gêne. Et puis ce n'était que local sans tourmenter Winda au-delà de la pièce concernée.

Même d'aller habiter dans l'un des pays du cercle polaire arctique où le soleil ne se couche jamais en été et ne se lève jamais en hiver n'y changerait rien.

Depuis, elle ne dormait jamais les volets fermés, car, le zjawisko ainsi maîtrisé, elle pouvait et aimait voir la nuit tomber et le jour se lever aux bonnes heures. Comme une vengeance secrète sur cette malchance effroyablement pas normale.

Aussi, un soir à table, Wiwi dit à ses parents que plus tard elle voudrait être savante du temps ou « fizykienne », un mélange de polonais et de français, et le gentil chat Mounet, lui, savait que ce n'était pas qu'un simple rêve d'enfant.

Alors comme aucune explication, ni aucune solution ne sembla exister, il fallut bien accepter cette bizarrerie et se préparer à ce que toute sa vie serait réglée ainsi avec sûrement quelques dérapages involontaires ou, allez savoir, si parfois elle ne s'en amuserait pas un peu.

Peut-être qu'avec l'évolution des technologies, elle trouvera d'autres méthodes plus simples pour améliorer son confort. Ou alors il faudrait demander au soleil et à la lune d'arrêter de faire de telles farces ; ce qui n'est pas gagné d'avance et pour peu qu'ils soient en cause.

FIN

C'EST BIZARRE

232

LA PIE

C'EST BIZARRE

DOMMAGE que Gars et sa fourmi Noisette n'aient pas connu Henri, car vraiment leurs vies avaient un étrange point commun. [26]

Henri avait cent quatre-vingts centimètres des baskets aux cheveux caramel, une face ovale aux phares verts et, pile au centre, un nez en pied de marmite respirant la santé de vingt-cinq ans d'âge. Il marchait sur les bords de la Vienne près de Rochechouart, commune Haute-Viennoise, au beau milieu du mois de juillet de l'an 2012.

Snif, snif ! Le mois du décès de l'ancien claviériste Jon Lord, co-fondateur du groupe Deep Purple !

Il y eut soudainement un fracassant coup de tonnerre comme si... mais non, cela n'a rien à voir avec le décès !

Henri leva le nez et vit des éclairs qui cisaillèrent le ciel.

Aïe ! Je vais me prendre la flotte ! maugréa-t-il en lui-même et en regardant alentour où s'abriter.

Il y avait un pont pas loin alors il accéléra le pas, mais juste devant lui il manqua de trébucher sur une pie inerte au milieu de la berge.

Cela tonnait de plus en plus et il commença à pleuvoir. Henri ramassa l'oiseau sans trop savoir pourquoi et cavala se protéger sous le pont.

Brusquement, ce fut un vrai déluge de pluie, alors il s'assit comme il put sur une aspérité de l'enjambement du pont de pierres. Le ciel sombre se déchirait d'éclairs et de grondements qui résonnaient de par la campagne. Toutefois l'orage paraissait n'être qu'à cinq bons kilomètres. Suffisait pour savoir de compter les secondes entre l'éclair et le tonnerre et de diviser par trois.

Il s'essuya le visage de la main et machinalement regarda l'oiseau qu'il avait posé à côté de lui en se disant de premières pensées qu'il avait dû être foudroyé. Idiot,

---

[26] Voir la nouvelle « La fourmi Noisette » de cet ouvrage.

puisque l'orage était loin. Alors tombé ? Il l'ausculta, le tâta très doucement et celui-ci eut un léger frémissement. La pie noire et blanche était vivante. Oui, vivante, peut-être blessée, mais vivante. Henri eut un souffle de soulagement, mais en y regardant de plus près, elle ne semblait que sonnée, comme mal tombée, même si cela pouvait paraître étrange pour un oiseau, à part l'oisillon qui tombe du nid.

Les trombes d'eau continuaient à pleuvoir.

Il l'enroula délicatement dans un tee-shirt qu'il avait dans son sac à dos, en laissant dépasser sa tête, son bec et une grande partie de sa longue queue de l'autre côté. Elle était vraiment groggy. Finalement, il la porta doucement jusqu'à ses genoux et posa sa main sur elle comme pour la réchauffer. Puis, nonchalamment, lui caressa légèrement la calotte et de temps à autre effleurait sa queue pour la lisser tout en regardant l'orage.

En attendant que celui-ci passât, il tripota son portable.

Au bout d'un moment l'animal commença à bouger, alors qu'il pleuvait toujours dru, même si l'orage semblait s'éloigner.

La pie se dégagea du maillot en s'agitant nerveusement. Sûr qu'elle paniquait, alors il la lâcha de peur qu'elle ne lui donnât des coups de bec et après quelques secondes elle s'envola dans la pluie. Il entendit claquer ses ailes noires et brunes et la perdit de vue en se disant qu'elle devait avoir un meilleur abri ou que son nid n'était pas loin. Peut-être que ses piots l'attendaient ?

Il eut un léger sourire d'admiration et d'apaisement de savoir qu'elle n'était pas blessée et qu'il n'avait plus rien d'autre à faire que d'attendre qu'il plût moins pour reprendre sa promenade ou carrément rentrer, car vu le ciel chargé cela risquait de durer un moment.

Subitement, aussitôt partie, la pie revint sous le pont pour s'asseoir directement sur ses genoux. Elle était toute mouillée et tremblait.

— Tiens ! Te revoilà, toi ? Tu es comme nous, tu n'aimes pas la pluie ! dit Henri à haute voix, étonné.

Il l'enveloppa à nouveau et elle eut droit à des petits bisous sur sa tête… enfin, plutôt sa calotte.

Peu de temps après et le sortant de ses pensées, une femme d'à peine une quarantaine d'années apparut sous le pont.

Elle portait un jean et un k-way bleu entrouvert qui laissait voir un chemisier saumon. Un visage rond aux yeux ambre souriait par une bouche fine qui s'harmonisait de bien-être, de légèreté, de jeunesse conservée et de fraîcheur par une longue natte châtain qui courait sur une épaule.

— Bonjour, dit-elle, ah ! Il me semblait bien avoir entendu parler !

Apparemment, elle ne semblait pas venir directement de la berge, puisqu'elle n'était pas mouillée. Henri répondit à sa salutation et la lui fit remarquer.

— J'étais à l'abri derrière le pilier, lui répondit la femme, je suis à vélo… il est à côté… Dites donc, qu'est-ce qu'il tombe !

— Ah ça oui ! On dit comme vache qui pisse, mais je crois bien que ce sont toutes celles du Limousin qui nous font une belle polyurie collective ! lança-t-il.

— Hi, hi, hi ! ici on dit quo plou gros coma lo det, qu'il tombe des cordes… Vous devez être médecin pour employer des termes médicaux ?

— Non, pas vraiment, mais tenez, venez donc vous asseoir, Madame, vous aurez les pieds au sec et serez à l'abri des courants d'air, l'invita Henri à le rejoindre, alors qu'au loin deux voitures passèrent lentement, essuie-glaces balayant à grand régime.

— Merci, je veux bien ! Je n'aime pas trop les orages…

Elle s'assit un peu plus loin et vit la tête de la pie qui dépassait du tee-shirt.

— Oh ! Mais vous avez un oiseau ?

— Oui ! Je l'ai trouvé sur la berge… c'est une pie…

— Elle est jolie, dit-elle tout en se gardant de la toucher, elle est blessée ?

— Non, répondit-il en se courbant légèrement sur la pie et en remettant bien le maillot sur le volatile, puis enchaîna, elle était comme assommée et elle a l'air d'apprécier un peu de chaleur et...

— Elle est peut-être tombée du nid...

— Je ne pense pas, elle doit avoir un an, vu que sa queue est courte et que son plumage n'est pas très brillant, quoiqu'avec la pluie...

— Dites-moi, vous avez l'air de vous y connaitre ?

— Oui, un peu, je fais des études pour être vétérinaire...

— Ha ! C'est pour ça... les animaux ça vous connait ! s'exclama-t-elle comme rassurée, et vous êtes à la clinique vétérinaire de Rochechouart ?

— Non, mais j'ai été voir, il est sympa le docteur, j'ai pu assister à une petite opération... Non, je finis mon cursus à l'ENVT, l'école nationale vétérinaire de Toulouse. En fait, je suis en vacances et ici pour deux trois jours, et vous ?

— Moi ? Disons que si je ne m'occupe pas des animaux, je serais un peu comme la véto des humains ! Je suis infirmière !

— Ah, ah, ah ! Comme c'est bien dit ! Libérale, je suppose ?

— Oui, mais là c'est mon jour de repos et je n'ai pas de chance avec cette pluie !

— Ça va passer...

— Chack-chack-chack ! jasa brusquement la pie en se dégageant du tee-shirt, mais en restant sur les genoux d'Henri.

— Eh bien ! Qu'est-ce que tu veux, toi ? demanda-t-il en lissant ses plumes.

— Chack-chack-chack !

— Elle a peut-être faim ?

— Je ne sais pas, répondit-il en caressant cette fois-ci la calotte de la pie et aussi son long bec.

— Mais vous n'avez pas peur qu'elle vous mette un coup de bec ? dit-elle en montrant l'oiseau.

— Non, pourquoi ? Hé, toi ! Tu ne vas pas me faire du mal, hein ? questionna Henri, penché sur elle.

— Yak-yak-yak ! jacassa la pie en le regardant.

— En tout cas, elle n'est pas farouche ! Vous savez comment on appelle une pie, ici ?

— Non.

— On dit agaça !

— Agaça ?

— Tché-tché-tché-tché ! Tché-tché-tché-tché ! cria fort l'oiseau qui sauta des genoux d'Henri, répéta deux fois par terre son cri devant eux, puis voleta jusqu'à l'un des deux bords de leur abri en criant à nouveau en leur direction :

— Tché-tché-tché-tché ! Tché-tché-tché-tché !

— Houlà ! réagit Henri, j'ai comme l'impression qu'elle n'apprécie pas du tout !

— Vous croyez ? Elle ne peut quand même pas comprendre ce que l'on dit ?

— Allez savoir ! Mais attendez, je vais essayer quelque chose ! Hé, la pie, la jolie pie ! Tu es mignonne la pie ! Tu reviens me voir ? l'appela-t-il en faisant juste un petit geste de la main.

— Yak-yak-yak ! jacassa la pie en sautillant vers lui.

— Ah, c'est bien la pie ! Très bien ! Et si je te dis le mot agaça, tu aimes aga…

— Tché-tché-tché-tché ! Tché-tché-tché-tché ! cria aussitôt cette fois-ci l'oiseau en repartant jusqu'au bord de leur abri.

— Ça alors ! C'est phénoménal ! commenta l'infirmière.

— Phénoménal, c'est le mot et sa réaction est sans appel !

— C'est évident ! Oh, j'ai une idée ! Je vais vous filmer pendant que vous la rappeler, c'est trop marrant ! Après je vous transfèrerai la vidéo, si vous voulez !

— Bonne idée ! Je veux bien, mais cela serait mieux si je lui donnais un nom ?

— Pourquoi ? Vous voulez la garder ?

— Non, pas particulièrement, mais comme ça, histoire de s'amuser ! Voyons, comment pourrais-je l'appeler ? s'interrogea-t-il en consultant son portable puis, ah oui, voilà ! Pica... c'est le nom latin ! Pica, c'est joli, vous ne trouvez pas ?,

— Oh oui, c'est très bien ! approuva l'infirmière en préparant son mobile, s'écartant un peu en face pour avoir un plan moyen et surtout le son.

Alors ce fut comme : « Silence ! On tourne ! Séquence 1, première prise ! Action ! ».

— Hé, la pie ! l'interpela le futur véto, tu n'aimes toujours pas le mot agaça ?

— Tché-tché-tché-tché ! Tché-tché-tché-tché ! cria aussitôt l'oiseau en partant ce coup-ci à l'opposé du sous-pont, passant entre eux et répétant son incontestable désapprobation.

— Tché-tché-tché-tché ! Tché-tché-tché-tché !

— Mais non, la pie, je te taquine, nous t'avons trouvé un joli nom, celui de Pica ! Tu aimes le nom Pica ?

— Yak-yak-yak ! jacassa alors la pie en sautillant vers lui.

— Bravo Pica ! Bravo ! Tu es superbe ! ne put s'empêcher l'infirmière de la féliciter.

— Yak-yak-yak ! fit la pie en se tournant vers elle comme pour la remercier.

— Allez Pica, viens sur mes genoux ! enchaîna Henri en tapant sur ses cuisses. Et après un petit vol en rase-motte sous le pont, l'oiseau alla s'y poser en douceur.

— Oh ! Remarquable ! Quelle démonstration de domptage ! s'exclama l'infirmière, tu me fais un petit coucou, Pica ?

— Chack-chack-chack ! Chack-chack-chack !

Alors l'infirmière zooma l'oiseau dans sa vocalise pour un joli plan final et ce fut comme ce que l'on entend sur un plateau de tournage : « Coupez ! ». Sauf que là ce fut, ce qui revenait au même : « Et voilà ! Dans la boîte ! ».

***

Après qu'elle lui ait envoyé le film et un selfie de tous les deux avec le corvidé, pour le souvenir, ils discutèrent encore dix minutes de tout et de rien. Ce fut ainsi qu'il apprit qu'elle s'appelait Isabelle et travaillait dans un cabinet à Rochechouart, mais qu'elle et son mari envisageaient de déménager. Enfin, pour l'anecdote, il lui précisa que pica, outre le mot latin, était le nom de la maladie de ceux qui mangent n'importe quoi comme de la terre, du sable, de la craie ou du papier,

— Il y en a qui mange ça ? s'étonna Isabelle en grimaçant.

— Faut croire...

— Beurk !

— Ah, ah, ah ! En fait c'est comme les pies qui ont tendance à manger tout ce qui se présente ! N'est-ce pas Pica ?

L'oiseau ne bougea pas d'une plume. Sans doute par indifférence ou orgueil.

Et puis comme on dit, après la pluie, le beau temps. D'ailleurs, le proverbe se vérifia par le propre sens de ses mots, car l'orage passa et le soleil perça timidement.

Ils descendirent de leur perchoir après qu'il eut posé délicatement la pie sur un rebord, se saluèrent très amicalement, puis Isabelle alla chercher son vélo et réapparut. Sur le porte-bagages, il y avait un cageot avec des provisions d'un marché ou d'une ferme. Ensuite elle le salua à nouveau et emprunta à cent mètres une petite bretelle goudronnée reliant la route du pont.

Ils se firent de derniers coucous de la main.

Henri remit son sac à dos et alla dire au revoir à la pie qui lui fit des « Chack-chack-chack ! » comme pour le remercier encore de l'avoir ramassée sous l'orage.

Il fit à peine trois mètres au sortir du sous-pont que la pie vint se poser juste devant lui en poussant de claquants « Yak-yak-yak ! Yak-yak-yak ! ».

Il s'arrêta et s'accroupit :

— Mais qu'est-ce que tu veux, Pîca ? Tu as faim ? lui demanda-t-il, seulement l'oiseau resta muet.

— Tu veux rester près de moi ?

— Yak... yak... yak ! cageola plus lentement la pie d'un ton presque plaintif.

— Bon ! Je vois ! Et bien on s'arrangera, chère Pica ! capitula-t-il en lui tendant les mains.

— Yak-yak ! Yak-yak ! jacassa la pie apparemment toute contente qui voleta un instant devant lui, mais qui, en venant pour se réfugier dans ses mains, s'effondra d'un coup comme une masse sur la berge détrempée à un mètre de ses pieds.

— Pica ! Pica ! cria-t-il en la ramassant aussitôt. Elle était vivante, mais sonnée comme auparavant et il se demanda à nouveau pourquoi un oiseau tombait comme ça, sans raison apparente ? Mystère ! Un malaise ? Mystère aussi !

Alors il la porta au sec sous le pont, l'essuya, l'enveloppa dans son tee-shirt, puis, calant l'oiseau dans ses bras, partit d'un pas ferme vers le village où il avait laissé sa voiture pour emmener Pica chez le véto à Rochechouart

Au bout de cent mètres, tout en marchant et en pensant qu'il faudrait un carton pour mieux protéger l'oiseau, il sentit que Pica commença à bouger en poussant comme des rauques. Inquiet, il s'accroupit aussitôt et enleva rapidement son tee-shirt qui ceignait le volatile. Et là, ce fut la stupeur.

Ce n'était plus une pie ! Pica n'était plus une pie noire et au ventral blanc ! Elle était devenue une colombe toute blanche ou une tourterelle, ce qui était la même chose ! À la différence qu'elle était de la taille d'une pie.

— Ça alors ! Qu'est-ce qui s'est passé ? Je rêve ou quoi ? s'interloqua Henri en se frottant les yeux,

Mais rien n'y fit, même de se dire qu'il n'était pourtant pas magicien, c'était bien une colombe qu'il tenait dans les mains. Elle était belle. Très belle. Incroyable !

— Pica ! C'est bien toi, la pie Pica ! lui demanda-t-il bien inutilement, puisque le volatile était contre lui, mais en la prenant quand même à bout de bras et la mettant face à lui.

— Rrrou ! Rrrou ! fit-elle comme toute colombe ferait.

— Oui, Rrrou, Rrrou si tu veux, mais cela ne m'aide pas des masses ! Attends voir, bel oiseau mystérieux, et si je te dis agaça, hein ? Agaça !

— Courouk ! Courouk ! Courouk ! criailla l'animal, même si une colombe ne criaille pas comme un paon, mais là manifestement elle était contrariée, voire passablement courroucée, d'où les « Courouk », car elle s'agita très nerveusement entre ses mains.

— Houlà ! Calme-toi ! Calme-toi, Pica, la réconforta Henri en la caressant et d'ajouter, excuse-moi ma belle, mais au moins je sais que c'est bien toi et je te promets que je ne t'embêterai plus avec ce mot, finit-il en l'embrassant sur la calotte.

— Rrrou ! Rrrou ! roucoula-t-elle pas rancunière, la tête dans son jabot et en se frottant contre lui.

— Sacrée Pica, mais toi aussi tu m'en fais de drôles de frayeurs, tu sais ! conclut-il.

— Rrrou ! Rrrou !

Ceci étant, ça toupilla vite dans son coffre à synapses, car comment une pie avait-elle pu se transformer en colombe, puisqu'une colombe n'était pas du tout de la même famille d'oiseaux que les pies ? Pas besoin d'avoir fait tout le cursus vétérinaire pour savoir ça !

Il y en avait bien des mutations dans le monde animal, comme les papillons, les abeilles, les grenouilles et d'autres espèces encore, tels que crustacés, mollusques ou certains poissons, sans oublier quelques légendes, mais là, un oiseau subir ainsi un pareil changement morpho-anatomique et physiologique, non, il n'en avait jamais entendu parler. Pour autant que cela paraissait étrange, voire surnaturel, il n'y accorda ni n'y vit aucun symbolisme culturel ou mystique non plus. Pour quelle raison d'ailleurs ? Malgré cela, il leva la tête et regarda en direction d'Isabelle qu'il ne voyait plus, cachée par un dénivellement de la route. Mais étant plutôt d'esprit scientifique, il sourit, se disant qu'il avait passé l'âge de croire aux contes de fées et à la sorcellerie, aux histoires enfantines merveilleuses ou à la magie. Alors il chassa ce doute, car il en était persuadé, l'infirmière n'avait rien d'une sorcière, n'avait pas touché l'oiseau et qu'une fois partie, Pica était encore pie quand il l'avait prise dans ses bras. La rappeler pour lui dire ce qui venait de se passer ? Pas sûr qu'elle le prît au sérieux et qu'elle fît demi-tour, pensant que ce fût plutôt pour de la drague et pas de temps à perdre avec des marivaudages. D'ailleurs, comment convaincre quelqu'un quand on est soi-même perplexe ? Alors, faute de choix et d'explication, il se contenta de constater le fait. Pica s'était bien métamorphosée en colombe dans ses mains.

Néanmoins, dans l'ambiguïté de ce mystère, il vérifia si elle n'était pas baguée, au cas où elle aurait appartenu à un club de colombophilie, mais rien. Bizarre.

Plus tard, Isabelle le contactera par curiosité afin de savoir s'il avait gardé l'oiseau. Henri, toujours en proie avec sa confrontation de lui divulguer ou non la métamorphose, finalement, presque avec regret, mais pour rester logique avec lui-même, lui répondra que la pie s'était envolée aussi vite qu'elle était venue.

Délicatement il la posa au sol. Elle tenait sur ses pattes et vint même lui faire comme des petites bises avec son bec dans la paume de sa main en roucoulant des « Rrrou, Rrrou ! Rrrou, Rrrou ! ».

En échange de cet émouvant témoignage, il la caressa longuement et avait envie de lui parler encore, de lui demander pourquoi ? Comment ? Mais il savait bien qu'il n'aurait aucune réponse venant d'elle. Quand brusquement, la colombe s'ébroua, roucoula à nouveau, déploya ses jolies ailes et puis s'envola majestueusement avec sa queue blanche en éventail vers un bois pas loin. Splendide.

— Hey ! Tu vas où ?

— Rrrou ! Rrrou ! fit-elle comme si elle lui disait au revoir.

— Bon, et bien adieu Pica ! Adieu ! Bonne chance à toi ! lui cria-t-il ému, la gorge serrée et la larme à l'œil.

— Rrrou ! Rrrou ! entendit-il au loin.

Il resta longtemps figé, interdit, à observer le bois, là-bas, oui, bouleversé par ce qui venait d'arriver, et, le temps de recouvrer ses esprits, Henri reprit sa route le cœur léger malgré tout d'avoir sauvé un oiseau. Et quel oiseau !

Toutefois, il restait quand même interrogatif sur cette transformation, mais se dit que la nature et les animaux avaient encore bien des mystères inconnus à nos yeux, nous réservaient et nous réserverons toujours de telles surprises toutes aussi extraordinaires. Et avec cette réflexion d'émerveillement, son pas devint en cet instant comme fait de semelles de nuages.

***

Soudain, à peine après une poignée de minutes, il vit la colombe qui fonça sur lui et vint se poser avec grâce sur son épaule. Elle mit sa tête contre son oreille et roucoula doucement. Il supposa à nouveau que ce furent des mots sucrés, mais il ne connaissait pas le verbiage colombidés.

Il la caressa et elle continua de gazouiller dans son oreille. Certes, c'était très touchant et fantastique, mais il se dit qu'il n'allait pas rester comme ça avec une colombe sur l'épaule !

« *Qu'est-ce que je vais en faire et puis si je l'emmène chez le véto, qu'est-ce je vais raconter ? Que s'était une pie ? Qu'elle s'est transformée ? Lui parler de ses malaises devant probablement être les symptômes précurseurs de sa mutation, alors que présentement elle se porte bien ? Je vais plutôt passer pour un fanfaron, surtout que je l'ai vu hier le toubib !* » pensa-t-il en reprenant sa marche.

En réfléchissant, il pianota son mobile pour avoir plus d'infos sur le volatile. Ce qu'il apprit, et que lui confirmeront plus tard les bouquins spécialisés qu'il consultera à la bibliothèque de son école vétérinaire et d'un prof, sur photo, en taisant la transformation, fut que Pica n'était pas devenue une pie blanche, dite leucique, à la rétine normale, et encore moins une albinos aux yeux rouges. D'ailleurs, encore une fois, pour quelle raison, puisque ces pigmentations blanches du plumage sont toujours de naissance ?

Non, il s'agissait bien d'un pigeon biset blanc, type Columba livia, ou pigeon paon disposant d'un sens de l'orientation très développé comme on en utilisait pour les lâchers de colombes qui savaient parfaitement retrouver leurs pigeonniers. Mais là, il ne pouvait en aucun cas s'agir d'un oiseau d'élevage. Bref, une colombe classique, et non pas celle domestique, très répandue et servant d'oiseau ornemental dans les parcs et jardins. Oui, classique, enfin, classique, en faisant abstraction de son inexplicable et sensationnelle métamorphose !

Certes, c'était très instructif tout cela, mais Henri demeurait confronté, d'une part, à l'aspect extraordinaire des faits et, d'autre part, à son ambiguïté comme des contraintes et des soucis que cela pouvait engendrer. Il posa Pica sur un rebord de pierres longeant la berge et délimitant un champ en surplomb :

— Tu sais, Pica, je t'aime bien, et puis ta transformation m'intrigue énormément, mais je ne suis pas ornithologue ni suffisamment scientifique, juste un futur vétérinaire, du moins je l'espère, seulement si je t'emmène chez des spécialistes, pour peu que l'on me croie, tu risques de passer toute une batterie d'examens pas forcément réjouissants...

— Rrrou ! Rrrou !

— Mouais ! Je ne sais pas pourquoi je te dis tout ça, tu l'ignores... En fait, c'est plutôt pour moi, pour mettre de l'ordre dans mes pensées... Écoute, Pica, je ne sais vraiment pas quoi faire de toi...

— Rrrou ! Rrrou !

— Oui, Rrrou, Rrrou, je sais, c'est mignon, seulement je ne peux pas t'emmener avec moi, Pica, j'habite loin, en ville dans un appartement ! La journée je suis en cours et puis surtout la ville; c'est pollué, tu ne supporteras pas toutes les particules de plomb, de cadmium et de zinc nocives pour toi (il venait de le lire sur Internet), ni la pollution des voitures et des usines ! Non, franchement, je crois que tu es mille fois mieux ici à la campagne où la vie pour toi est plus saine… et près des tiens…

— Rrrou ! Rrrou ! fit à nouveau l'oiseau qui se mit à voleter autour de lui pour venir se poser sur son épaule en gémissant cette fois de lents Rrrou… Rrrou… Rrrou… Rrrou… Deux, trois fois ainsi avec toujours autant de légèreté et de beauté.

Il souffla, résigné ou plutôt succombant sous le charme comme à la particularité et l'intensité de la situation ; bref, piqué à nouveau plein cœur et raison, il comprit qu'il n'avait guère le choix de faire avec pour l'instant et qu'il verrait plus tard.

— D'accord, Pica, je t'emmène !
Ainsi décidé, cette fois-ci définitivement, le voilà qu'il repartit avec sa copine Pica près de son oreille.

— Rrrou ! Rrrou !
Il eut l'impression d'être le porteur de la paix, de la pureté et de la douceur. Cela lui parut léger et lourd à la fois à porter ce symbole, cet emblème, sans pourtant vénérer quoique ce fût.
Puis en marchant, il lui demanda :

— Pica, dis-moi, est-ce que tu comprends vraiment tout ce que je dis ?

— Rrrou ! Rrrou !

— Hum ! Merci, me voilà ben avancé ! dit-il amusé en cherchant quelque chose de plus déterminant :

— Tu peux me chercher… une… une brindille ?
L'oiseau s'envola aussitôt vers un arbre à proximité et revint sur son épaule avec une brindille dans le bec. D'autres y auraient vu comme un rameau d'olivier. Henri, non. Il voyait une brindille dans le bec d'une colombe.

C'était tout. D'ailleurs, il fut davantage sidéré, car il répéta l'expérience à plusieurs reprises avec une feuille comme une écorce et que le volatile lui obéissait.

Sans chercher à comprendre ce qui sans doute était inexplicable, il la prit délicatement, l'embrassa sur la tête et reprit sa route.

— Rrrou ! Rrrou ! faisait la colombe doucereusement sur son épaule et en se balançant au rythme du pas d'Henri.

Pendant toute la durée du chemin, il lui causa et quand il arriva au village pour récupérer sa voiture, certains passants souriaient gentiment en le croisant avec sa colombe sur l'épaule. Lui se foutait éperdument de passer pour un excentrique. De toute façon, comme il jugea qu'il valait mieux ne pas se rendre à la clinique vétérinaire, sinon de paraître ridicule et au risque que cela s'ébruite à son école toulousaine via le véto, il décida de faire quelques courses. Ne pouvant pas rentrer dans le magasin principal avec l'oiseau, il le posa sur un muret à proximité de l'entrée. Bien sûr, il lui acheta des graines et prit aussi un carton vide en vue de lui faire un éventuel pigeonnier de fortune. Seulement l'auberge où il finissait ses congés accepterait-elle cet hôte singulier ?

Quand Henri sortit du magasin et qu'il la retrouva, Pica avait une nouvelle brindille dans le bec et sauta encore sur son épaule avec majesté.

Il était clair qu'elle ne voulait plus le quitter. Tant de questions seraient à formuler, mais à quoi bon ? D'ailleurs, qui aurait réellement la ou les réponses ?

Alors hop ! En voiture Pica !

Devant l'auberge, il s'en doutait, il rencontra le même problème pour y entrer avec l'oiseau. Réfléchissant vite et bien, il le déposa avec quelques caresses dans un parterre gazonné en face de l'hôtel. Puis, une fois dans sa chambre, il l'appela par la fenêtre et, extase, elle le rejoignit.

Il comprit qu'il ne pouvait faire autrement que de la ramener chez lui à Toulouse, et tant pis pour les contraintes du voyage. Une cage ferait l'affaire. Du reste, cela ne pouvait gêner personne, puisqu'il vivait seul. Enfin, il comptait bien fonder un foyer avec Flo, mais elle était encore chez ses parents.

***

Court passage dans le Limousin fini, du moins de retour chez lui dans son deux pièces, Henri lui fabriqua et lui installa sur le balcon fleuri un nichoir en bois comme il se devait.

Malgré toute sa bienveillance, elle sembla préférer l'intérieur. Alors la fenêtre principale restait jour et nuit ouverte pour que Pica pût sortir quand bon lui sembla. Elle revenait toujours et même dormait parfois avec lui, enfin dans un petit abri près du lit.

L'odeur d'une colombe ? Et les humains sentent-ils tous bon ? Leurs parfums et désodorisants, parfois utilisés à outrance pour en devenir nauséabonds, ne cachent-ils pas leur odeur animale ?

Ses plumes ? Pas plus que les poils d'un chien ou d'un chat. Quant à ses fientes, grâce oblige, Pica prenait soin de les faire dehors.

Quand il rentrait à la maison, si elle ne l'avait pas rejoint, toujours elle arrivait, revenant d'il ne savait où. Ceci à n'importe quelle heure, comme si Pica connaissait son planning ou le guettait au loin. D'ailleurs, si elle ne l'accompagnait pas lorsqu'il sortait, elle devait le suivre depuis les airs, car souvent elle le rejoignait au sortir de l'école vétérinaire ; mais seulement quand il se retrouvait plus ou moins seul, loin de la cohue, essentiellement avec Flo, étudiante à l'ENVT également. De plus, lorsqu'Henri présenta pour la première fois Pica à son amoureuse, la colombe roucoula, puis, pareil à un conte de fées, s'envola pour revenir majestueusement deux minutes après avec une marguerite en son bec comme pacte d'amitié. Flo, tout émerveillée et émue, n'en revint pas que telle initiative de la part d'un oiseau fut possible.

Néanmoins, que l'ordre ait été insufflé discrètement par Henri n'aurait pas été impossible...

Sinon, parfois, Pica le regardait manger perchée à juste hauteur.

Parfois elle roucoulait doucement, sans doute sa façon de lui dire comme des mots d'amour, mais en langue oiseau.

Parfois elle dormait sereine sur le dossier du canapé, se sentant en toute sécurité... peut-être et sûrement se sachant aimée aussi...

Au début, les copains et les copines se moquaient ou le charriaient chez lui de son originalité. Pourtant personne ne faisait de mal à Pica, toutes et tous en fait étaient plutôt intrigués et épatés d'un tel attachement entre l'oiseau et leur pote Henri, qui se gardait bien de tourner la chose au numéro de cirque en lui donnant des ordres. Oh que non ! Top secret ! Puis ils s'y habituèrent et Pica aussi. Les filles surtout trouvaient que cela lui donnait plus un côté tendresse et poète. C'était flatteur.

Peut-être l'auraient-elles dragué pour ça, mais chasse gardée, car il y avait Flo.

D'ailleurs Flo ou Florence, sa compagne, était une femme à l'esprit vif, souriante, décidée et assidue dans tout ce qu'elle entreprenait, douée pour les études, mais sachant rire de tout, surtout d'elle-même, de taille moyenne, le cheveu long, châtain et frisé, la prunelle verte, elle dégageait beaucoup de fraîcheur, de simplicité et avait de la répartie basée sur une excellente culture générale. Elle accepta l'oiseau de suite, s'y attacha, et réciproquement, comme si c'était un animal domestique et n'était pas jalouse de ce partage d'amour. Aussi lorsqu'ils faisaient de gros câlins, Pica, comme par respect et discrétion, s'absentait.

Ainsi les jours, les semaines, les mois coulèrent et roucoulèrent heureux.

***

Au cours de cette dernière année d'études, Flo s'installa chez Henri et ils obtinrent tous les deux leurs diplômes, elle dans le domaine des animaux de compagnie, dit canin, lui concernant le rural. Bien sûr, pour acquérir la pratique et de l'expérience, ils se formèrent durant deux ans comme assistants chez des vétos correspondants à leurs spécialités et ce tous deux en périphérie de Cahors. Ce qui nécessita de déménager et leur permit de prendre un logement plus grand. Ayant des parents aisés et influents, fille de sénateur et fils de banquier, l'argent comme les démarches et les accessibilités diverses n'avaient pas été un obstacle pour leurs études et le reste, les bienheureux. Pour tout avouer, Flo était de Cahors et les vétos des amis de papa Flo. Ça aide, forcément. Lui, Henri, était de Mont-de-Marsan. Mais ceci, surtout leurs diplômes, sans leur retirer toute l'assiduité, la passion, l'acharnement et les compétences dont ils firent preuve tout ce temps d'apprentissage, au long duquel beaucoup jetèrent l'éponge, tant c'était et restera difficile. Oui, cent fois oui, leurs diplômes ils les avaient obtenus à équivalence de sueur méritante des autres lauréats, même de celles et ceux issus de familles plus modestes. D'ailleurs, certaines et certains de ces derniers avaient bénéficié, sans compensation aucune, de la bonté, de l'entraide, des encouragements dans les coups de blues et de la solidarité des deux tourtereaux qui, selon l'urgence, les avaient spontanément dépannés un peu financièrement, ceci gracieusement, pour le logement, la voiture, l'ordi ou la bouffe. Et finalement au fil du temps, avec le partage des bons moments comme des galères inhérentes aux études, quelques soutenus devinrent leurs amis, loyaux et non profiteurs, de celles et ceux qui se comptent sur une main.

À propos de tourtereaux, donc forcément d'oiseaux par homonymie, Pica était toujours là, près d'eux, sa place bien au chaud dans leurs cœurs, mais peut-être un chouia plus avec lui à le suivre et l'attendre. En fait, elle était presque plus fidèle qu'un chien et câline qu'un chat ; disons d'une autre façon.

Bien sûr, tout au début, Henri avait raconté à Flo, et à elle seule, la métamorphose de l'oiseau. Elle lui avait arboré son plus beau sourire, croyant que cela avait été pour la séduire davantage, l'épater ou la faire rire, ce qui revenait à peu près au même. Seulement, lorsqu'il lui avait montré la vidéo filmée par Isabelle, elle avait eu un doute, non pas d'une infidélité de son amoureux avec l'infirmière, car elle le savait loyal, mais pour Pica, puisqu'elle avait déjà vu la colombe pousser des « Courouk ! Courouk ! » aux gestuels semblables de mécontentement qu'avec les fameux « Tché-tché-tché-tché ! » de la pie sur la vidéo. Et puis, ayant nécessairement approfondi et élargi leurs connaissances animales en matières biologique, anatomique et scientifique, bases minimales indispensables de savoirs et d'intérêts pour accéder ne serait-ce qu'au concours d'entrée des écoles, ceci en plus des domaines incontournables, tels que physiologiques, médicaux, comportementaux et autres du cursus, il s'avéra, après l'opportunité d'un examen incognito, que la colombe possédait étrangement certaines caractéristiques internes d'une pie.

En effet, un scanner et une IRM du volatile endormi avaient montré de façon irréfutable quelques viscères et un cerveau communément attribués aux pies. Et là, Flo n'avait plus eu de doute sur ce que lui avait affirmé Henri. Elle lui avait quand même demandé :

— Mais cette infirmière, elle l'a vue se transformer ?

— Mais non, je te l'ai dit, cela s'est passé après son départ !

— Ah oui ! Dis, si ça se trouve c'est une sorcière et elle a jeté un sort programmé sur la pie sans que tu l'aies vu !

— Ah, ah, ah ! Un sort programmé ! Qu'est-ce que tu me chantes ! Mais non, les infirmières ne sont pas des sorcières, ce sont plutôt des fées !

— C'est vrai... mais tu sais bien que je plaisantais...

Néanmoins, plus superstitieuse et croyante que lui, elle y avait vu comme le symbole sacré de leur union et de leur bonheur, bref, leur ange gardien. Ce qui ce coup-ci et à son tour avait fait sourire son compagnon.

En dehors de cet aspect mystique invérifiable au scanner ou autre imagerie ou détecteur sophistiqué, Pica aurait immanquablement suscité l'immense intérêt de pléthore d'ornithologues, voire phylogénéticiens ou scientifiques pour étudier le spécimen. Mais non, pas touche, les amoureux gardèrent ce secret pour eux, d'autant plus que cela n'était pas un bouleversement majeur mettant en péril notre civilisation ou le règne animal. D'autre part, ils craignaient que la divulgation de cet évènement avec l'inévitable surmédiatisation du phénomène dans leur corporation et le public ne vienne perturber leur début de carrière en duo dans un cabinet qu'ils comptaient ouvrir.

À leurs yeux, l'image d'Henri et sa colombe sur l'épaule devait suffire à rassurer leur future clientèle, entre autres promotions de marketing pour l'ouverture, ceci sans avoir à claironner l'exceptionnelle métamorphose pouvant être interprétée comme du charlatanisme guère favorable pour se forger une sérieuse réputation.

Afin de couper court à toute discussion de curieux, voire de jaloux, connaisseurs ou néophytes, ils convinrent de toujours raconter que l'oiseau était une espèce rare, de corpulence plus prononcée, apparemment non répertoriée, mais cousine de celle de Grenade des Caraïbes, cadeau d'un vieil ami de la famille d'Henri et trouvé par hasard sur un marché brésilien lors d'un voyage. L'explication émanant en plus de vétérinaires, cela calmait rapidement le scepticisme et l'indiscrétion de certains.

Pica, quant à elle, loin de toutes ces considérations purement humaines, se satisfaisait de sa condition de vie. Choyée, nourrie, logée, libre comme un battement d'ailes, aimée, respectée, protégée, bref, elle menait une vie de princesse. Mais elle savait en miroir leur rendre cette affection par de petits gestes pour le moins surprenants pour un oiseau, ceci exclusivement en privé, comme si elle avait pris conscience, aussi bien pour elle, de l'importance de conserver le secret de son incroyable bouleversement et de son heureux sort. Gestes et attitudes, survenant de temps à autre, tels que d'offrir une fleur à Flo, trouvée ou bien, puisqu'ayant des gènes de pie, volée on ne savait où, sûrement dans un champ, un parc, un jardin privé ou sur l'étal d'un fleuriste ; de lui apporter le matin un des rubans que Madame portait fréquemment pour tenir ses cheveux ; idem pour les chaussettes à Henri quand celles-ci étaient encore restées, souvent volontairement, sur le séchoir ; de leur amener, quand l'un ou l'autre lui demandait, plus pour la contenter que par nécessité, un crayon ou différent objet léger, facile à prendre, même laissé dans une pièce voisine ; de s'installer sagement à mi-hauteur de façon à voir l'écran de l'ordi ou de la télé. Mais là, de ses yeux binoculaires, bruns, avec un liseré jaune, brillants, énergiques, intelligents, pétillants, toujours sur le qui-vive, signes d'un oiseau en bonne santé, bien malin, même véto ou colombophile averti, qui pouvait dire ce qu'elle percevait et surtout comprenait et interprétait ? Tout cela sans que Pica ne leur apportât dans la vie plus de chance ou de réussite que les autres animaux qu'ils côtoyaient, comme certains crédules ou fétichistes auraient pu le penser. Même Flo, légèrement superstitieuse, ne le concevait pas.

Non. Le bonheur. Simplement le bonheur sans chercher à comprendre ou expliquer la raison et la réalité d'un tel amour… comme avec bon nombre d'animaux, du reste.

Le bonheur. C'était tout. Et c'était déjà beaucoup.

Henri la prenait en photo et la filmait sous tous les angles, mais sans exagération ni obsession non plus. Si elle était en quelque sorte la mascotte de leur union, ils avaient encore beaucoup d'amour à partager, à donner comme à recevoir avec nombre d'animaux, petits, adultes ou âgés, de par leur métier, sans parler des proches homo sapiens, petits, adultes ou âgés aussi.

***

Les années passèrent. Au début, après des travaux de rénovation et de modernisation, ils avaient ouvert leur cabinet sur Montauban, reprise d'un confrère partant à la retraite avec récupération de sa clientèle. C'était un cabinet médico-chirurgical, une bâtisse cossue où ils habitaient avec un grand terrain et un espace garderie. Au fil du temps, cela nécessita du personnel pour le ménage, la cuisine, une secrétaire et deux assistantes.

Leur affaire, au bout de dix ans, tournait très bien, autant en canin qu'en rural, sans désavantager plus qu'auparavant avec leur prédécesseur la concurrence locale, avec qui ils entretenaient une intelligente collaboration, car il y avait du travail pour tout le monde.

La petite famille s'était agrandie avec un nounours de chien, un bouvier des Flandres, et un miaou de gouttière, blanc et beige ; ils avaient grandi ensemble et régulièrement dormaient blottis avec, bien évidemment, la reine Pica, toujours là. Ceci pour de belles photos émouvantes ou amusantes avec des postures insolites, indifféremment à deux ou trois.

Mais le plus important, incontestablement, ce furent leurs enfants ; deux jolies gamines pleines d'énergie, Fleurine, 7 ans, et Annabelle, 5 ans. Toutes deux, le cheveu châtain et frisé comme la maman, n'avaient pas besoin de passer des tests de paternité, les gènes ayant fait un savant mélange de leurs procréateurs, tant pour le faciès que pour le physique. Avec des ailes blanches, cela n'aurait pas fait des anges, mais bien deux colombes de plus, car Pica était devenue leur grande copine. Le chien et le matou aussi, bien sûr, seulement l'oiseau pouvait les suivre et les rejoindre là où elles se trouvaient.

Pour preuve, le volatile intervint à plusieurs reprises pour leur porter secours individuellement lorsque des chamailleries ou des bousculades commencèrent à tourner mal ; ceci en cour de récré comme à l'extérieur de l'école.

Effet de surprise garanti à chaque fois, car Pica déboulait d'un coup devant le visage de l'agresseur en poussant des « Courouk ! Courouk ! » agressifs tout en battant des ailes. Et le provocateur ou la provocatrice avait beau battre à son tour des mains dans tous les sens pour protéger ses yeux et chasser l'oiseau, celui-ci était très vif et faisait des écarts fulgurants pour mieux revenir à la charge. Mais cela ne durait pas bien longtemps, la peur d'être blessé, ou blessée, prenait généralement le dessus.

Seuls deux parents vinrent se plaindre aimablement de la dangerosité auprès du vétérinaire, les autres enfants, un petit querelleur et une belliqueuse, le premier peu fier d'avoir été rembarré par une colombe préféra ne pas se vanter ; la seconde accusa lâchement et bêtement de responsable l'oiseau, qui n'était pas un vautour, et l'une des fillettes, Fleurine, toujours reconnue sérieuse et sage par le corps enseignant et les autres parents.

Finalement, à chaque fois, en personnes intelligentes et à l'esprit constructif, étant donné qu'il n'y avait pas eu de blessés, il en ressortit que l'on ne pouvait pas empêcher un oiseau de voler, sinon de le mettre en cage, tout comme un chien d'aboyer, sinon de le museler et alors à quoi bon avoir des animaux, mais plutôt de s'orienter vers le recadrage de certains enfants pour qu'ils s'assagissent et pour d'autres de s'affirmer pour mieux se défendre.

Heureusement les réseaux sociaux ne s'emparèrent pas du fait divers, sinon pour sûr l'histoire serait passée au 20 heures, voire en boucle sur une chaîne connue, alors que le débat était local et résolu.

Une autre fois, ce fut Pica qui eut besoin d'être secourue. À croire qu'elle savait où se trouvait chaque membre de la petite famille, non pas pour les épier ou les déranger, plutôt pour se rassurer et s'occuper, puisqu'un jour en milieu d'après-midi elle rejoignit Henri dans une ferme où il terminait les soins d'un bobo sur une vache.

Cette dernière, au bas d'un champ, s'était empêtrée, on ne sut pas trop comment, dans un amas de pierres et avait percuté une vieille citerne d'eau abandonnée, se blessant jusqu'au sang sur un flanc. Rien de cassé, mais Henri avait été contacté, était accouru aussitôt pour les soins et aider le fermier et son fils pour ramener la vache meurtrie, debout et attachée, sur une remorque-plateau tractée jusqu'à l'étable.

Ce fut là, un peu plus tard, que l'oiseau se posa difficilement dans l'embrasure de l'étable où se trouvait le fermier à proximité, Henri étant au fond.

— Henri ! On a la visite de ta p'tite Blanche-Neige (comme se plaisait à dire Jean-Charles, un grand gaillard frisant la cinquantaine) ! Oh, mais putain ! s'exclama-t-il tout en s'approchant d'elle, on dirait qu'elle est blessée elle aussi !

— T'es sûr ?

— Viens voir !

— J'arrive ! J'ai fini mon pansement !

Henri se redressa, tapota le dos du bovin, puis lui caressa sa grosse tête en lui disant :

— Alors Tulipe, tu te sens mieux maintenant ? Tu sais que tu es la plus belle ? Tu es forte, tu seras bientôt guérie !

— Meuuuuuuh ! sembla le remercier Tulipe.

— Oui, meuh aussi… Sois sage…

Il rejoignit Jean-Charles accroupi devant Pica qui poussait des roucoulements plaintifs. Il la saisit délicatement et la posa sur un établi pour l'ausculter.

— Elle s'est castagnée ou a été touchée par des mômes avec des lance-pierres ? lui demanda le fermier par-dessus son épaule.

En effet, l'oiseau avait perdu quelques plumes et une patte était abîmée.

— Des gosses je ne pense pas, ils sont à l'école ! Un chat ou une voiture, éventuellement, mais je pencherais plutôt pour un ou deux prétendants trop obstinés qu'elle aurait refusés et repoussés...

— Wouah ! P'tite Blanche-Neige serait une féministe ou une homo ?

— Ah, ah, ah ! Féministe, peut-être, pourquoi pas ? Tiens, à ce sujet, ça me saute à l'esprit tout d'un coup, c'est curieux, je ne l'ai jamais vu faire de pondaisons, du moins chez nous...

— Elle pond peut-être en cachette ?

— Va savoir ! En tout cas, d'être homosexuelle, c'est impossible, l'animal n'a pas ce comportement conscient et uniquement humain d'avoir une attirance sexuelle vers des partenaires de même sexe, ceci au détriment de la reproduction...

— Je sais bien, je disais ça comme ça, sinon tu penses bien que j'aurais organisé des gays-vaches-party ! Rien que par la pub, cela m'aurait rapporté à chaque fois au moins dix ans de traites laitières !

— Ah, ah, ah ! Des gays-vaches-party ! Ça doit être quelque chose de terrifiant à voir ! Bon, mais ce n'est pas le tout, il va falloir que j'aille soigner ma colombe... Ah oui, au fait, Tulipe tu la laisses seule jusqu'à demain et je viendrai à la fin de la traite vers huit heures. Fais-la en dernier, j'ai encore une piqûre à lui faire.

— OK Henri ! Attends, je vais te passer une petite boîte avec de la paille, cela sera plus confortable pour le voyage de la bébête dans ton 4x4.

Arrivée au cabinet vétérinaire, puis dans le foyer, Pica fut l'émotion et l'attention de toute la petite famille. Évidemment, les premiers soins lui furent apportés et heureusement cela n'était pas aussi grave que ce que l'on aurait pu croire.

D'abord, les plumes cela repoussait, ensuite une petite fracture basse d'une patte, apparemment due à un fort pincement de bec, nécessitèrent quelques antibiotiques et fortifiants, mais surtout l'immobilisation de la patte avec un pansement contentif pendant trois semaines.

Seule contrainte pour l'oiseau, une collerette l'empêchant d'enlever le bandage. Néanmoins, elle pouvait voler quand même, mais pas trop souvent, car cela l'obligeait à se poser sur une patte.

Inutile de préciser qu'elle était choyée comme un bébé, toutefois elle n'en abusait pas ni n'en profitait outre mesure.

Puis, petit à petit, Pica se rétablit et un beau jour elle arriva chez ses maîtres avec deux plumes grises dans le bec qu'elle posa par terre. Elle sembla danser autour en poussant ses fameux « Courouk ! Courouk ! ».

Flo demanda à Henri :

— Mais qu'est-ce qu'elle veut nous dire ?

— Je pense que c'est un trophée et qu'elle a dû se venger sur le coupable, qui devait être un pigeon, pour sa patte endommagée.

— Tu es sur ?

— Pas totalement, mais n'oublie pas que Pica était avant tout une pie bien plus forte qu'un pigeon, et c'est pour cela que je pense que si tu vois arriver un pigeon blessé dans les prochains jours et que si Pica se manifeste, cela devrait être la réponse.

Bien sûr, personne ne vint apporter d'oiseau blessé et encore moins de voir l'éventuel pigeon venir de lui-même. Malgré cette absence de confirmation, Henri ne devait pas être très loin de la vérité.

Et puis, l'insaisissable temps passa en se foutant pas mal que toute matière vieillissait ou s'érodait dans son inexorable défilement. Là, ce ne furent que quelques années, en fait pas grand-chose par rapport aux 450 millions d'années des premières nages des poissons… qui, il faut le rappeler, bouffent depuis des décennies nos plastiques.

***

Nous sommes en 2032. Même si les technologies ont beaucoup évolué dans tous les domaines, quels qu'ils soient ; même si l'échiquier politique de la France, de l'Europe et du monde a évidemment changé ; même si les conflits géopolitiques se sont quelque peu déplacés ; même si les écarts de richesses se sont creusés davantage entre certains pays et au sein même de ceux-ci, notamment avec l'épineux problème de surpopulation locale, voire mondiale ; même si d'autres conflits d'idéologies souvent radicales, qui ne se veulent pas être religieuses, mais le sont en arrière-plan, naissent ou se sont adaptées de façon plus sournoise en faisant tout autant de ravages et de victimes innocentes que les attentats d'hier ; même et surtout si le climat s'est déréglé davantage, avec des catastrophes plus destructrices encore, tant sur le plan humain, animal et végétal que sur le plan géographique et environnemental, ceci plus ou moins comme redouté et vainement alerté auparavant, mais avec une prise de conscience sérieuse et réelle et surtout des actions jamais trop tardives depuis dix ans, de chaque individu et des gouvernants, qui enrayent enfin le processus désastreux des années passées ; même si chaque citoyen, chaque citoyenne, pense avoir plus de liberté, d'autonomie, voire de vie privée, mais est mieux contrôlé-e à son insu et bien plus que les décennies précédentes ; enfin, même si cet aspect paraît pessimiste, a contrario, en dehors d'une misère qui malheureusement existera toujours, l'ensemble de la population française, notamment, vit correctement avec un bon pouvoir d'achat, le confort, la sécurité, du travail, une parité emploi/salaire hommes/femmes atteinte et respectée, tout comme un taux de chômage au plus bas ne nécessitant que très rarement des manifestations ou des revendications. La petite famille vétérinaire, quant à elle, n'a pas subi, bien heureusement ainsi que pour des millions d'autres, les mauvais sorts du destin et se retrouve telle qu'elle, comme avant, toujours et fraternellement unie et heureuse.

2032. Les filles, Fleurine et Annabelle viennent d'avoir respectivement 16 et 14 ans et sont parties la semaine de Pâques chez leur grand-mère paternelle à Mont-de-Marsan. Le chien est décédé il y a quelques années ; restent le matou et l'oiseau. Quant au cabinet de Flo et Henri, celui-ci fonctionne très bien.

S'ils restent sur Montauban cette semaine-là, c'est qu'ils se sont engagés à effectuer un remplacement provisoire à l'Animaparc, à une demi-heure de chez eux.

Mais un matin ordinaire, au réveil d'Henri, Pica n'est pas près de lui comme à son habitude. Henri n'a pas à la chercher longtemps, car...

La colombe est dans la cuisine, mais malheureusement par terre, tremblante, comme prise de spasmes.

Il se précipite aussitôt pour lui porter secours, mais sa stupeur est sans mots et le fige sur place, car Pica est redevenue une pie noire et blanche comme lorsqu'il l'avait trouvé près de Limoges un jour d'orage, il y a de cela vingt ans déjà. À cette époque-là, elle devait avoir à peine un an. Oui, Pica la colombe est redevenue pie !

Il la prend toute tremblante dans ses mains, la pose sur le divan, la caresse, l'ausculte sommairement, mais ne remarque rien de particulier, regarde par la fenêtre en se disant que c'est impossible, que ce n'est pas elle, que sa vraie Pica est dehors et qu'une pie est tombée là par hasard, qu'il fait un affreux cauchemar, que non, que merde et chienne de vie ! Mais il se rend vite à l'évidence qu'il s'agit bien de Pica, qu'il la connait trop pour l'avoir eu si longtemps !

Abattu, malheureux et très inquiet, car il pressent immédiatement comme un mauvais présage, la voix tremblotante il lui demande par quel mystère et pourquoi cette nouvelle métamorphose ?

L'oiseau qui n'a plus de spasmes et semble recouvrer ses esprits jase « Yak... yak... yak ! », rien de plus, car elle ne roucoule plus comme une colombe, et pour cause, mais Henri y perçoit comme une plainte grave.

C'est alors que, se dressant brusquement sur ses pattes et d'un coup d'ailes majestueuses, elle s'envole par la fenêtre. Henri est terrassé et n'a pas même le temps de réagir pour tenter de la retenir, lui parler encore. À quoi bon, en fait ?

— Pica ! Pica ! Reviens ! crie Henri les bras tendus vers elle désespérément.

Il la voit s'enfuir là-bas vers un bois où elle avait l'habitude d'aller et reste figé, anéanti, inexistant.

Bien cinq minutes passent ainsi, mais tandis qu'il retient ses larmes, sinon cela serait des torrents de tristesse qui l'auraient desséché totalement pour n'être plus qu'un bois mort, Pica réapparait sur le rebord de la fenêtre en lançant des « Yak ! » plus vigoureux et, semble-t-il, joyeux. Puis, au grand étonnement d'Henri qui reste bouche bée, une seconde pie toute jeune vient se poser près de Pica.

À ce moment-là, Flo, probablement réveillée par les cris d'Henri et les jacassements de l'oiseau, entre dans la cuisine.

— Mais qu'est-ce qu'il se passe ici ?

— Regarde ? lui répond Henri en montrant les oiseaux.

— Mais où est passée Pica ? Et elles viennent d'où ces deux pies ?

Et Henri de lui expliquer ce qu'il vient de se passer et d'enchaîner :

— Attends, je crois que ce n'est pas fini !

Effectivement, Pica s'adresse à la petite pie en langage colombidès, puis s'envole à nouveau toute seule pour revenir à peine une minute plus tard avec une petite pierre noire dans le bec qu'elle pose par terre. Ensuite, elle recommence ses brefs allers-retours quatre fois avec toujours un petit caillou noir et une sixième fois avec ce coup-ci une pierre blanche plus grosse. Toutes sont savamment alignées.

Le couple de vétérinaires reste spectateur, interrogatif et sans voix, mais ils ne sont pas au bout de leur surprise.

En effet, Pica se place devant les quatre premières petites pierres noires, et face à chacune d'elles, pousse des « Tché-tché-tché ! » de mécontentement. Mais devant la cinquième fait « Yak-yak-yak ! » et réitère son jacassement en montrant la petite pie. Pour finir, elle se place cette fois-ci devant la pierre blanche en poussant à nouveau « Yak-yak-yak ! » et en allant une nouvelle fois près de la petite pie en répétant la même chose. Puis elle se met devant Henri en renouvelant son jacassement, comme si elle lui demanderait s'il a compris ce qu'elle a voulu lui dire.

Bien sûr qu'il a compris et sous les yeux ébahis de Flo, admirative de tant de subtilité de la part de l'oiseau, mais hésitante quant à lui soumettre sa signification de ce message, Henri ramasse Pica, l'embrasse sur la calotte, la pose sur son épaule et prend sa compagne par les mains, l'invitant à s'asseoir avec un grand sourire et lui explique :

— Écoute, tu sais tout autant que moi que Pica est très intelligente, alors je pense avoir saisi que les petits cailloux noirs correspondraient à des pondaisons, et le fait qu'elle jacasse à chacune sa désapprobation voudrait dire qu'elle n'est pas satisfaite et pour...

— Ça je l'ai bien perçu, l'interrompt Flo, donc si je suis ton raisonnement, pour le reste cela pourrait signifier également que la dernière petite pierre noire, qui symbolise une pie comme les autres et pour laquelle elle semble satisfaite, Pica en désignant et la pierre blanche et la petite pie, cela pourrait là aussi se traduire qu'elle sait que son piot va se transformer comme elle en colombe, représentée par cette pierre blanche ? Je peux me tromper, mais cela me semble cohérent par rapport à ton interprétation ! Qu'en penses-tu, toi ?

— Bravo ma Flo ! Effectivement, c'est exactement ainsi que je vois les choses !

— Merci, mais comment savoir si c'est vraiment ce qu'elle a voulu nous dire ?

— Je ne sais pas, répond Henri, ce serait tellement merveilleux et extraordinaire, mais je peux tenter quelque chose... on va voir...

Henri pose Pica par terre devant les petites pierres, lui montre un à un les quatre premiers cailloux noirs en lui demandant si cela représente la petite pie en la désignant. Pica fait à chaque fois « Tché-tché-tché ! ». Ensuite, lorsqu'il lui demande la même chose pour le cinquième noir, l'oiseau de répondre « Yak-yak-yak ! ». Par contre, pour le caillou blanc, il ne sait pas trop comment faire. Il réfléchit un instant et subitement prend Pica et une photo d'elle, puis les emmène devant la petite pie. En désignant cette dernière et la photo, Pica s'échappe alors des mains d'Henri et tournoie dans la cuisine en poussant des « Yak-yak-yak ! » approbateurs, ce qui corrobore parfaitement avec leur interprétation ; la pierre blanche désignant bien une colombe.

Évidemment, tous deux sont très contents (comme d'ailleurs les oiseaux), impatients de vivre la suite, mais tout de même inquiets pour Pica. Là-dessus, très pragmatique, Flo lui demande :

— Oui, mais qu'est-ce que l'on va dire aux filles quand elles vont s'apercevoir qu'il n'y a plus Pica ?

— À mon avis, je pense que le mieux serait de leur dire enfin la vérité !

— Tu as sans doute raison...

Puis, faute de choix, ils reprennent leurs activités.

Quand Fleurine et Annabelle rentrent de vacances, elles sont aussitôt informées de la situation et de l'énigme concernant Pica, mais à une seule condition, celle de prêter serment sur l'honneur de la famille de ne pas dévoiler ce secret jusqu'à leur dernier souffle de vie.

Et puis... et puis... Pica vivra encore une année parmi eux, année durant laquelle la petite pie, que les filles surnommeront Doucette, se métamorphosera un jour à son tour, comme sa mère plus de vingt ans auparavant, tout autant étrangement et inexplicablement, en une belle colombe.

La disparition de Pica sera un drame pour tous les quatre, mais vite atténué par la transformation de Doucette.
Seulement et malheureusement, Doucette ne survivra pas longtemps, juste deux ans, pour une raison tout aussi énigmatique que lesdites transformations.

Ce sera l'incompréhension totale, sans parler de la tristesse d'Henri qui, malgré toute l'immense tendresse et l'amour que lui donneront et lui apporteront Flo et leurs deux filles, toutes trois elles-mêmes très affectées, donc Henri qui, déchiré par cette double absence, mais surtout celle de Pica, souffrance qu'il avait su intérioriser jusque-là, se sentira chaque jour inlassablement et désespérément orphelin, malheureux, comme seul dans l'univers.

Finalement, nul ni quiconque ne saura jamais si Doucette fut le seul piot de Pica doté de cette étrange, sinon prodigieuse et extraordinaire faculté à se métamorphoser ainsi. D'ailleurs, nul ni quiconque ne saura jamais non plus et encore moins pouvoir prouver avec certitude, au-delà de toute approche mystique invérifiable ou encore pseudo-scientifique ou farfelue, pourquoi la nature offrit à Henri et les siens une telle fantaisie aussi bizarre, incroyable ou surnaturelle, mais si merveilleuse.
Oui, tellement merveilleuse et fantastique.

FIN

GUY LE BISCORNU

De 70, de rétro, d'Acropole...

G UY était un type pour le moins curieux. On aurait pu dire rêveur et réaliste à la fois, inconscient et intelligent de front, mais les psychopathologues, pour ne citer qu'eux, auraient sûrement été plus aptes à apporter une réponse. Ceci avant que d'autres mauvaises langues dissent qu'il était délatté, déjanté, décapsulé ou encore déconnecté avant défragmentation. Ce qui, il faut le reconnaître, n'aurait pas été un bon téléchargement de jugement de leurs parts.

Toujours était-il que l'on était à peu près dans les années 1970/2010, mais plus entre 1971 et 2009, quoique cela dépendait des saisons et de la météo qui changeait tous les matins. C'est comme la lune, on ne sait jamais trop où elle est en plein jour... ni la nuit non plus, puisque normalement on dort pour rêver à des choses où justement il y a rarement la notion du temps ni beaucoup de repères. Quant aux calendriers, parlons-en, entre solaire, lunaire, luni-solaire, international, local ou marginal, ancien ou futuriste, il n'y en a pas un pareil. C'est à chacun sa recette du potage temporel !

Bref, Guy vivait seul avec son chien. En fait une femelle fox griffon noir. D'ailleurs, quand sa chienne aboyait il aboyait aussi afin de se mettre à l'unisson, sans doute pour faire croire aux rôdeurs ou aux simples passants qu'il y avait deux chiens méchants dans la maison. Surtout quand on sait que l'aboiement d'un fox griffon n'a jamais apeuré personne. Sérieusement, quand Guy aboyait on pouvait donc aisément conclure que c'était pour rassurer le toutou.

Ainsi l'animal, campé sur ses quatre pattes, ses petites canines menaçantes faisant croire à une morsure prochaine qui aurait fait mourir de rire un hamster, se disait que son maître était bien là, près de lui, au cas où cela tournerait mal et alors : « Faites gaffe les intrus ! ».
En principe c'est l'inverse.

Ça, ce n'était pas le plus original chez Guy. Du reste, voici un rapide décryptage de l'olibrius somme toute très attachant, comme sa chienne de chien vaccinée non pas contre la rage, mais pour l'inquiétude qu'elle avait pour son maître. Oui, pour son maître. Justement, en parlant de maître, Guy mesurait un mètre de chien soixante-dix, pesait soixante-dix kilos d'os et de viande – de la bière aussi – et il avait la moitié de soixante-dix ans. En plus, il demeurait dans la Haute-Saône, département 70, au 70, rue Jimi Hendrix, « déguitarisé » en 1970. C'était facile à retenir. Même que toutes les rues adjacentes à la sienne portaient les noms d'André Bourvil, Luis Mariano, Janis Joplin, Jean Giono et évidemment Charles de Gaulle, tous feus, feux éteints ou devenus SDF de la vie cette même année.
Dommage qu'il n'y avait pas 70 chevaux au quinté ou 70 boules au loto institutionnel, sinon évidemment, il aurait misé sur ce numéro. Il y avait bien le kéno, mais il n'y jouait pas.
Enfin, pour rester dans son tempo septentrional, il avait nommé son clebs « Zéro sept ».

Guy avait le visage rond – pas à cause de la bière – l'œil marron-vert, coquin, souriant et se coiffait sa tignasse à se demander avec quoi, car sa coupe arborait le look saut du lit, façon pétard ou tête à la sortie du tambour de la machine à laver après l'essorage. Ou encore tête prise entre deux turbines de ventilation. Époustouflante la coupe, voire hallucinante ! Mais elle n'effrayait ni son chien 07, ni les présentatrices et présentateurs de la télé qui tous les soirs à vingt heures aux infos le voyaient et lui disaient bonsoir. C'était donc que son style, si c'en était un, ça allait quand même. Sinon les jolies présentatrices et moyens beaux présentateurs télé ne l'auraient pas salué, c'était logique !

Mais ce n'était toujours pas le plus original chez Guy.

Il avait une manie de dire franchement ce qu'il pensait d'une personne, mais à elle, entre quatre yeux, avec une déconcertante amabilité qui aurait laissé croire à de l'assertivité, seulement il ne maîtrisait pas cet art des managers. Alors à de la naïveté ou de l'arrogance ? Mais en réalité, non, il ne jaugeait pas le mal que cela pouvait faire à autrui. On pourrait avancer le mot innocence.

Le mal ? Mais où le mal ? Celui d'entendre la vérité sur soi ? De voir en 3D, non pas le reflet du miroir, mais plutôt en partant du principe que personne n'est parfait, percevoir ces inexorables regards et jugements souvent moqueurs et muets des autres ?

Son intégrité à l'état pur lui avait valu bien des déboires et des colères, sinon des insultes, rarement des claques, mais on ne changera jamais un ovale en carré, de mêmes aires s'entend.

Guy vivait seul, mais il avait rencontré Amance pour la première fois un mercredi 29 février. Il n'y en a pas des wagons dans les calendriers, ce qui peut donner facilement une année, mais vous regarderez sur Internet plus tard, s'il vous plait, car c'est là que l'histoire devient intéressante.

Ce jour-là, Guy réglait les rétros de son auto, afin de parfaire la vision de ce satané angle mort sur les flancs arrière, lorsqu'il y vit une femme en robe mauve marchant sur le trottoir.

Attendez ! Les rétros qu'il réglait n'étaient pas ceux des voitures rikiki comme sa petite citadine ! Pas ce que l'on posait non plus pour tracter une caravane, non, c'était des engins miroirs que l'on mettait sur les poids lourds ou les semi-remorques ! De véritables trumeaux ! En fait au volant, avec deux rétros pareils sur les ailes, il voyait bien plus derrière que devant !

Et tout d'un coup…

— Ah, mais non ! Ça ne va pas, Madame ! lança-t-il à la femme en sortant de son véhicule et en agitant les bras.

— Pardon ? s'étonna-t-elle.

— Vos chaussures ! Ça ne va pas du tout vos chaussures ! lui fit-il constater en s'approchant d'elle et en montrant ses pieds.

La femme, Amance, était blonde depuis sa naissance avec deux bras et deux jambes aussi ; avait deux yeux marron au-dessus du nez qui surplombait une bouche toujours souriante. Plus haut, facilement à cent soixante et cinq centimètres du sol, ses cheveux blés faisaient les malins à danser sur ses épaules. Un peu joufflue et dégageant beaucoup de simplicité et de tendresse forgées sur une trentaine de Nouvel An, c'était tout Amance. Sous ses nombreuses robes gitanes qu'elle portait, une par une bien sûr, il y avait son corps avec un nombril au centre et plus haut comme plus bas de belles courbes qui s'harmonisaient et… et puis c'est tout. Non, mais ho !

Donc Amance baissa la tête, regarda ses chaussures puis toisa Guy :

— Qu'est-ce qu'elles ont mes chaussures ?

— Il y a qu'elles sont vertes et que ça ne va pas du tout avec votre robe mauve, Madame !

— Mais de quoi je me mêle ? rétorqua Amance plus que surprise.

— Voyons ! s'exclama Guy de gestes explicites, ça crève les yeux que ça n'va pas ! On ne regarde que vos chaussures au lieu de votre belle robe et vous-même !

— Mais laissez-moi tranquille ! Et vous, vous vous êtes vu avec votre chemise à carreaux jaune et noir ? On dirait un drapeau de danger d'avalanche ! lui rétorqua-t-elle.

— Une avalanche ? Où ça ? s'étonna-t-il en regardant bêtement autour de lui pour voir s'il n'y aurait pas eu une montagne fortement enneigée qui serait sortie de terre sans qu'il s'en fût aperçu.

— Madame, reprit Guy, je vous en conjure, regardez-vous dans mes rétros ! Vos chaussures vertes gâchent votre silhouette ! C'est dépareillé et ça en fait mal aux yeux ! finit-il en mettant la main devant son visage comme aveuglé.

— Ça suffit, Monsieur ! Rétro vous-même ! Et puis c'est quoi ces rétroviseurs de camions ? Je n'ai jamais vu ça, moi ! Et si mes chaussures ne vous plaisent pas, allez regarder ailleurs ! s'écria Amance en montrant les monstrueux rétros argentés puis le contourna d'un coup en haussant les épaules.

Elle s'éloigna, lui tournant ainsi ses talons (verts aussi).

Elle aurait pu tout autant l'envoyer paître, ou voir s'il pleuvait à Arica, ou d'aller péter dans les fleurs, ou encore l'envoyer chez le voisin voir si elle n'y était pas, ou chez le diable, ou alors chez les Grecs, les Turcs, au bain, ou tout bonnement l'envoyer sur les roses, ou frire des asperges, ou même d'aller cueillir des prunes, seulement Amance avait de la retenue, parce qu'il en existait d'autres et des salaces à ne pas dire aux enfants.

Guy en avait cure de ces réflexions littéraires, mais cette invective, certes justifiée, fit tilt dans son bulbe et il la rattrapa, se postant devant elle.

— Voyons, Madame, ne vous fâchez pas ! Vraiment, je trouve que…

— Mais vous avez fini de me draguer et de m'importuner ? lui rétorqua Amance droit direct en plein dans les deux yeux. Et Guy de s'infléchir comme un jonc sous le vent.

— Loin de moi de telles impudiques et viles intentions en mon esprit, Madame, non, ce sont vos chaussures… vos souliers verts qui font dissonance, que dis-je, hétérogénéité avec votre belle robe gitane vous conférant cette fraîche légèreté sauvage et… et ce ton mauve qui vous sied à ravir, Madame !

Il y eut quelques secondes de silence. C'était long deux trois secondes. Mais cela méritait bien ça, car l'hétérogénéité il fallait le trouver le mot. Et ce furent justement ces petites secondes, toutes minuscules dans une vie, mais surtout ce mot surprenant et richement dicté par ce lyrisme spontané, qui vinrent inconsciemment, indéniablement lui titiller une synapse.

Guy enchaîna après ces quelques secondes intenses :

— Vous savez, Madame, croyez-moi, vous semblez mieux mériter que ces chaussures, fortes belles au demeurant, mais pas avec votre robe ! Et, si je puis me permettre, Madame, encore moins avec la couleur d'un automne bien ensoleillé qui se dégage de vos yeux !

Amance était encore sous l'étonnement et voilà qu'il remettait un peu de crème Chantilly sur les fraises à peine goûtées. Elle regarda à nouveau ses pieds, puis, faute de pouvoir comparer et vérifier dans l'instant la couleur de ses prunelles marron clair avec celle de ses chaussures, elle leva lentement ses yeux pleins de cils vers ceux de Guy.

Et au moment où elle alla dire quelque chose, supposons : « Merde ! Mais putain, foutez-moi la paix, bordel ! » ou à l'inverse « Monsieur, voyez mes deux orbites qui s'étonnent, de mots printaniers sous mes paupières d'automne, qui font tant frémir la feuille morte et dindonne, que je suis et qui à vous volontiers pardonne ! », Guy lui lança :

Mais avant de dire ce qu'il alla dire, il faut dire qu'Amance n'aurait pas pu dire ce que nous avions supposé qu'elle eut dit, car cela aurait été des dires qu'elle ne disait jamais. D'une, parce qu'elle n'était pas vulgaire et de deux, qu'elle ne faisait pas de poésie. Encore moins avec de jolies rimes en alexandrins qui s'étonnent l'automne d'une dindonne qui pardonne.

Bref et donc, Guy lança :

— Madame… pour me faire pardonner cette goujaterie, je vous offre la paire de chaussures mauves qui sont en vitrine, là, vous voyez ? montra-t-il, car il y avait une boutique de chaussures à deux pas de semelles et enchaîna, vous verrez, croyez-moi, vous ne serez plus la même !

— Mais… mais…

Ce fut tout ce que trouva à balbutier Amance quelque peu dépassée, car tout était allé si vite et que déjà Guy s'approchait de la vitrine en l'implorant de venir voir de plus près.

Dites, les filles, vous en croisez beaucoup, vous, des types loufoques comme ça qui vous offrent des godasses le matin en allant au boulot ? C'est rare. D'ailleurs l'inverse aussi, voire même plutôt improbable !

Bref, Amance refusa et Guy insista. Elle montra alors sa montre pour aiguiller son attention que les aiguilles couraient vite dans le cadran, même pieds nus ! Il grimaça et ce fut bizarre comme contraction. Dans le style étonnement et anéantissement, on aurait dit le masque de Dionysos sur l'Acropole d'Athènes avec la bouche et les yeux tout ronds, grands ouverts.

Il lui demanda alors si c'était le boulot qui la pressait tant ? Elle lui répondit que ce n'était pas le boulot qui la pressait tant. Alors il lui demanda ce qui la pressait tant ? Elle lui répondit que ce qui la pressait tant c'était sa grand-mère. Il s'étonna qu'elle ne travaillât pas le mercredi et elle lui dit de ne pas s'étonner si elle ne travaillait pas le mercredi, parce que c'était son jour de repos. Guy lui dit que lui aussi c'était son jour de repos.

Bref, ce fut le fou de coudre, le feu qui shoota dans le présent, mais en avaient-ils conscience ? Allez savoir ce qui se passa dans leurs alambics émotionnels ?

Et là, Dionysos fit une nouvelle grimace comme le masque de Guy sur l'Acrop… euh, non… l'inverse.

Dès lors, il ne s'agissait plus d'hétérogénéité, mais bien maintenant d'homogénéité entre Ariane et Dionysos… euh, non… entre Amance et Guy. Si, si, on va y arriver !

À force d'insistance ou comme tombée sous la magie de l'originalité du fanfaron, Amance capitula et finalement ils se donnèrent rendez-vous devant la boutique le temps qu'elle se rendit chez sa mère-grand.

Ouais ! Waouh ! Yes, yes, yes ! Bingo ! Guy avait gagné !

Seulement Amance n'aurait-elle pas feinté avec ce rencart pour se débarrasser justement de ce guignol ?

Ah ben gros mince alors ! C'eût été vache sans rire !

Néanmoins, rien n'était dit dans les livres d'Histoire, ni à la télé dans les émissions spécialisées dans ce genre de comportements, si le Guy avait appréhendé cette éventualité. Ce genre de raisonnement demeurait d'ailleurs difficile à mesurer chez lui.

Aussi, tout forum de discussions, tchatches et SMS diurnes ou nocturnes, congrès, débats, colloques et même référendums nationaux, voire européens pour élaborer des analyses ou des solutions hypothétiques sur ce sujet étant inutiles, puisque le rendez-vous fut fixé sur le pas-de-porte de la boutique des masques à pieds à 11 h 18 précise.

Ça, c'était du rendez-vous !

Alors, croisons les digitaux !

De 07, de Grrrr, de Krk…

Guy arriva devant la boutique et regarda sa montre. Elle était originale sa montre. Style hybride mécatronique. C'était un cadran long à quartz avec deux colonnes graduées. Une à droite numérotés de un à douze pour les heures et une à gauche pour les minutes allant de cinq en cinq depuis zéro. Au centre, le long des chiffres, deux curseurs indicateurs. En plus, par la magie d'une pression digitale, apparaissaient date, fuseau horaire, phase de lune, chronomètre, latitude et autres. Terrible sa gadget-watch ! Un truc sûrement trouvé chez Thinkgeek au Canada.
Au Canada ? Et alors ? Pourquoi faire proche quand on peut faire loin ? Ça aussi c'était Guy !
Donc il consulta l'heure et il était 11 h 17. À quoi bon arriver plus tôt, puisque le rendez-vous allait être juste une petite minute après ? Pas si biscornu que ça le Guy ! Ça évitait de patienter pour rien !
11 h 19. Pas d'Amance. Déjà en retard. Non de non ! Lui qui avait justement pris soin d'avoir une minute d'avance pour ne pas la faire attendre. N'importe quel psychanalyste aurait émis l'hypothèse que le retard d'Amance fût peut-être volontaire pour susciter le désir, un moyen d'attirer l'attention sur elle, ou mettre Guy en souffrance, ou le mettre à l'épreuve, ou exercer une prise de pouvoir sur lui, ou bien était-ce pour fuir ses propres peurs, ou des conséquences de ce rendez-vous ? Ou tout simplement qu'elle n'avait pas de montre, même une toute simple à deux euros au marché de Vesoul, ni n'avait son horloge biologique bien réglée dans son noyau suprachiasmatique, plus communément connue sous le nom d'hypothalamus ?

Non, le psy subjectif n'émettait pas la théorie du posage de lapin. Pas venant d'Amance. Ou alors ce fut chacal de chez hyène de sa part ! Ce n'était pas une mogue, quand même ! Mais encore une fois, Guy en avait cure de ces réflexions littéraires et il fit aussitôt constater les faits à une passante âgée en tambourinant sur sa montre originale.

— Pardonnez-moi Madame, mais vous vous rendez compte que j'attends une dame depuis trois minutes et qu'elle est en retard ? dit-il.

— Pardon ? Ah, ah, ah ! Trois minutes ? Mais mon cher Monsieur, ce sont des secondes en or que vous vivez ! En or ! rigola la dame.

— En or ? Pourquoi en or ? C'est long, c'est tout ! Je dois lui acheter des souliers… là, vous voyez ? Celles-ci ! précisa-t-il en s'approchant de la vitrine.

— Allons ! Allons ! Les minutes pour attendre l'amour n'ont pas de prix ni de temps, cher Monsieur ! En tout cas, elles sont très jolies ces chaussures ! Ah, ah, ah ! rigola-t-elle à nouveau, puis, mais vous aurez bientôt tout le bonheur de les lui passer aux pieds et…

— Vous croyez ?

— Évidemment, mon bon Monsieur… soyez patient et elle brillera par son absence votre désirée ! répondit-elle très maternelle et émue par tant de naïveté et enchaîna :

— Tenez ! Ce ne serait pas cette charmante dame là-bas en robe noire ? lança-t-elle en désignant le bout de la rue.

— Non, ce n'est pas elle ! La vraie est bien plus jolie et en robe mauve comme les chaussures ! fit tristement Guy en ayant regardé furtivement par-dessus son épaule, puis à nouveau porté son regard sur la vitrine.

— Elle viendra, j'en suis certaine ! fit la dame, elle vous fait languir… vous ne croyez pas ?

Guy regarda la femme puis la vitrine puis la femme.

— Moi, vous savez… pas de pieds, pas de chaussures ! trancha-t-il brusquement.

— Allons ! Allons ! Elle viendra je vous dis ! le rassura-t-elle très gentiment puis, bien… je dois me sauver… allez, je vous souhaite plein de bonheur… au revoir Monsieur !

— Au revoir… et merci Madame !

Il consulta à nouveau sa super montre. Houlala ! Il était déjà 11 h 23 !

Il venait à peine de se pencher sur une roue de sa voiture aux gros rétros de poids lourd, parce qu'il y avait un chewing-gum collé sur le pneu, que l'on tapota sur son épaule.

— Coucou ! Mais vous êtes encore sur votre voiture ?

Guy se releva. Bien sûr c'était Amance.

— Euh… non ! Un chewing-gum sur mon pneu ! Je vous attendais… balbutia-t-il.

— Vous m'attendez ? C'était sérieux pour les chaussures ? s'étonna Amance avec un sourire amusé.

— Ai-je le nez de Pinocchio quand je m'exprime ? répondit Guy en portant la main à son nez.

— Hi ! Hi ! Non, mais vous êtes si… comment dire…

— Si quoi ? s'assombrit-il avec presque son masque de Dionysos.

— Si… si direct, si… candide et charmeur… enfin… surprenant…

— En voilà des drôles d'adjectifs, mais, s'interloqua-t-il brusquement en la regardant de la tête aux pieds, vous vous êtes changée ? Vous êtes en noir ! se désola alors Guy en faisant ce coup-ci la moue.

— C'est que…

— Oui, mais les souliers mauves alors ? Ils iront moins bien avec celle-ci qui est jolie aussi, seulement cela fait un peu enterrement et on ne verra que vos chaussures, comme les vertes que vous portez, d'ailleurs ! Non, l'autre robe était plus… plus…

— Plus quoi ?

— Plus rayonnante et gracieuse… plus harmonieuse à votre image, enfin… vous reflétait davantage…

— C'est gentil, mais vous savez, j'étais avec ma grand-mère Marie et avec mon père quand elle a …

— De quoi ? beugla-t-il brusquement très fort en faisant tourner la tête de quelques passants, votre grand-mère est mariée avec votre père ? Vous êtes bizarre dans votre famille !

— Mais ne crier comme ça, voyons ! s'étonna Amance en voyant que des passants tournaient la tête vers eux.

— Oui, d'accord, se reprit Guy en parlant plus bas, bien entendu, je m'emporte, mais c'est agaçant les passants, ça tourne toujours la tête vers soi quand on crie dans la rue. Ils n'ont qu'à continuer à tripoter leur téléphone portable comme ils font tous pour raconter leurs vies à longueur de journée comme si chacun ou chacune était le roi ou la reine du monde et du sans-gêne ! Non ? Vous ne trouvez pas Madame ?

— Oui, sûrement, mais calmez-vous, dédramatisa Amance gentiment et guère contrariante en tournant le dos aux passants qui les regardaient toujours.

— Oui, d'accord, répéta-t-il en les montrant du doigt, mais ils feraient bien mieux de s'occuper activement de retrouver les kilos superflus qu'ils perdent n'importe où et de les mettre dans des sacs appropriés, parce que si un autre passant les trouve… eh bien, il grossit… forcément !

— Vous êtes vraiment… tenta Amance.

— Surprenant ? Vous trouvez ? Mais au fait, Madame, alors comme ça votre grand-mère est mariée à votre papa ? rebondit Guy en prenant un air dubitatif en se grattant la tête.

— Hi ! Hi ! Mais non, rigola-t-elle d'un joli petit rire, vous êtes incroyable, vous ! Non, j'ai dit " ma grand-mère Marie Et avec mon père " et non pas " marié " !

— Ah, oui ! Marie comme bain-marie ! blagua-t-il.

— Hi ! Hi ! Bain-marie ! Mais malheureusement elle a dégobillé sur ma robe… alors j'ai dû…

— Mais pourquoi Marie régurgite sur vous ? C'est vraiment couillon les vieux !

— Oh ! Quand même ! Elle est âgée et malade, expliqua Amance pleine de compassion.

— Ne vous tracassez pas, si elle vomit son mal c'est qu'elle va guérir, mais…

— Merci…

— Sinon…

— Non, je…

— Je vou…

— Vous dites ?

— Dites-moi, fit-il en hochant la tête d'émerveillement, vous avez dû courir vite pour aller vous acheter une robe noire et être à l'heure au rendez-vous ?

— Hi ! Hi ! rit encore Amance, je ne sais plus quoi vous dire… vous êtes vraiment un drôle de type…

Chapeau mec pour la drague ! Mais s'en rendait-il vraiment compte ?

— Bon, alors, Madame, ces chaussures ? relança Guy en tapotant sa montre design.

— Mais non, je ne voudrais pas abuser…

— Puisque c'est moi qui vous les offre !

— Mais dites-moi, cher Monsieur, votre femme est au courant que vous offrez des chaussures aux dames ? lança-t-elle soudainement et malicieusement.

— Ma femme ? Quelle femme ? s'étonna Guy, je vis seul… enfin non… je vis avec 07 !

— Zéro sept ?

— Oui ! Mon chien ! C'est son nom ! Tenez, il est dans la voiture…

— C'est un chien détective pour s'appeler 07 ?

— Ah, ah, ah ! rigola-t-il, pas du tout, sinon vous pensez bien que je leur ai appelé James… venez voir !

Guy montra à Amance le toutou qui dormait sur la banquette arrière.

— Il est mignon… c'est quoi comme race ? demanda-t-elle le nez sur la vitre.

— Il n'est pas racé, pas rasé, pas castré, mais vacciné ! c'est un renard fauve !

— Un fox griffon, vous voulez dire ?

— En anglais, oui, mais il a un plus cet animal, car il parle ! dit-il très fièrement en ouvrant la portière côté trottoir.

— Allez, 07, dis bonjour à la Dame !

— Il dormait le pauvre… s'attendrit-elle.

— Pensez donc ! Ça dort d'un œil ! Vous allez voir, il parle vraiment ! s'enorgueillit Guy.

— Vous me faites marcher…

— Non, pourquoi ?

Bref. 07 sortit de la voiture, s'ébroua et s'assit aux pieds de son maître. Alors Guy de faire sa démonstration.

— 07, dis bonjour à…. Au fait, c'est comment votre petit nom ?

— Eh bien ! Vous ne perdez pas de temps vous pour faire connaissance ! répondit-elle en le toisant.

— Voyons, je ne vous demande pas votre code ADN ni votre numéro de carte bleue, réagit-il en caressant son chien, comment voulez-vous qu'il vous dise bonjour s'il ne connait pas votre prénom ? Bon, d'accord, enchaîna-t-il en se redressant, je faillis à la plus élémentaire des politesses, je vous en présente mes humbles excuses… moi c'est Guy ! conclut-il en lui tendant la main.

— Amance ! se présenta-t-elle en lui serrant la main.

— Enchanté !

— Enchantée !

Donc ils furent enchantés.

— C'est très joli Amance ! la complimenta-t-il en la regardant sourire.

— Merci ! lui répondit-elle en le regardant sourire.

Donc ils se sourirent.

Pour sûr, plus sûr qu'un placement en bourse, il aurait bien voulu lui dire que son charmant prénom était et est toujours aussi le nom de quatre très belles et anciennes petites communes françaises. Mais surtout comme celle qui est en Lorraine, évidemment en Haute-Saône avec le numéro 70, bâtie auprès de la rivière La Superbe. Également, lui confirmer que c'était vrai, aussi vrai que sa célèbre foire de « l'Ouillotte ».

Bien sûr, il aurait bien voulu appeler Amance, sa Superbe, mais inconsciemment une petite dent de sagesse lui disait d'attendre et de voir quand elle chaussera, peut-être, les souliers mauves.

— Mais pourquoi cette commune et pas nous ? auraient alors demandé les autres Amançois jaloux, ce qui paraissait légitime.

Parce que Guy aurait bien voulu emmener Amance à Amance pour voir la foire et que c'était dans le même département. Et puis évidemment de faire une photo d'Amance devant le panneau d'agglomération d'Amance à l'entrée du village.

Eh oui, c'était aussi simple que ça. Pourquoi chercher cinq pattes au chat ou des martiens sur la Lune ? Même qu'il aurait bien voulu l'emmener également aux bords des deux Amance, rivières qui coulaient et roucoulaient de résonnance, l'une encore dans le 70 et l'autre, un matin très tôt, dans l'Aube, à une Haute-Marne près.

Alors, hein ! Ce n'était pas d'authentiques réalités exactes de vérité réellement certaines et irréfutables, ça ? Tout ceci pour lui faire plaisir ?

Seulement, réalisait-il qu'il avait un début de conception de sentiments pour elle durant cette seconde de rêverie ? En tout cas, il aurait été le seul à l'ignorer. Mais là, cette approche n'était qu'au stade de fouillis dans sa tête et puis surtout il n'avait pas le temps, car il fallait qu'il fasse parler son chien 07.

— Bon. 07, dis bonjour à Amance !

— Wooouah ! fit 07 toujours assis en ouvrant grande sa gueule.

— Cela veut dire bonjour, ça ? demanda Amance en regardant le chien.

— Mais non, il bâille ! Allez 07, dis bonjour à Amance ! ordonna gentiment Guy penché sur lui.

— Wonh, wouh, wah, wanh ! fit 07 en tendant une patte à Amance et la queue frétillante.

— Oh ! C'est marrant ! s'exclama-t-elle en lui offrant une paume.

— Pourquoi marrant ? C'est plutôt prodigieux ! Attendez… bon, 07, dis voir où tu habites ?

— Grrrr !

— Mais il est méchant votre chien ? Il montre les crocs ! s'apeura-t-elle en retirant sa main et en faisant un pas en arrière.

— Mais non ! Il fait " Grrrr " pour dire qu'il habite à Gray !

— À Gray ?

— Oui ! C'est pour ça qu'il dit " Grrrr " parce qu'il ne peut pas dire Gray !

— Et s'il habitait à Vesoul ? demanda Amance en n'osant pas trop s'approcher de 07.

— En voilà une idée saugrenue !

Amance, les mains sur les genoux, se pencha finalement un peu vers le chien et lui demanda :

— Alors comment il dit Vesoul, le chien ?

— Vas-y 07, dis Vesoul ! encouragea son maître.

— Weuh, Wouh !

— Ha ! Vous voyez ? s'écria Guy.

— Mouais ! Ce n'est pas franchement concluant… euh… Perpignan, le chien, dis Perpignan !

— Mais ça suffit ! Ce n'est pas un chien de cirque ! intervint Guy en caressant 07.

— Dis Perpignan ! insista-t-elle.

07 maintint le silence et regarda, interrogatif, son maître, la queue s'arrêtant de faire des allers-retours. La queue du chien, bien sûr…

— Hé ! Il ne sait pas le dire ! Hein, le chien ? ricana-t-elle en secouant la tête.

— Sans vous offusquer, Madame Amance, s'interposa Guy, cela coûte peu de se moquer, mais vous-même savez-vous dire d'affilé Zzizx, Brno, Krk ?

— Hi, hi ! Qu'est-ce que c'est que ce charabia ?

— Ce n'est pas du charabia, ce sont des villes… alors, essayez de dire Zzyzx, Brno, Krk ?

— Mais ce n'est pas pareil !

— Ah ! Vous voyez ? Vous ne pouvez pas ! Et bien pour 07, Perpignan c'est aussi dur à dire que pour nous de prononcer ces villes !

Certains considèrent le chien comme impur, agressif, d'autres comme fidèle, brave, sensible, intelligent. Suffit d'en avoir eu un pour s'apercevoir qu'il y a plus de bons adjectifs dans la balance des mots.

En tout cas, pour celui-là il n'y avait pas photo et même pas besoin de pesée adjectivale : la preuve, car là, en levant le museau vers eux, 07 fit à la surprise générale :

— Wizh, woh, wkh ! Wouf, wouf ! Wizh, woh, wkh !

Ou quelque chose d'assez semblable.

Une pause s'impose.

C'EST BIZARRE

De hi ! de ah ! de hop !

Résumé des épisodes pré-sous-chapitrés :
Il y avait de gros rétros, une grand-mère qui a dégobillé sur une robe et un chien qui parlait et faisait pour dire le nom compliqué de trois villes :
— Wizh, woh, wkh !
Et là, attention, l'histoire reprend.
— Hi, hi, hi ! Hi, hi, hi ! rigola à pleine gorge Amance.
— Ah, ah, ah ! Ah, ah, ah ! rigola à pleine gorge Guy.
— Wih, wih, wih ! Warf, warf, warf ! rigola 07 en rebondissant sur place.
Donc ils rigolèrent.
    Ils reprirent leur souffle.
— Attendez, il sait lire l'heure aussi ! lança Guy enjoué en regardant sa montre.
— Oh ! C'est quoi cette montre bizarre ? Faites voir ? demanda-t-elle intriguée par l'objet à son poignet.
— C'est une montre que l'on pourrait appeler "Latitude", fit-il en la lui arborant sans aucune fierté, ni dandysme, car Guy n'était pas du genre m'as-tu-vu.
— Mais vous sortez d'où, vous, pour trouver des trucs pareils ?
— Moi ? Mais je viens d'une pochette surprise comme vous ! Sauf que la vôtre était rose et la mienne bleue ! répondit Guy toujours avec son naturel enfantin.
— Hi, hi ! pouffa Amance, mais vous arrêtez un peu de jouer le simplet, puis en se penchant vers le chien, alors comme ça tu sais lire l'heure, 07 ?
— Oui, répondit Guy alors qu'il frétillait de la queue – le chien bien sûr – seulement, continua Guy, il ne peut pas

décrypter ma montre, elle est trop compliquée pour lui, mais l'horloge là-bas – il montra l'enseigne d'une horlogerie qui donnait l'heure avec des aiguilles – ça il peut !

Il demanda au toutou qui fit :

— Wonh, weuh, wenh, wouah !

Amance répéta les quatre mots en les murmurant et en regardant l'horloge puis s'exclama :

— Ça veut dire 11 h 33 ?

— Eh oui ! confirma Guy, il ne peut pas prononcer les consonnes, alors il souffle le noyau des syllabes, comme si vous parliez sans utiliser la langue, vous voyez ?

— Oui ! C'est rigolo, mais…

— Il sait compter aussi…

— Mais c'est un chien savant, ce 07 ! lança-t-elle en le caressant.

Et le canidé, sous une si douce caresse féminine de frétiller de la queue. Laquelle ? On se calme !

Guy commença une courte démonstration discrète en invitant Amance émerveillée à poser à 07 de simples calculs comme addition, soustraction, division et multiplication auxquelles il répondit parfaitement, mais ce dernier sembla en avoir marre de tous ces exercices et s'ébroua.

Le temps d'une petite pissette dans le caniveau juste à côté et il revint vers eux.

— Wauh, wuh, wauwh ! Wauh, wuh, wauwh ! aboya-t-il en posant ses pattes sur les pieds d'Amance en la regardant.

— Qu'est-ce qu'il veut 07 ? lui demanda-t-elle en se courbant sur lui.

Guy n'eut pas le temps de traduire, qu'un papy passa près d'eux juste à ce moment-là et eut la mauvaise idée de croire faire un acte civique en les interpelant :

— Pauvre bête ! Vous ne voyez pas que votre chien est malade ?

— Pardon ? fit Guy en levant la tête puis, oh non, pas toi ! ajouta-t-il, car il connaissait ce vieux réputé dans le quartier pour être un emmerdeur de première.

— Le chien, il est malade ! Il faut l'emmener chez le vétérinaire ! C'est monstrueux de laisser souffrir une bête comme ça !

— Mais... tenta d'intervenir Amance qui apparemment ne connaissait pas le "troisième-âgeux".

— Ce n'est pas la peine d'avoir une bête si on la maltraite, s'énervait le vieux, ce qui eût été un honorable élan de justice à la base, seulement émanant de sa part, non, car il ajouta en devenant presque menaçant en regardant autour de lui comme cherchant des témoins :

— Cela mériterait que j'appelle la police ! Vous êtes d'abominables tortionnaires !

Il regarda encore autour de lui, mais il n'y avait personne, les badauds de tout à l'heure étant partis.

— Oui, tu as raison grand-père ! Non, il n'est pas malade, il s'amuse ! Allez, rentre chez toi boire ton pernod ! rétorqua Guy alors que 07 regardait le pépé avec l'œil des mauvais jours.

— Je vous dis qu'il est malade ! insista lourdement le vieux qui partit dans un délire névrotique en agitant les bras :

— Et en plus il n'est même pas tenu en laisse ! Si ça se trouve, il a la rage ! Il est bien à vous ce chien ? Je vais porter plainte ! Ce chien a la rage ! Cela se voit, il n'aboie pas normalement ! C'est la maladie, ça ! Je vous accuse de maltraitance ! Et puis...

— Hé ho, grand-père ! Tu vas nous casser les castagnettes longtemps ? gueula Guy.

Et quand Guy gueulait, son chien aboyait. C'est comme quand la caravane passe, sauf qu'ici le dédain prenait l'aspect de riposte.

— Ouah, ouah ! Grrr, grrrrr !

— Tu as raison 07, saute à la gorge ! ordonna son maître tout en sachant que son quatre pattes ne mordait que son os.

289

— Ouah, ouah ! Grrr, grrrrr !

— Mais vous allez arrêter à la fin ! intervint Amance.

— C'est vous qui êtes malade ! Il vous a mordu, vociféra le vieux parano, et vous êtes enragé ! Ne me touchez pas ! Je suis sûr que ce chien mange des chats ! Je l'ai vu ! Il faut appeler la police pour nettoyer les trottoirs par le Samu pour les fous qui errent en liberté avec des chiens enragés et des chats pisseux ! Vous, Monsieur, enchaîna-t-il à l'encontre de Guy, dommage que le bagne n'existe plus, on devrait vous y emmener en vous passant les fers ! Et puis le vétérinaire…

Des passants surgis de nulle part tournèrent la tête vers eux.

— Écoute, grand-père, va chez le vétérinaire justement et demande-lui une muselière ! Ensuite tu la mets, cela t'ira très bien et cela nous fera des vacances !

— Ah, ah, ah ! Oh, oh, oh ! Wha, ha, ha ! rigolèrent les passants qui ne connaissaient pas nécessairement Guy et encore moins Amance, mais savaient le vieillard être le fou du quartier, pas bien méchant malgré tout.

Le vieux ronchon se sentant soudainement bien seul dans son délire, incompris dans ses poussées acariâtres, mais surtout par peur d'attraper la rage, s'en alla en marmonnant des vérités que seul son miroir lui donnait raison.

L'incident clos, 07 revint à la charge sur les pieds d'Amance.

— Wauh, wuh, wauwh ! Wauh, wuh, wauwh ! aboya-t-il.

— Mais qu'est-ce qu'il veut ? demanda-t-elle à Guy.

— Euh… je crois qu'il dit qu'il est temps d'aller acheter les souliers…

— Ah bon ?

— Oui, parce que wauh, wuh, wauwh ! cela veut dire chaussures mauves, expliqua Guy avec un grand sourire.

— Ah, ah, ah ! Oh, oh, oh ! Wha, ha, ha ! rigolèrent d'autres passants.

— Hi, hi, hi ! Ah, ah, ah ! Warf, warf, warf ! rigolèrent ensemble à pleine gorge Amance et Guy, 07 aussi en rebondissant sur place.

— Hi, hi, hi ! Hi, hi, hi ! rigola à nouveau à pleine gorge Amance, mais… en se réveillant.

Oui, en se réveillant.

Ah ! Se réveiller en se marrant d'un rêve hilarant et en se demandant même si on n'a pas ri aussi à pleine gorge durant le sommeil, au risque d'être entendu ou de réveiller son voisin ou sa voisine de lit ! Mais très égoïstement, qu'importe, puisque l'on se marre. Et ne dit-on pas, d'une part, que « Le fou rire vaut un steak » et, d'autre part, que « Qui dort dîne » ? Donc, si l'on rigole en dormant cela veut dire que l'on mange aussi en même temps ? Boutade mise à part, de se réveiller en rigolant cela vous met dans un état de forme et de moral incroyablement positifs et cela donne la pêche, même si on a tous les soucis du monde sur la tête. Qui n'en a pas, même un petit ?

Malheureusement, tout le monde sait bien que pour traduire un rêve mot à mot c'est comme prendre la lune avec les dents, comme disait Rabelais.

Donc ce fut ce qui arriva à Amance un matin tôt.

— Hi, hi, hi ! Hi, hi, hi !

— Grumm ! grogna une voix d'homme enfoui dans l'oreiller, qu'est-ce que t'as à te marrer ?

— Hi, hi, hi ! dors-donc ! rigola encore Amance en se levant et en se tenant le ventre, car elle avait autant mal de rire que d'envie de pisser.

Dans les toilettes, elle rigolait encore toute seule en repensant à Guy, à son originalité, aux chaussures mauves, sa montre bizarre et au chien 07 qui parlait et se marrait.

Elle rigolait, certes, mais imperceptiblement elle semblait être troublée par la sympathie de l'énergumène de son rêve qu'elle ne connaissait pas. Elle avait beau chercher dans sa mémoire, aucune de ses connaissances à première pensée ne ressemblait à ce Guy, ni physiquement, ni d'attitude et encore moins de nom.

Bah ! Cette intense activité cérébrale durant son sommeil n'avait guère d'importance, sinon celle de l'avoir bien fait rire. En tout cas, ce fut ce qu'elle en conclut. Que pouvait-ce être d'autre ? Quant aux interprétations et autres approches d'explications bon marché des rêves, ce n'était pas son truc.

Amance habitait seule avec sa fille de huit ans et séparée depuis quatre ans d'un bâtard de jean-foutre qui n'avait pas arrêté de la cocufier et en lui implorant à chaque fois le pardon à grands verbes de repentance. Un peu facile, non ? Cela me rappelle que gosse j'allais à confesse pour nettoyer mon âme. Je disais au curé que j'avais prononcé des gros mots (c'est grave !). Alors après trois prières, youpi ! J'étais blanchi et prêt à recommencer, puisque la semaine suivante il y avait une nouvelle machine à laver l'âme. Super ! Ben voyons !

Donc ce matin-là du rêve comique, Amance hébergeait son frère aîné venu le week-end pour l'aider à repeindre sa cuisine, mais sans sa femme et ses deux enfants partis dans la belle-famille

La peinture, Amance savait à peu près faire, oui, mais pour démonter et remonter les meubles plus quelques câblages électriques, là, non.

Cela put paraître bizarre qu'elle n'ait pas dormi avec sa fille pour une nuit, mais cela avait été un bon prétexte pour une aussi rare occasion d'évoquer ensemble, frère et sœur, toutes les petites conneries bien innocentes et farces aux parents qu'ils avaient fait tout gosse au coucher.

Décidément, elle s'était endormie en se marrant et s'était réveillée pareillement, mais pour tout autre chose. Il y en a qui ont du bol ! Mais contrairement aux obnubilés du symbolisme et du décodage onirique, elle ne chercha pas à faire une quelconque corrélation entre ces deux faits ; c'eut été chercher des poires sur un prunier bien inutilement.

Quand son frère se leva, Amance tenta vainement de lui raconter quelques-unes des scènes burlesques, mais il traduisit son rêve en lui disant, comme finalement tout le monde l'aurait fait :

— Il serait peut-être temps de te trouver un mec, non ? Et puis un chien pour la gamine, elle serait contente !

De toute façon, vrai ou pas vrai tout ce que l'on disait et contredisait sur les théories du rêve, ce qui resterait à prouver physiquement et concrètement, il y avait déjà un chat à la maison. Alors un chien en plus, voilà des contraintes supplémentaires qui pouvaient bien attendre un peu ! Sinon il y avait bien un type qui courtisait Amance, mais il n'aimait pas les chats ni les chiens, alors leur relation ne pouvait pas faire miaou.

La cuisine terminée, toute belle, le frère rentré chez les siens, les jours puis quelques semaines passèrent et Amance préoccupée par son quotidien avec son job et sa fille, rangea peu à peu ce songe dans un grenier de sa tête. Toutefois, toutefois, cela l'avait tout de même troublée, car il restait dans son subconscient comme une trace d'engouement sentimentale pour ne pas dire un scintillement amoureux vers cet être éphémère et inaccessible. Son frère devait avoir raison, elle devait être en manque affectif et sexuel.

Guy existait-il ? Probablement pas. Et ce chien qui savait parler, compter et mangeait des chats ? Encore moins.
Manger des chats, vraiment ! D'où sortait-il aussi le vieux cinglé ? Il n'était pas dans les connaissances d'Amance non plus, même pas dans son travail, ni dans ce qu'elle aurait pu percevoir éveillée.
Un film ? Un livre ? Non.
Un reportage ? Un article ou une discussion ? Non, non et non !

Au fait, comment on appelle un mangeur de matous ? Ça n'a pas de nom chez nous. Faudrait demander aux Chinois ou aux Antillais. Remarquez, on en a peut-être déjà mangé sans le savoir ? Beurk !

De toute façon, dans le quartier d'Amance il n'y avait pas de mangeur de chats qui les dégustait sauce moutarde comme le lapin ! Pouah ! Quant au minou d'Amance... Hé ho ! On se calme, oui ?

Un peu plus tard, en allant chercher des médicaments pour sa grand-mère, Amance se demanda bizarrement en y repensant et sans savoir pourquoi, si lorsque l'on rêve à quelqu'un que l'on connait, cette même personne rêve aussi à nous en même temps ?

Rêve mutuel ? Drôle de question. Certains parleraient de synchronicité, d'autres de jonction atemporelle et de termes tout aussi inhabituels, voire inaccessibles ; d'autres de paranormal, de télépathie ou encore d'harmonie, ce qui serait presque plus facile à comprendre, à traduire.

Oui, mais de la télépathie avec quelqu'un qui n'existe pas et surtout avec un chien qui parle et qui compte ? Allons, allons, la bêtise a des limites à ne pas dépasser quand même !

Ou alors... ou alors...

En revenant de la pharmacie, elle s'arrêta pour sortir un mouchoir de son sac à main et entendit une conversation, sans en voir les auteurs attablés près d'une fenêtre ouverte, en passant devant une brasserie :

— Tiens, en parlant de rêve, fit une voix d'homme, mon fils il a rêvé que le facteur mangeait des chats, qu'il les cachait dans les sacoches de son vélo...

— Des chats ? s'étonna une autre voix d'homme, t'es sûr qu'il ne fume pas des pétards ton fils ?

— Mais non, tu le connais, il est sérieux là-dessus ! Par contre cet idiot il a voulu demander au vrai facteur d'ouvrir ses sacoches ! Je l'ai empêché de nous ridiculiser !

— Ah, ah, ah ! N'empêche que c'est bizarre les rêves... figure-toi que l'autre nuit j'ai rêvé que je voulais absolument acheter des chaussures mauves à une femme, une jolie femme et...

— Ah, ah, ah ! rigola le premier, et finalement c'est toi qui les as portées ?

— Ah, ah, ah ! Mais non, t'es con, je ne suis pas travelo ! Attends ! J'avais des rétros de poids lourd sur ma voiture et mon chien parlait et savait compter…

— Qui ? 07 ? s'étonna à son tour le premier.

— Oui 07 ! Et je me suis réveillé plié de rire et…

— Ah, ah, ah ! Dis, ça n'serait pas plutôt toi qui fumes des joints ?

— Ah, ah, ah !

Amance se figea en les entendant rire. Elle ne fit plus attention à ce que disaient et rigolaient ces deux voix. Son cœur battait les tambours du Bronx. Elle perdit comme la notion du temps, de l'espace, de l'environnement, d'elle-même. Ses pensées s'entrechoquèrent, se télescopèrent, jouèrent à saute-mouton, firent aussi, par exemple d'à-propos, comme la danse de Saint-Guy…

Amance hésita : soit continuer son chemin, soit passer discrètement la tête par la fenêtre pour les dévisager, soit aller voir celui qui venait de parler de son rêve.

Alors, hop ! Elle se décida finalement à entrer dans la brasserie et regarda furtivement sa montre.

Les aiguilles indiquaient 11 h 18. Oui, comme l'heure du rendez-vous dans le rêve !

Mais elle était toc toc la tic-tac, car à l'horloge de la place il était pile dix heures !

Bah ! À ce moment-là et vu les circonstances, ni l'heure ni le temps n'avait plus vraiment d'importance, de consistance ni de sens pour Amance !

Oui, mais il faut quand même se méfier, car il y a peut-être des seniors un peu ronchons, un peu réactionnaires, un peu paranoïaques, qui, pour emmerder le monde ou s'amuser, donnent un nom ridicule à leur chien, comme par exemple zéro sept !

Peut-être, peut-être pas…

Mais subitement pour dissoudre ce doute, on entendit venant de la brasserie :

— Veuillez m'excuser de vous déranger, Messieurs, mais vous, les interrompit Amance en désignant l'un des deux hommes, c'est bien le nom de votre chien, 07 ?

— Oui, pourquoi ? Euh... mais... s'étonna l'homme.

— Vous ne seriez pas Monsieur Guy qui voulait m'acheter des souliers mauves ? Je m'appelle Amance et...

— Mais... mais... bafouilla-t-il, vous êtes réelle ? Vous existez vraiment ?

— Ça alors ! s'exclama aussitôt l'autre homme en se levant, euh... et bien je vais vous laisser, je crois que vous devez avoir plein de choses à vous dire... tenez, je vous cède ma place... au revoir Madame !

— Merci... mais vous pouvez rester !

— Non, non, non ! Cela me dépasse ! Vous serez bien mieux seuls tous les deux pour causer... allez, au revoir !

— Au revoir !

— Salut, à plus ! lui répondit son copain en regardant Amance avec une tête ébahie comme s'il venait d'avaler trois balles de ping-pong en même temps.

FIN

APPENDICE

Confidences

C'est toujours plaisant d'avoir quelques commentaires directement de la part de l'auteur, en dehors des réseaux sociaux ou autres tiers, cela nous rapproche un peu, non ?
Il y en a qui n'aiment pas. Ma foi, rien ne les oblige à lire la suite !
Donc s'il est très difficile, voire fastidieux de déterminer avec exactitude le processus psychologique complexe d'une création, d'une idée, néanmoins il existe toujours une source au départ comme un big bang cérébral, une étincelle avec tout ce qu'elle comporte par la suite de structuration.

D'autre part, il apparaitra ci-après qu'il y a parfois un grand écart d'années entre la création des contes et leur polissage, ceci venant du simple fait que j'avais consacré ma vie et mes espoirs sur la musique (auteur, compositeur, interprète), jusqu'à ce qu'une saloperie de maladie rare des deux mains me contraigne à tout arrêter comme toute activité, et de me reconvertir à l'écriture qui a toujours été omniprésente ; maladie, sans plaider la pitié ou des excuses pour quoi que ce soit, me réduisant à ne taper que d'un doigt et d'une phalange en marteau.

Tous ces contes ont subi un dépoussiérage en 2014, mais impossible de commercialiser le bouquin à cette époque, sinon de remettre en cause mon statut d'invalidité en incapacité de travail et ma pension de handicapé pour des ventes aléatoires. Obligé d'attendre la retraite. Enfin, apport de quelques corrections en 2019, mais la neuropathie s'aggravant un peu ces derniers mois, d'avoir recours tout récemment à l'outil de reconnaissance vocale.

Les nouvelles sont listées par ordre d'apparition avec de petites anecdotes de surface… Quant au fond…

1°/ NA - Usinage 1978.

Je serai toujours amoureux et respectueux des arbres qui pour moi représentent la vie.
Étant ado, je m'intéressais, comme beaucoup, aux différents aspects du paranormal, même si plus tard je découvrais de fausses idées sur le cerveau.
La télékinésie, pourquoi pas, puisque justement le cerveau fascine et qui peut savoir demain ?
Ceci pouvant expliquer cela.
Avec WINDA, ce sont mes bébés à moi qui m'ont suivi constamment tout au long de ces années, en dehors de mes autres écrits.
Celui-ci est non seulement mon premier conte, mais aussi celui que je narre principalement quand on me demande.
Je me devais de le mettre en ouverture ici.

2°/ LE POTEAU - Usinage 2007.

Là, je ne suis pas foncièrement passionné par les poteaux, mais l'idée m'est venue à force de voir près de chez moi et tout simplement un poteau tordu, probablement par l'impact d'un véhicule.
Non, pas le mien…

3°/ LA FAMILLE NIVÔSE - Usinage 2010.

Handicapé moi-même, une pensée pour les enfants de la lune et bien sûr tous les enfants qui souffrent.
Mais surtout cette famille qui a toujours froid, cela se rapprocherait en pire de la maladie ou du syndrome de Raynaud ou sclérodermie.

4°/ LA FOURMI NOISETTE - Usinage 2007. Conte revisité en 2019 avec l'apport des gilets jaunes et du smartphone.

Idée venue tout bêtement en observant une fourmilière. Noisette c'est ma petite chérie et quand il m'arrive de voir des fourmis, je me demande toujours si elle ne serait pas parmi elles. L'appeler ? Peut-être pas quand même.

C'est grave, docteur ?

Nota : Je ne connaissais pas ni n'ai pas lu encore l'œuvre trilogique (1991, 1992 et 1996) de Bernard Werber sur les fourmis. D'après les résumés, pas de similitude sur l'histoire.

Idem, pas de similitude avec le très beau film d'animation « Minuscule, la vallée des fourmis perdues », par Hélène Giraud et Thomas Szabo sorti en 2014. Quant à la suite « Minuscule 2 : Les mandibules du bout du monde », sortie en 2019, je ne l'ai pas vue, mais ai hâte de le visionner.

5°/ HÉBÉTUDE ET CONFUSION – Usinage 1974. 1980.

En fait, il s'agit d'une histoire suite à un délire avec les copains quand nous traversions, au début des années 1970, le fond du cimetière Parisien de Thiais (94) pour nous rendre plus rapidement depuis nos immeubles au Centre commercial de Belle Épine, alors fraîchement ouvert. D'ailleurs, il doit y avoir quelque part l'empreinte de nos baskets d'ados dans le bitume que nous foulions durant la construction !

Dans le fond de ce cimetière nous nous amusions à observer les rares feux follets émanant des tombes dernièrement occupées et alors… place aux fantasmes ! Les copines, plus sages, ne nous y accompagnaient pas, encore moins à la tombée de la nuit !

J'avais griffonné un semblant d'histoire en vue d'un texte de chanson qui ne verra jamais le jour. Transformé en conte en 1980, le corps de l'histoire n'a vu que l'apport du clochard lors du polissage.

Là-dessus vous en savez maintenant autant que moi.

Celui-là aussi j'aime assez le conter… plus encore quand la ou les personnes sont un peu trop pieuses
À noter toutefois que la scène d'introduction où Lionel avait dormi dans son garage excentré après une engueulade, ce qui n'est pas courant, je l'ai véritablement vécu personnellement dans un garage excentré également, mais plus d'une vingtaine d'années plus tard.
Prémonition ou hasard ?

6°/ LA VIEILLESSE - Usinage 2007.

Qui ne s'est pas dit un jour, généralement au passage des dizaines : « Houlà ! J'ai pris un coup de vieux ! ».
De là l'idée de ficeler le futur et le présent en cinq minutes, puis de revenir pour se sentir plus jeune.
C'est grave ça aussi, docteur ?
De toute façon l'espace-temps, l'astronomie et la physique m'ont toujours fasciné et émerveillé. Encore aujourd'hui.
Aussi permettez-moi de garder le secret de la poudre bleue et de la formule incantatoire.
Quant au docteur Slarvi, imaginaire, son nom est une bouffonnerie puisque « slarvi » veut dire « vicelard » en verlan.
Aussi pour le Professeur Grimme, neurologue fictif, rien à voir avec l'entreprise allemande leader mondial dans la fabrication d'arracheuses de pommes de terre, ni avec les frères Grimm. Non, c'est simplement l'anagramme des examens IRM et EMG pratiqués en neuro, entre autres.

7°/ REINE - Usinage janvier 2014.

Jugeant trop courte la version de base de LA FOURMI NOISETTE et ayant du mal à y mettre le mot FIN, je l'ai rallongée et lui ai ainsi donné une vie plus longue, tout simplement.

Je les aime tout entier mes personnages, d'ailleurs très souvent quand je les écris, ils viennent se glisser dans mon jardin secret au moment de m'endormir.

8°/ IO - Usinage 2007.

Petit délirium sorti tout droit d'un rêve et qui m'a valu un franc fou rire au réveil. Réel de chez vrai. Plié en deux dans le plumard que j'étais, avec la barre au ventre de me marrer.
Je me souviens très souvent de mes rêves et c'est pour moi, comme beaucoup d'autres, une source inépuisable d'inspiration.

9°/ RAAMA ET LES NUAGES - Usinage 2007.

Sans doute parce que j'ai lu toutes les 192 histoires de « Rahan, l'homme des âges farouches ».
Ceci dit, hormis la préhistoire, je ne vois pas de lien direct.

10°/ WINDA ou la petite Wiwi - Usinage 1978.

Voir NA. Là, l'espace-temps, encore une fois, comme beaucoup d'écrivains, m'a toujours inspiré.
Toutefois, l'idée pourrait venir du fait que je travaillais de nuit aux PTT (maintenant La Poste) et que l'hiver je ne voyais pas beaucoup le jour et l'inverse l'été.

11°/ LA PIE - Usinage 2007 et revisité en 2019

Un oiseau mort trouvé sur le bas-côté d'une route… faire un trou, l'enterrer ; un oiseau blanc venu deux fois à trente centimètres de moi sur le rebord d'une fenêtre où j'étais accoudé. Ceci pourrait expliquer ce conte.

12°/ GUY LE BISCORNU
Ovulation crânienne : Mars 2007, puis congélation.
Décongélation et naissance : avril 2014.

   L'origine est complexe et simple à la fois.
D'abord le rêve d'un mec farfelu avec cette femme, puis un
mélange de délires irrationnels avec un pote voisin en 2007,
dont la création du chien 07. Ceci inspiré par nos propres
toutous, chacun un, que nous emmenions de temps en temps
en voiture lorsque nous allions à Paris tard le soir boire un
verre.
Mon pote disait que nos chiens méritaient de défiler la patte
haute et fière sur les Grands Boulevards de la Capitale.
Admettons.
Quant au final, qui n'a jamais souhaité au réveil que son
rêve se réalise ?

                              ***

   Comme quoi, au lu de ces quelques confidences qui
n'ont rien d'exceptionnel en soi, de dire que l'inspiration
qui stimule l'imagination et bien sûr la créativité, vraiment,
c'est bizarre.
De quoi ? J'ai dit c'est bizarre ?
Eh bien bingo ! En voilà une belle inspiration pour le titre
d'un livre !

www.ingramcontent.com/pod-product-compliance
Lightning Source LLC
Chambersburg PA
CBHW030649260626
47157CB00007B/2559